Birigt Loistl

Zurück nach Golden Creek

AF626605

Birgit Loistl wurde 1977 in Oberbayern geboren. Trotz ihrer Ausbildung zur Bankkauffrau galt ihre Liebe schon immer mehr den Buchstaben als den Zahlen. 2015 erfüllte sie sich einen großen Traum und veröffentlichte ihren erster Roman, dem mehrere erfolgreiche Bücher als Selfpublisherin folgten. Sie liebt Eiskaffee, Spaziergänge im Regen und das Meer. Die Autorin lebt mit ihrer Familie und dem Familienhund in der Nähe von München.

Birgit Loistl

Zurück nach Golden Creek

Roman

PIPER

Mehr über unsere Autoren und Bücher:
www.piper.de

Wenn Ihnen dieser Roman gefallen hat, schreiben Sie uns unter Nennung des Titels » Zurück nach Golden Creek« an empfehlungen@piper.de, und wir empfehlen Ihnen gerne vergleichbare Bücher.

Wir produzieren nachhaltig
www.piper.de

ISBN 978-3-492-50621-2
© Piper Verlag GmbH, München 2022
Redaktion: Susann Harring
Satz auf Grundlage eines CSS-Layouts
von digital publishing competence (München)
mit abavo vlow (Buchloe)
Covergestaltung: Traumstoff Buchdesign traumstoff.at
Covergestaltung: Bilder unter Lizenzierung von
Shutterstock.com genutzt
Printed in Germany

Für
S*E*V*M

Jeder Tag ist ein neuer Anfang.

George Eliott

Playlist

Somewhere I belong – Linkin Park
Glycerine – Bush
Tear in my Heart – Twenty One Pilots
Creep – Radiohead
When I was your Man – Bruno Mars
Angel with a Shotgun – The Cab
Drivers licence – Olivia Rodrigo
Run – P!nk
Afterglow – Ed Sheeran
Weak – Skunk Anansie
Save your Tears – The Weekend
Mr. Brightside – The Killers
Somewhere I belong – Linkin Park
Bohemian Rhapsody – Queen
Cradles – Sub Urban
Still into you – Paramore
A Drop in the Ocean – Ron Pope
Another Love – Tom Odell
All your Eyes – Julia Michaels
Down – Jason Walker
Gravity – Sara Bareilles

1

»Wir sind da«, murmelte Emma und parkte ihren roten Ford Pick-up auf dem Kiesplatz vor ihrem Elternhaus. Es war ein Blockhaus wie fast jedes andere in dieser Gegend, mit meterhohen Fenstern und einem Schaukelstuhl auf der Veranda. Nur gab es bei diesem eine Rampe vor dem Zweiteingang, die ihr Vater vor vielen Jahren für den Rollstuhl ihrer Mutter angefertigt hatte. Aus dem Lautsprecher drangen die letzten Klänge von Linkin Parks *Somewere I belong*, bevor Chester Benningtons Stimme im Radionirvana verhallte.

Einen Moment hielt Emma inne und ließ den Anblick des Hauses auf sich wirken. Sie hatte sich in den letzten Wochen den Kopf darüber zerbrochen, ob es eine gute Idee war, Jamies Angebot anzunehmen und zurück nach Golden Creek zu kehren. Die Zweifel hatten sie kaum schlafen lassen. Schließlich hatte es einen Grund gegeben, weswegen ihre Familie der Kleinstadt den Rücken gekehrt hatte. Und jetzt schien es, als wären alle schlechten Erinnerungen an damals, kaum hatte sie die Stadtgrenze passiert, zurückgekehrt. Es war wie ein Déjà-vu, nur intensiver. Gewaltiger. Wie Hagelkörner prasselten die Erinnerungen auf sie ein. So viele Jahre hatte sie sich darum bemüht, ihre Vergangenheit hinter sich zu lassen. Jetzt wieder damit konfrontiert zu werden erschien ihr fast unerträglich.

Vielleicht war es wirklich eine blöde Idee gewesen.

Ihr Blick wanderte über den Vorgarten und ein Bild flackerte kurz vor ihrem geistigen Auge auf. Sie dachte an ihre Mutter, die im Garten Wäsche aufgehängt hatte, während

Emma und ihre Schwestern barfuß durchs nasse Gras gelaufen waren. Sogar an das Lachen ihrer Mutter konnte sie sich nach all den Jahren erinnern. Wärme durchflutete sie – aber auch Furcht. Sie hatte vergessen, welche Macht diese Erinnerungen hatten. Emma lehnte die Stirn gegen die kühle Fensterscheibe und schloss die Augen. Golden Creek war ihr Zuhause gewesen. Ihr sicherer Hafen. Ihr Fels in der Brandung. Und plötzlich hatte man ihr das alles weggenommen. Tief seufzend setzte sie sich auf und strich sich eine kupferrote Strähne aus dem Gesicht, die sich aus ihrem Zopf gelöst hatte.

Die Fahrt von Calgary nach Golden Creek war anstrengend gewesen und mit jedem Kilometer, den sie der Kleinstadt näher gekommen war, waren ihre Magenschmerzen stärker geworden. Leider konnte sie nicht sagen, ob das an der Angst oder der Aufregung lag.

Sie war bereits in den frühen Morgenstunden in Calgary losgefahren und jetzt, nach fast zehn Stunden Autofahrt wieder hier zu sein, brachte Unmengen an verschiedenen Emotionen in ihr hervor. Sie konnte es kaum erwarten, Jamie wiederzusehen, der vor acht Monaten zum Bürgermeister von Golden Creek gewählt worden war. In den letzten Jahren hatten sie einander kaum gesehen, was hauptsächlich ihre Schuld war. Sie redete sich gern ein, dass es an ihrer Arbeit lag, aber insgeheim wusste Emma, dass das nicht der Wahrheit entsprach. Sie hatte einfach nicht den Mut gehabt, nach Golden Creek zurückzukehren. Dank ihrem Skype-Videochat hatten sie trotzdem relativ unkompliziert Kontakt halten können. Doch ihr bester Freund hatte ihr gefehlt.

Die Creeks, wie man die Einwohner hier liebevoll nannte, waren bekannt dafür, Fremde mit offenen Armen zu empfangen und jedem sofort das Gefühl zu geben, dazuzugehören. Allerdings waren sie ebenfalls bekannt dafür, jemandem, der bei ihnen in Ungnade gefallen war, keine zweite

Chance zu geben. Dieser Gedanke versetzte Emma ein wenig in Panik.

Sie ließ die Fensterscheibe herunter und atmete tief ein. Luft. Sie brauchte dringend frische Luft. Der milde Herbstwind streichelte ihr Gesicht und ein paar Sonnenstrahlen fanden ihren Weg durch das Blätterdickicht des angrenzenden Waldes. Sie entspannte sich ein wenig. Der Herbst war schon immer ihre Lieblingsjahreszeit gewesen und Emma wurde schmerzlich bewusst, wie sehr sie das alles hier doch vermisst hatte. Sie inhalierte den frischen Duft der Pinienbaum-Haine, die sich über Golden Creek erstreckten. Wie sehr hatte sie diesen Geruch bereits als Kind geliebt. Ebenso wie das Farbspektakel der leuchtend rot und orange verfärbten Blätter. Wenn es etwas gab, das sie an zu Hause erinnerte, dann dies. Sie war damals so stolz darauf gewesen, hier leben zu dürfen, während Touristen aus aller Welt nach Golden Creek kamen. Schließlich war der Ort nicht nur für seine prachtvolle Natur, sondern auch für die vielen Sportaktivitäten bekannt. Im Winter konnte man seine Zeit mit Hundeschlittenrennen, Heliskiing oder Eisklettern verbringen, in der Zeit von Frühling bis in den Herbst hinein gab es viele Aktivitäten wie Kajak fahren oder Downhill Biken, um sich nicht langweilen zu müssen. In Golden Creek war für jeden Geschmack das Passende dabei. Emma war sich ziemlich sicher, dass sich das nicht geändert hatte.

»Mom?«

Bens Stimme drang leise von der Rückbank nach vorne. Emma atmete tief durch, ehe sie sich zu ihm umdrehte. Ihr vierzehnjähriger Sohn blickte sie müde an. Er hatte es sich während der Fahrt mit seinen iPad bequem gemacht und war irgendwann eingeschlafen. Emma unterdrückte den Drang, ihm das Haar aus der Stirn zu streichen, stattdessen lächelte sie nur. In seinem Alter fand man es nicht mehr cool, wenn die eigene Mutter sich zu solchen Gefühlsausbrüchen hinreißen ließ.

»Ich dachte, du schläfst.«

»Habe ich auch.« Er unterdrückte ein Gähnen, dann sah er aus dem Fenster.

»Ist das Grandpas Haus?«

Sie folgte seinem Blick, doch sah sie etwas anderes: den warmen Apfelkuchen, den ihre Mutter gebacken hatte und den sie und ihr Vater von der Fensterbank stibitzt hatten. Sie und ihre Schwestern, wie sie mit nackten Füssen durch den Wald hinunter zum Golden Creek – den Fluss, dem die Stadt ihren Namen verdankte – liefen und darin badeten. Jamie, mit dem auf dem Hausdach saß und Sterne zählte. Sie hatte so viele schöne Momente hier gehabt.

»Gefällt es dir?«

Ben runzelte die Stirn und presste missmutig die Lippen zusammen. Diese Mimik kannte Emma nur zu gut.

»Er hat nicht erwähnt, dass wir in einer Bruchbude wohnen werden.« Bens Worte und der Gedanke an ihren Vater schnürten ihr die Luft ab. Nein, er hatte nicht erwähnt, in welchem Zustand das Haus tatsächlich war. Was vermutlich daran lag, dass er sich kaum noch an die Dinge, die seit dem Tod ihrer Mutter geschehen waren, erinnern konnte. An guten Tagen erkannte er Emma und ihre Schwestern Lou und Rita, an schlechten brachte er keinen einzigen Ton heraus.
Sie hatte nicht vor, Ben daran zu erinnern. Er und sein Großvater hatten eine ganz besondere Beziehung zueinander, und Emma wusste, dass Ben die Krankheit bewusst verdrängte. Sie musste nicht auch noch Salz in die Wunde streuen, indem sie ihn daran erinnerte, wie schlecht es seinem Großvater momentan ging und das sich sein Zustand niemals bessern würde.

Aber sie musste zugeben, dass er recht hatte. Das Haus glich tatsächlich einer Bruchbude. Die Haustür konnte einen neuen Anstrich vertragen, eine Fensterscheibe im ersten Stock war zerbrochen, heruntergefallene Dachziegel lagen im Vorgarten und es war nicht zu übersehen, dass einige

Zaunlatten fehlten. Die Witterung hatte in all den Jahren auch vor ihrem Elternhaus nicht haltgemacht. Bruchbude war zwar etwas übertrieben, dennoch waren ein paar Renovierungsarbeiten dringend notwendig.

»Ich gebe zu, ein paar Dinge muss man reparieren, aber das bekommen wir schon hin.« Ben warf ihr einen skeptischen Blick zu, worauf Emma zu lachen begann.

»Ben und Emma, gemeinsam gibt es kein DilEmma«, reimte sie und zwinkerte ihm zu und streckte ihm eine Ghettofaust hin.

Ben stöhnte auf und ignorierte die Geste. »O Gott, Mom. Hör auf damit! Das ist so peinlich.«

»Emma und Ben ...«

»MOM!«

Sie grinste und ließ die Hand sinken. Als er nur noch in Reimen gesprochen hatte, war er fünf Jahre alt gewesen. Auch wenn diese Zeit zu der schwersten ihres Leben zählte, erinnerte sie sich gerne daran zurück.

Ben öffnete die Tür und stieg aus dem Wagen. Emma folgte ihm, hielt einen Moment inne und genoss den Moment. Das Haus lag eingebettet zwischen Zypressen, Kiefern und Zuckerahornbäumen am Rande einer Kiesstraße. Der alte, verrostete Chevrolet ihres Großvaters stand immer noch verlassen vor der Einfahrt, als hätte er die letzten fünfzehn Jahre auf ihre Rückkehr gewartet. Ihr Vater hatte ihn zurückgelassen, als sie nach Calgary aufgebrochen waren. Es war alles noch so, wie sie es in Erinnerung hatte. Fast, als wäre hier die Zeit stehen geblieben. Alles hier fühlte sich so vertraut an. Als wäre sie nicht über ein Jahrzehnt fort gewesen. Am liebsten hätte Emma die Arme ausgebreitet und ihr Elternhaus in die Arme genommen wie eine alte Freundin, die man nach Jahren wiedersah. Andererseits musste sie den Drang, zurück in den Wagen zu steigen und den Ort hinter sich zu lassen, niederkämpfen. Dieses Gefühlswirrwarr brachte sie noch um den Verstand.

Zum wiederholten Mal fragte sich Emma, ob es nicht egoistisch von ihr gewesen war, ihren Sohn in die kanadische Wildnis zu verfrachten, damit sie in ihr altes Leben zurückkehren konnte.

»Hörst du das?«, fragte Ben und riss sie damit aus ihren Gedanken.

Einen Augenblick hielt Emma inne.

»Nein. Es ist vollkommen ruhig hier.«

»Eben. Es ist zu ruhig, Mom. Total langweilig. Gibt es hier überhaupt einen Stromanschluss und fließendes Wasser?«

Emma schüttelte bedauernd den Kopf. »Wir mussten immer zum Fluss laufen, um uns die Haare zu waschen.«

Ben riss die Augen auf und starrte sie so entsetzt an, dass Emma losprustete und ihm auf die Schulter klopfte. »Du wirst auf deine Playstation schon nicht verzichten müssen.« Ben war Calgarys lärmenden Berufsverkehr gewöhnt, die Streitereien der Nachbarn, seine Schulkameraden, die mit ihm Fußball spielten. Viele Menschen dachten, es sei eine Herausforderung, in der Stadt zu überleben, aber eine viel größere war es, dies auf dem Land zu tun. Sie hatte sich so sehr bemüht, Frieden mit Golden Creek zu schließen, aber es gelang ihr nicht über Schatten zu springen. Als Jamie sie gebeten hatte, Mitglied seines Teams für das neue Sozialprojekt zu werden, hatte Emma mit dem Gedanken gespielt, abzulehnen.

Aber nachdem sie mit ihrer Schwester Rita über ihre Bedenken, zurückzukehren, gesprochen hatte, hatte sie Jamie schließlich zugesagt. Sie würde nur für ein Jahr hier tätig sein und Ben und sie konnten einen Tapetenwechsel vertragen. Es würde ihm guttun, die Großstadt mal für eine Weile hinter sich zu lassen und stattdessen seine Wurzeln kennenzulernen. Und ihr konnte nach der Geschichte mit Ethan ein Neuanfang auch nicht schaden. Es war an der Zeit gewesen, auf Stopp zu drücken und alles hinter sich zu lassen.

Sie lächelte beim Gedanken an die neuen Herausforderungen und an Jamies Elan und Tatendrang, mit dem er daran ging, die Dinge in ihrer Heimatstadt zu verändern. Das Sozialprojekt »Human4Human«, das er ins Leben gerufen hatten, schien nur der erste Schritt zu sein und Emma musste zugeben, dass sie neugierig auf Jamies Pläne war. Er hatte ihr die Agenda bereits zukommen lassen; die wichtigsten Punkte waren eine soziale Einrichtung für junge Mütter und Väter, ein mobiler Verpflegungsbus, der Kinder einkommensschwacher Familien mit gesundem Essen versorgen sollte, und ein neues Jugendhaus. Emma war angesichts von seinen Vorschlägen ganz warm ums Herz geworden.

»Bist du dir sicher, dass du das tun willst?«, hatte Rita sie über den Rand ihrer Kaffeetasse hinweg gefragt, als sie ihre ältere Schwester zum Lunch eingeladen hatte. »Die wenigsten Menschen ändern sich. Das trifft vermutlich auch auf die Creeks zu.«

Emma nippte an ihrem Glas Weißwein und seufzte. »Vielleicht hast du recht. Aber Ben sollte wissen, woher seine Familie kommt.«

Rita runzelte die Stirn und zeigte mit den Finger auf sie. »Das ist nicht der wahre Grund. Gib es zu. Du willst zurück und ihnen etwas beweisen.« Emma zuckte mit den Schultern. Rita hatte den Nagel auf den Kopf getroffen, aber so ganz wollte sie es nicht zugeben. »Vielleicht.«

»Wusste ich es doch!« Sie grinste und legte ihre Hand auf - Emmas Unterarm. »Aber du musst das nicht tun. Schau doch nur, was du erreicht hast.«

»Du hast vermutlich recht«, murmelte Emma und zupfte einen Faden von ihrem Pullover. Sie dachte an die Antworten, die sie in sich trug. Sie würde sie erst preisgeben, wenn jemand die richtigen Fragen stellte. Emma schluckte, als sie an dieses Gespräch dachte. Sie spürte wieder dieses nagende Gefühl, das sie einfach nicht losließ. Vielleicht war es wirklich die richtige Zeit für eine Veränderung.

Emma warf einen Blick zurück zu ihrem Pick-up.

Bevor sie das Haus beziehen konnten, mussten sie bei Jackie Stewart den Zweitschlüssel für das Haus abholen und Paul Sullivan das Päckchen übergeben, das ihre Tante für ihn vorbereitet hatte. Im Stillen schickte Emma ein Dankgebet gen Himmel, dass Jamie so aufmerksam gewesen war und vor ihrer Ankunft dafür gesorgt hatte, dass das Wasser und auch der Strom angestellt worden waren. Emma sehnte sich nach etwas Ruhe, aber erst mal hatte sie etwas zu erledigen.

Gerade als sie zurück zum Wagen ging, riss eine bekannte Stimme sie aus ihren Gedanken.

»Das glaub ich jetzt nicht. Na, wenn das nicht Emma Thompson ist.«

Eine ältere Dame mit pechschwarzem Haar, das im Nacken zu einem strengen Knoten zusammengebunden war, stand auf der gegenüberliegenden Straßenseite und wedelte mit ihrem Gehstock. Einen Moment hielt Emma inne und musterte sie. Ihr Gesicht war faltig wie ein zerknittertes Blatt Papier. Sie trug einen schwarzen Baumwollrock, eine weiße Bluse und darüber eine graue Strickjacke. Es dauerte einen Moment, bis Emma die Stimme zuordnen konnte, dann begann sie zu lächeln. Ben zog eine Augenbraue nach oben und warf Emma einen fragenden Blick zu.

»Miss Julie«, rief sie. »Schön, Sie wiederzusehen. Geht es Ihnen gut?«

»Aber natürlich, mein Kind. Ich lebe seit über vierzig Jahren allein und bin mein eigene Herrin. Warum sollte es mir denn nicht gut gehen?« Langsam kam sie über die Straße, bedacht einen Schritt vor den anderen setzend, und lächelte Emma freudig an. Als sie schließlich vor Emma und Ben stehen blieb, breitete sie die Arme aus und zog Emma in eine innige Umarmung. Im ersten Augenblick versteifte Emma sich und unterdrückte das Bedürfnis, zurückzuweichen. Dann entspannte sie sich und erwiderte die Umarmung.

Miss Julie war die gute Seele von Golden Creek. Wenn es eine Person in dieser Kleinstadt gab, die nicht über Emma geurteilt hatte, dann sie. Julie drückte sie, dann ließ sie von ihr ab und ging einen Schritt zurück.

»Jamie hat mir von deiner Ankunft erzählt. Er hat dich also tatsächlich überredet, zurückzukommen. Ich dachte, der Junge nimmt mich auf meine alten Tage noch auf den Arm.«

Mit seinen fünfunddreißig Jahren war Jamie schon lange kein Junge mehr, dachte Emma und schmunzelte bei dem Gedanken daran, wie dieser wohl darauf reagieren würde. Aber Miss Julie wäre er sicherlich nicht böse.

»Wie wunderschön du geworden bist. Ich habe deiner Mom schon bei deiner Geburt gesagt, dass du das hübscheste der Thompson-Mädchen werden wirst. Und ich habe recht behalten.« Sie zwinkerte ihr verschwörerisch zu. Es lag Emma auf der Zunge, Miss Julie daran zu erinnern, dass sie ihre Schwester in den letzten fünfzehn Jahren auch nicht zu Gesicht bekommen hatte, aber sie verkniff sich den Kommentar. Sie wollten diesen Moment des Wiedersehens nicht mit Banalitäten zerstören. Sie freute sich so sehr darüber, die alte Dame wiederzusehen.

»Bist du hier, um deine Mom zu besuchen? Ich bin mir sicher, sie freut sich darüber, dich wiederzusehen.«

Emmas Lächeln verblasste und sie blickte zu Ben, der sie verwirrt anstarrte. »Ich dachte, Grandma ist tot?«, sagte er.

Es war eine Sache, wieder hier zu sein und in Erinnerungen zu schwelgen, aber eine ganz andere, sich der Gegenwart zu stellen. Sie wusste nicht, was sie darauf antworten sollte.

»Oh, das entspricht auch der Wahrheit«, antwortete Miss Julie auf Bens Frage. »Ich kümmerte mich schließlich seit eurem Umzug um ihr Grab. Dennoch, glaube ich, würde es sie freuen, wenn du sie bei Gelegenheit auf dem Friedhof besuchen würdest. Glaub mir, die Toten sich allgegenwärtig.«

»Das ist gruselig«, flüsterte Ben und Emma schluckte. Sie musste ihm recht geben. Obwohl sie die alte Frau schon von Kindesbeinen an kannte, war sie ihr schon immer ein bisschen unheimlich gewesen. Miss Julie war im Ort für ihre esoterische, manchmal sogar übersinnliche Ader bekannt. Die Kinder in Golden Creek hatten sie früher oft eine Hexe genannt. Das lag vor allem daran, dass die alte Dame bei jeder sich bietenden Gelegenheit ihre Tarotkarten zückte, um anderen ihre Zukunft vorherzusagen. Zu Emmas Überraschung hatten die meisten von ihnen Miss Julie Glauben geschenkt. Ja, manche von ihnen hatten sich sogar vor ihrer Hochzeit die Karten legen lassen. Emma hatte nie groß darüber nachgedacht, aber dass sie jetzt von den Verstorbenen sprach, als wären sie noch unter ihnen war dann doch etwas zu viel für Emma.

Sie fühlte sich ein wenig unwohl.

Miss Julie schien ihr Unbehagen zu bemerken, denn sie lächelte und wechselte das Thema.

»Deine Tante hat mich all die Jahre auf dem Laufenden gehalten. Sie hat mir erzählt, du kümmerst dich in Calgary um Kinder, die auf der Straße leben?«

Erleichterung machte sich in Emma breit. Das war ein Gesprächsthema, bei dem sie sich wohlfühlte. »Unter anderem. Eigentlich kümmere ich mich um alle, die Hilfe benötigen.« Emma fand es immer etwas schwierig, zu erklären, was genau ihre Tätigkeit als Streetworkerin ausmachte. Miss Julie lächelte und Emma glaubte Stolz darin zu sehen. Ganz sicher war sie sich aber nicht.

»Dann bist du so was wie ein Straßenengel? Das hätte deiner Mom gefallen.« Emma errötete und blickte zu Boden.

»So würde ich es nicht nennen. Wir sind ein Team von vielen Streetworkern und jeder tut sein Bestes.«

»Also Jamie hat dich genauso genannt.«

Emma atmete tief ein. Wärme breitete sich in ihr aus. Dass ihr bester Freund aus Kindheitstagen ihr über all die Jahre die Treue gehalten hatte, bedeutete ihr unendlich viel. Noch dazu hatte er nicht nur zu ihr gestanden, sondern ihr auch den Bewohnern Golden Creeks gegenüber den Rücken gestärkt. Sie war sich nicht sicher, ob sie Jamie jemals gesagt hatte, wie viel ihr das bedeutete.

Dennoch wusste sie nicht, was sie auf dieser Eröffnung erwidern sollte. Miss Julie ließ ihr aber auch keine Zeit, darüber nachzudenken, denn ihr Blick fiel auf Ben, der die ganze Zeit über hinter ihr gestanden hatte.

»Und du musst Benjamin sein, richtig?«

»Einfach nur Ben«, murmelte er.

»Ihr jungen Leute könnt es vermutlich nicht mehr hören, aber groß bist du geworden. Als ich dich das letzte Mal gesehen habe, warst du nichts weiter als ein schwarzer-weißer Fleck in der Größe eines Pennys auf dem Ultraschallbild deiner Mom und ich muss zugeben, jetzt gefällst du mir viel besser.«

»Danke«, antwortete er und lächelte die alte Dame an.

Gott sei Dank, dachte Emma. Bens Schutzmauern zu durchdringen stellte sich manchmal als ein Mammutprojekt heraus, aber Miss Julie war es schon in den ersten fünfzehn Minuten gelungen. Das stimmte Emma zuversichtlich. Ben würde sich in Golden Creek wohlfühlen und das war alles, was für sie zählte. Die Sorge, wie die Bewohner von Golden Creek auf sie reagieren würden, blieb jedoch. Miss Julie hatte ihr den Fehler damals nicht übel genommen, was sie vom Rest der Bewohner allerdings nicht sagen konnte.

»Ich habe einen Braten im Ofen und werde wohl nicht darum herumkommen, einen Blick darauf zu werfen. Ich bin mir sicher, dass ihr erst einmal Golden Creek neu entdecken müsst. Es hat sich so viel verändert, und dennoch ist alles gleich geblieben. Du wirst schon sehen.« Sie winkte ihnen zu, ging über die Straße und kehrte zurück in ihr Haus. Emma indes war sich nicht sicher, ob sie schon bereit dafür war, den Creeks gegenüber zu treten.

Golden Creek hatte sich tatsächlich kaum verändert, stellte Emma erleichtert fest. Pittoresk gelegen am Fuße des Blackcomb Mountain, befand sich das Örtchen direkt am Fluss. Der Charme der Kleinstadt war nicht zu übersehen, dachte Emma, während sie die Mainstreet entlangfuhren. Sie versuchte, die Stadt durch die Augen eines Touristen zu sehen. Eine Reihe von Läden, deren Fassaden in pudrigen Farben gestrichen und die in ihrer Kindheit noch nicht da gewesen waren, zog sich durch den Ort. Sie entdeckte einen Souvenirladen, vor dem ein aus Holz geschnitzter, lebensgroßer Bär stand, daneben das Touristenzentrum und ein Friseursalon.

Emma parkte ihren Pick-up am Straßenrand vor Jimmy Bobs Autowerkstatt. Einen Augenblick lang zögerte sie und wischte sich die schweißnassen Hände an ihrer Jeans ab. Sie würde es schaffen. Sie konnte den Bewohnern von Golden Creek gegenübertreten. Emma atmete tief durch, während Ben schon die Tür aufriss und aus dem Wagen stieg. Dann folgte sie ihm.

Auf der Suche nach einem Becher Kaffee für Emma und einem Schokoladenbrownie für Ben wanderten sie durch die Innenstadt. Mit ein wenig Glück existierte Lindas Coffeeshop noch und sie könnten sich dort die Zeit vertreiben, bis sie sich mutig genug fühlte, den Menschen von Golden Greek gegenüberzutreten. Was total lächerlich war. Schließlich war sie mittlerweile dreißig Jahre alt, hatte ihr Studium an der York Universität in Calgary abgeschlossen und ein Kind großgezogen. Unzählige schlaflose Nächte waren bei ihr an der Tagesordnung gewesen, Auseinandersetzungen mit Ärzten und Pädagogen hatten ihren Alltag bestimmt und sie hatte Unmengen von Kindertränen getrocknet. Sie besaß die Stärke einer alleinerziehenden Mutter und hatte keinen Grund, sich zu verstecken.

Und trotzdem machte sie sich bei dem Gedanken daran, einen von ihnen wiederzusehen, fast in die Hose. Sie musste zugeben, dass das weder besonders mutig noch erwachsen war.

Als sie vor dem Gebäude ankamen, in dem Lindas Coffeeshop hätte sein sollen, blieb Emma enttäuscht stehen. Der Laden hatte einem Laden für Angelbedarf Platz gemacht.

So viel dazu, es hätte sich hier kaum etwas verändert.

»Mom? Können wir hier kurz reingehen?« Ben deutete auf einen Laden, der sich auf der gegenüberliegenden Straßenseite befand. Die Fassade war in einem hellen Gelb gestrichen worden und stach aus den anderen Gebäuden hervor. *Books & Tea* stand auf der Tafel über der Eingangstür. In ihrer Jugend hatte sie sich immer einen Buchladen in Golden Creek gewünscht, aber das Geld der Gemeindekasse hatte nur für eine spärlich ausgestattete Schulbibliothek gereicht. In kürzester Zeit hatte sie zum Entsetzen ihrer Lehrerin bereits jedes Buch darin gelesen gehabt. Ben wartete ihre Antwort gar nicht ab, sondern lief bereits über die Straße. Emma seufzte. Sie musste wohl auf ihren dringend benötigten Kaffee verzichten und sich stattdessen mit einer Tasse Tee begnügen.

Der Geruch von Marzipan und Zimt lag in der Luft und ein melodisches Klingeln ertönte, als sie den Laden betraten. Emma fühlte sich sofort wohl. Sie hatte schon immer eine Schwäche für Kuchen jeder Art gehabt, was man ihrer Figur leider auch ansah. In Verbindung mit einem Buchladen war das ihre Vorstellung vom Paradies. Ben steuerte sofort ein Regal im hinteren Bereich des Ladens an, in dem sich japanische Comics befanden. Vor geraumer Zeit hatte er eine Schwäche für Mangas entwickelt. Emma war so glücklich darüber gewesen, dass er seine Leidenschaft fürs Lesen entdeckt hatte, dass es ihr im Grunde genommen völlig egal war, was er las.

Sie ließ sich Zeit, den Laden zu erkunden, der in verschiedene Genres aufgeteilt war. Immer wieder blieb sie stehen, zog ein Buch aus dem Regal und blätterte darin, ehe sie es zurückstellte und weiterging. Es dauerte nicht lange, bis sie ein paar Liebesromane entdeckt hatte, die sie schon länger lesen wollte. Vielleicht würde sie hier in Golden Creek ein wenig mehr Zeit dafür finden. Sie beschloss, sich die Bücher zu gönnen. In der Vergangenheit hatte sie stets sparsam gelebt und oftmals auf Dinge verzichtet, sodass sie ein hübsches Sümmchen angespart hatte. Gerade als Emma sich auf den Weg zur Kasse machte, entdeckte sie im hinteren Teil des Ladens eine kleine Teeküche. Dort stapelten sich Tassen und mit Gebäck bestückte Teller. In einer Glasvitrine daneben waren verschiedene Kuchen, Torten und frische Macarons ausgestellt. Eine Frau lehnte an der Arbeitsplatte und nippte an einer Tasse Tee.

»Möchten Sie auch eine?«, fragte sie, als sie Emmas Blick bemerkte, und schenkte ihr ein freundliches Lächeln. Ihre langen hellblonden Haare trug sie zu einem eleganten Zopf geflochten, der ihr über die Schulter hing. Sie trug eine weiße Seidenbluse, eine schwarze Chinohose und beige Ballerinas. Emma warf einen kurzen Blick auf ihre eigenen Garderobe. Angesichts der langen Fahrt hatte sie sich für zerschlissene Jeans, Turnschuhe und einen dunkelblauen Hoodie mit dem Logo der York-Universität entschieden. Sie hatte schon immer legere, gemütliche Kleidung bevorzugt und griff nur selten nach einem hübschen Kleid und schicken Schuhen. Bisher hatte sie das auch nie gestört. Seltsamerweise tat es das aber in genau diesem Moment. Trotzdem lächelte sie und trat einen Schritt vor.

»Sehr gerne.«

Die Frau erwiderte ihr Lächeln, griff nach der Kanne und schenkte ihr ein.

»Ich bin der Meinung, zu einem guten Buch gehört eine schöne Tasse Tee.« Ihr Lächeln war wirklich ansteckend und Emma sofort sympathisch. Ihrem Aussehen nach passte sie perfekt in eine Ausgabe der Cosmopolitan.

»Ein Stück Kuchen? Die Apfel-Zimt-Torte kann ich wärmstens empfehlen. Mit Jack Monroes hauseigenem Ahornsirup.«

Emma zögerte einen Moment, bevor sie die mahnende Stimme in ihrem Kopf, die sie daran erinnerte, dass ihre Wunschkonfektionsgröße dabei war, in weite Ferne zu wandern, zum Verstummen brachte.

»Vielen Dank.« Sie legte die Bücher auf den Tresen und nahm der Frau den Teller ab.

»Da haben Sie sich ja ein paar echte Klassiker herausgesucht. *Sinn und Sinnlichkeit* gehört zu meinen Lieblingsbüchern. Ich bin übrigens Claire.« Die fremde Frau streckte ihr die Hand hin, die Emma sofort ergriff.

»Ich bin Emma. Ich habe das Buch in meiner Jugend unzählige Male gelesen, aber leider ist die Ausgabe bei meinem Umzug verloren gegangen. Seltsamerweise habe ich es in all den Jahren nie vermisst, aber als ich es jetzt im Regal stehen sah ...« Emma zuckte mit den Schultern. »Irgendwie verbindet es mich mit diesem Ort.« Emma konnte es sich selbst nicht erklären, aber sie verspürte plötzlich den Drang, es zu kaufen.

»Das kann ich absolut verstehen.« Claire griff nach einer Serviette und reichte sie Emma.

»Gehört das Geschäft Ihnen?«

Claire schüttelte den Kopf. »Nein, meiner Tante. Aber sie hat heute ihren Pokernachmittag in der Stadt und ich habe ihr versprochen, so lange den Laden zu übernehmen.«

Emma lachte auf. »Finden sie immer noch bei Miss Alice statt?«

Überrascht sah Claire sie an.

»Sie kennen sie?«

»Ja. Allerdings ist unsere letzte Begegnung schon eine Weile her. Führt sie immer noch die kleine Pension? Alice muss doch schon mindestens achtzig Jahre alt sein.«

Claire lachte und biss in einen Keks. »Oh ja, und sie hält immer noch die ganze Stadt auf Trab. Woher kommen Sie?«

Einen Moment zögerte Emma. Sie fragte sich, ob sie erwähnen sollte, dass sie vor Jahren hier gelebt hatte, verwarf diesen Gedanken jedoch sofort wieder. Es war nicht weiter von Belang.

»Aus Calgary«.

»Bleiben Sie lange in Golden Creek?«

Emma warf einen kurzen Blick aus dem Fenster, fast so, als läge dort die Antwort auf diese Frage.

»Wenn es nach meinem Sohn ginge, würden wir sofort wieder von hier verschwinden.« Sie lachte und wie auf Kommando tauchte Ben mit einem Stapel Bücher hinter dem Regal auf.

»Wenn man von ihm spricht. Claire, das ist Ben.«

Überrascht richtete sich Claire an Ben, dann sah sie wieder zu ihr. »*Das* ist Ihr Sohn?«

Emma lachte. An diese Reaktion war sie mittlerweile gewöhnt. Ben war bereits einen Kopf größer als sie und auch sonst kämen die wenigsten auf die Idee, dass es sich bei ihnen um Mutter und Sohn handelte. Stolz nickte sie. »Ja, das ist er.«

»Tut mir leid«, stammelte Claire und schüttelte den Kopf. »Ich wollte nicht anmaßend sein. Es ist nur ... Sie sehen so jung aus.«

Ben verdrehte die Augen und stöhnte auf. »Jeder reagiert so, wenn er erfährt, dass sie meine Mom ist.«

Claire musterte ihn. »Wie alt bist du?«

»Vierzehn.«

Emma konnte sehen, wie Claire in Gedanken zu rechnen begann. So war es jedes Mal. Sie warf ihr einen kurzen Blick zu, doch Emma fiel es schwer, ihn zu deuten.

»Dann besuchst du sicher auch die Schule hier, oder? Ich bin Englischlehrerin an der Golden Creek Highschool.«

Ben seufzte. »Ja, leider. Zumindest so lange, wie Mom hier arbeitet.«

Claire warf Emma einen fragenden Blick, sodass diese sich gezwungen fühlte, hinzuzufügen: »Ich unterstütze den Bürgermeister bei seinem Sozialprojekt Human4Human.« Emma hatte nicht vor zu erwähnen, dass Jamie ihr bester Freund war. Sie hatte die Erfahrung gemacht, dass man nach solchen Aussagen allzu schnell in eine Schublade gesteckt wurde.

»Wirklich? Meine Freundin Caroline ist Ernährungsberaterin und kümmert sich um die Schulküche. Wissen Sie schon, für welchen Bereich Sie zuständig sein werden?«

»Noch nicht wirklich. Ich werde mich aber in erster Linie um die Jugendlichen kümmern.«

»Dann sind Sie also Sozialarbeiterin. Das klingt fantastisch. Ich kann nicht glauben, dass Jamie Ihre Ankunft nicht erwähnt hat. Mein Verlobter ist ein guter Freund unseres Bürgermeisters und er war erst vor ein paar Tagen zum Essen bei uns. Er hat Sie mit keinem Wort erwähnt.«

Erleichterung machte sich in Emma breit. Sie hatte Jamie das Versprechen abgenommen, niemandem von ihrer Arbeit hier zu erzählen. Das Letzte, was sie brauchen konnte, waren Gerüchte über sie, die noch vor ihrer Ankunft die Runde machten. Das hätte für Ben alles noch verschlimmert, dabei wollte Emma ihm den Start hier doch so leicht wie möglich machen – sofern das überhaupt möglich war. Dass Jamie sein Wort gehalten hatte, ließ sie aufatmen.

Claire lächelte sie an. »Aber es freut mich, dass er Sie eingestellt hat. Dann werden wir uns auf jeden Fall noch öfter sehen.«

»Da bin ich mir sicher.«

Emma nickte und streckte ihr einen Zwanzigdollar-Schein hin.

Claire schüttelte den Kopf und winkte ab. »Sehen Sie es als Willkommensgeschenk an.«

Emma lächelte dankbar. Auch wenn sie den Drang, Claire mitzuteilen, dass sie sich nicht sicher war, ob sie hier wirklich willkommen war, nicht unterdrücken konnte.

Denn manche Dinge änderten sich einfach nicht.

2

Lian Byron wischte sich den Schweiß von der Stirn und starrte auf die Hausfassade von Alice' Bed & Breakfast, auf die jemand mit roter Farbe *Ich liebe Dich* geschrieben hatte. Alice, die achtzigjährige Besitzerin, stand neben ihm und fluchte lautstark vor sich hin. Neben ihr schüttelte Candice Jennings, die Besitzerin von Books & Tea, missbilligend den Kopf. Mittlerweile hatten auch ein paar andere Anwohner den Weg zu ihnen gefunden und begutachteten das Gebäude. Lian war sich sicher, dass dies in den nächsten Tagen das Gesprächsthema Nummer eins in Golden Creek sein würde. Er lebte bereits lange genug hier, um zu wissen, wie die Creeks tickten.

»Vielleicht sollten Sie doch Officer Brown holen«, sagte Lian zu Alice und rieb sich den Nacken. »Ich schätze, dass er mehr ausrichten kann als ich.«

Die betagte, aber rüstige Dame verschränkte die Arme vor der Brust und schnalzte mit der Zunge. »Mit ihm habe ich schon gesprochen. Er ist momentan *verhindert.* Er meinte, ich solle Sie anrufen.«

»Du solltest Anzeige erstatten, Alice. Das ist Sachbeschädigung. Lian, sagen Sie es ihr. Von mir will sie ja keinen Rat annehmen.«

Lian stöhnte und ließ den Kopf hängen. Langsam entwickelte er sich zum Mädchen für alles. Dabei hatte er mit seinem eigentlichen Job als Anwalt schon alle Hände voll zu tun. Vor sechs Jahren war er nach Golden Creek gekommen und damals war er überzeugt gewesen, vor Langeweile zu sterben. Er und Jamie hatten das Jurastudium an der University of Toronto erfolgreich abgeschlossen, daraufhin hatte sein Freund ihn überredet, mit nach Golden Creek zu kommen und zusammen mit ihm eine Rechtsanwaltskanzlei zu eröffnen. Das Leben in einer Kleinstadt könne durchaus aufregend sein, hatte Jamie gesagt, was Lian mit einem Lachen quittiert hatte. Dennoch hatte er sein Angebot angenommen und war nach Golden Creek gezogen. Vielleicht lag es an der Tatsache, dass er in Jamie einen echten Freund gefunden hatte, oder einfach nur daran, dass in Toronto niemand mehr auf ihn wartete. So genau wusste er es nicht.

Aber Jamie hatte recht behalten: Jeden einzelnen Abend war Lian froh, die Tür zu seiner Kanzlei schließen und alles hinter sich lassen zu können. Seit Jamie als Bürgermeister in Golden Creek tätig war, blieb die ganze Arbeit nämlich an ihm hängen.

»Candice hat recht. Aber ich befürchte, dass ich Ihnen da nicht helfen kann, Alice.« Unter anderen Umständen hätte er der alten Dame geraten, ein paar Kameras zu installieren und sich einen Wachhund zuzulegen, aber Alice weigerte sich, selbst etwas gegen diesen unerwünschten Kavalier zu unternehmen. Es war bereits das dritte Mal in diesem Monat, dass jemand ihre Hauswand auf diese Weise verunstaltet hatte.

»Ich weiß, wer es ist.«

Candice zog scharf die Luft ein, während Lian sie nur überrascht ansah. »Ach ja?«

Alice nickte stumm, sprach aber nicht weiter.

Seufzend schüttelte er den Kopf. Er musste es ihr wohl aus der Nase ziehen. »Verraten Sie mir auch, wer Ihr heimlicher Verehrer ist?«

Einen Moment hielt sie inne und warf Candice einen kurzen Blick zu. Dann seufzte sie. »Stan.«

Candice schnappte nach Luft und legte sich eine Hand auf die Brust. Genau dort, wo ihr Herz schlug. »O mein Gott! Das ist ja eine Katastrophe!«

Lian reagierte weitaus gelassener. Eine Katastrophe würde er es nicht nennen. Eher eine recht amüsante Angelegenheit. Er zog eine Augenbraue hoch und sah die alte Dame fragend an.

»*Der* Stan?«

Langsam nickte sie und strich sich über den perlmuttgrauen Pullover. »Er möchte es mit einer Paartherapie versuchen, aber ich habe ihm gesagt, dass ich mit diesem neumodischen Quatsch nichts am Hut habe. Jetzt versucht er, hiermit meine Aufmerksamkeit zu bekommen.«

Lian kniff sich mit Zeigefinger und Daumen in den Nasenrücken und schloss für einen Moment die Augen. Am frühen Morgen hatte er bereits ein anstrengendes Meeting hinter sich gebracht und den Vormittag mit einem Zehnkilometerlauf und einer guten Tasse Kaffee verbringen wollen. Stattdessen musste er sich mit Beziehungskram auseinandersetzen, der nicht einmal sein eigener war.

»Ich wusste gar nicht, dass sie beide sich so nahe standen.«

»Das wusste niemand. Ich war Stans schmutziges Geheimnis.«

Lian widerstand dem Drang, sich die Ohren zuzuhalten. Er musst wirklich nichts über das Liebesleben der beiden erfahren. Aber es war nun mal so, dass jeder in Golden Creek das Gefühl hatte, ihn holen zu müssen, sobald es Probleme gab. Er wusste nicht, wann es geschehen war, aber er war zum Geheimnisverwahrer der Bewohner von Golden Creek geworden.

»Haben Sie schon mit ihm gesprochen?«

»Nein.«

»Ich will mich ja nicht einmischen, aber ich schätze, das wäre eine gute Möglichkeit, das Problem aus der Welt zu schaffen.«

Missmutig schüttelte Alice den Kopf. »Auf keinen Fall. Er ist ein selbstsüchtiger Choleriker und ich habe keine Lust, mich mit ihm zu unterhalten.«

Lian seufzte. Er würde erst wieder Ruhe finden, wenn diese Angelegenheit erledigt war, das stand fest. Also musste er in den sauren Apfel beißen und mit Stan sprechen.

»Na schön. Ich werde mich mit ihm unterhalten. Aber sollte so etwas noch einmal geschehen, will ich, dass Sie den Officer rufen. Haben Sie das verstanden?«

Alice grummelte so leise vor sich hin, dass Lian sie nicht verstand.

»Alice?«, wiederholte er, diesmal in strengerem Ton.

Diese presste die Lippen zusammen und nickte. »Ja, verstanden.«

»Gut. Dann werde ich mich mal mit Stan unterhalten.« Lian griff nach seinem Jackett, öffnete die Wagentür seines Jeeps und stieg ein. So wie er Stan kannte, würde es ihm der alte Mann nicht leicht machen. Lian startete den Motor, warf einen letzten Blick auf Alice, die ihn immer noch grimmig anblickte, und nickte ihr zu. Dann machte er sich auf den Weg in die Stadt. Seine Laufrunde musste er wohl verschieben.

Diesen Tag hatte er sich weitaus angenehmer vorgestellt.

3

Emma fragte sich, ob es für Hausverbot wohl eine Verjährungsfrist gab, als sie Mr. Grabowitz' Gemischtwarenhandel betrat. Ein Klingeln ertönte und Ben warf ihr einen kurzen fragenden Blick zu, den Emma mit einem Lächeln quittierte, auch wenn ihr ganz und gar nicht danach zumute war. Ben wusste nichts von den Ereignissen der Vergangenheit, aber die Anspannung, die von ihr ausging, blieb auch ihm sicherlich nicht verborgen.

Innerlich verfluchte sie sich dafür, dass sie nicht daran gedacht hatte, unterwegs ein paar Lebensmittel einzukaufen. Sie waren an Safeway und Walmart vorbeigefahren und es wäre ein Leichtes gewesen, dort anzuhalten, um ein paar Dinge zu besorgen.

Stattdessen musste sie sich jetzt mit einem mürrischen alten Mann herumschlagen. Sie war davon überzeugt, dass Mr. Grabowitz sich nicht verändert hatte.

»Huch!« Noch ehe Emma sich's versah, wurde sie von einer jungen Frau angerempelt, die in diesem Moment aus dem Laden stürmte. Ohne eine Entschuldigung oder ein freundliches Wort lief sie an ihnen vorbei, hastete die Treppe hinab und rannte die Straße entlang. Emma schüttelte verwundert den Kopf, während Ben dem Mädchen neugierig nachsah.

Emma atmete tief durch und wischte sich die feuchten Hände an ihrer Jeans ab. Warum um Himmels willen war sie nur so nervös? Sie hatte doch nichts zu befürchten. Einen

Moment lang fragte sie sich, ob sie sich das nur einzureden versuchte oder wirklich davon überzeugt war.

Als sie das Geschäft betraten, musste Emma feststellen, dass sich hier tatsächlich nichts verändert hatte. Noch immer stapelten sich neben der Eingangstür Wasserkanister, auf dem Boden standen leere Obstkisten und an der Wand hing ein Bild, das Herrn Grabowitz bei einem seiner Angelausflüge am Beaver Lake zeigte. Emma erinnerte sich noch gut, wann es aufgenommen worden war. Damals war sie zehn Jahre alt gewesen und hatte mit ihren Schwestern, den zwanzig Pfund schweren Red Snapper bestaunt, den Mr. Grabowitz aus dem Wasser gezogen hatte. Emma schüttelte den Kopf, um die Erinnerungen daran zu verdrängen. Dafür war jetzt keine Zeit. Ben machte sich auf die Suche nach Knabbereien und einer Packung Oreo Keksen, während Emma sich um das Gemüse kümmerte. Sie hatte bislang noch niemanden entdeckt, aber es war nur noch eine Frage der Zeit. Sie griff nach ein paar Tomaten, als sie plötzlich eine Stimme hörte.

»Halt! Stehen geblieben.« Vor Schreck ließ Emma eine Tomate fallen, die über den Fliesenboden rollte und unter einem Regal liegen blieb.

Überrascht drehte sie sich um. Was hatte das zu bedeuten? »Ben?«

»Her damit! Ich habe dich beobachtet!«

Die Stimme kam aus dem hinteren Bereich des Ladens. Ihr Herz raste und sofort fühlte sie sich sechzehn Jahre zurückversetzt.

Himmel, das kann doch nicht wahr sein!

Emma runzelte die Stirn und folgte der Stimme. Irgendetwas stimmte hier nicht.

»Lassen Sie mich los!«, rief Ben und Emma traute ihren Augen nicht, als sie Mr. Grabowitz am Ende der Reihe stehen sah, der ihren Sohn am Arm gepackt hatte.

»Ich hole den Officer. Das ist Diebstahl.«

»MOM!«

»Was ist hier los?«, rief Emma und lief zu Ben, der sie Hilfe suchend ansah.

Mr. Grabowitz machte keinerlei Anstalten, Ben loszulassen, und funkelte Emma wütend an. Seinen Blick nach zu urteilen hatte er sie noch nicht erkannt.

»Er hat mich bestohlen!«

»Das ist nicht wahr! Mom!« Emma ging auf die beiden zu und hob beschwichtigend die Hände. »Hören Sie, das muss ein Missverständnis ein. Lassen Sie bitte meinen Sohn los.«

Der alte Mann schnaubte. »Ich bin doch nicht verrückt. Sobald ich ihn loslasse, wird er von hier verschwinden.«

Fassungslos starrte Emma ihn an. Ben wurde behandelt wie ein Schwerverbrecher. »Warum sollte er das tun?«

Mr. Grabowitz kniff die Augen zusammen und betrachtete sie näher, dann stahl sich Erkenntnis auf seine Züge.

»Wen haben wir denn da? Emma Thompson. Soweit ich weiß, habe ich dir Hausverbot erteilt. Seit wann bist du wieder in der Stadt?«

Emma zwang sich, Ruhe zu bewahren und tief durchzuatmen. Ihre Schläfen pulsierten und sie widerstand dem Drang, dem alten Mann alle möglichen Schimpfwörter an den Kopf zu werfen. Schließlich war sie keine fünfzehn mehr. »Wir sind vor ein paar Stunden angekommen. Ich sage es zum letzten Mal: Lassen Sie bitte meinen Sohn los!«

In diesem Moment hörte sie das Klingeln der Türglocke und stöhnte auf. Das Letzte, was sie brauchen konnte, waren Zeugen für diese verzwickte Situation. Denn Klatschmäuler gab es in Golden Creek zuhauf.

»Hören Sie, Mr. Grabowitz. Ich bin mir sicher, wir können das alles in Ruhe klären.« Emma versuchte es mit Diplomatie, aber Grabowitz hatte schon früher kein Interesse an einfacher Problemlösung gehabt. Und sie bezweifelte stark, dass sich dies geändert hatte.

»Nichts da. Ich werde jetzt die Polizei rufen.«

»Kann ich helfen?«

Emma fuhr herum. Hinter ihr stand ein Mann in einer grauen Anzughose, feinen, sehr teuer aussehenden braunen Lederschuhen und einem weißen Hemd, dessen Ärmel hochgekrempelt waren. Sein mitternachtsschwarzes Haar war kurz geschnitten, nur vereinzelt fielen ihm ein paar Strähnen in die Stirn und auf seinem Kinn lag ein leichter Bartschatten.

Er musterte sie wachsam und sofort fühlte Emma sich ertappt. Sie wusste nur nicht, bei was.

»Ah, gut, dass Sie kommen, Lian. Ich möchte Anzeige erstatten. Der Junge hat mich bestohlen.«

Emma musterte den Mann skeptisch. »Sie sind Polizist?« Das konnte sie sich beim besten Willen nicht vorstellen. Alles an ihm strahlte Souveränität, Ehrgeiz und Erfolg aus.

»Nein, Anwalt.« Er streckte ihr seine Hand entgegen. »Lian Byron.«

Sie griff nach der Hand. Er hatte einen festen Händedruck und ließ sie dabei nicht aus den Augen. Für einen Moment stockte ihr der Atem. »Ich bin Emma Thompson.«

Erkenntnis blitzte in seinem Gesicht auf, und noch etwas, das sie nicht so recht deuten konnte. Er wusste offenbar, wer sie war, und das verursachte ihr Magenschmerzen. Schon wieder. Emma konnte ein schweres Seufzen nicht unterdrücken. Sie hatte so sehr gehofft, dass ihr Name in Golden Creek nicht mehr diese seltsame Reaktion auf den Gesichtern der Bewohner hervorrief, aber anscheinend hatte sie zu viel erwartet. Wie hatte sie nur glauben können, dass sich das geändert hatte?

Lian Byron starrte sie immer noch an, als wären ihr in den letzten zehn Sekunden drei Köpfe gewachsen. Was auch immer er über sie gehört hatte, schien nichts Positives gewesen zu sein. Sie würde ihm noch etwas Zeit geben, den Schock zu verdauen. Währenddessen rückte Mr. Grabowitz vor und zog Ben mit sich mit.

»Anwalt, richtig, *mein* Anwalt. Deshalb wird er jetzt alles notieren und damit zur Polizei gehen.«

Emma verschränkte die Arme vor der Brust. »Hören Sie, das ist alles ein riesengroßes Missverständnis. Und wenn Sie Ben nicht sofort loslassen, zeige ich *Sie* wegen Körperverletzung an.«

»Stan! Lass den Jungen los!«

Mr. Grabowitz funkelte Emma einen Augenblick lang an, dann folgte er der Aufforderung seines Anwalts und ließ Ben los, der sofort zu ihr lief. Sie griff nach seiner Hand und zog ihn an sich heran.

»Ich habe nichts gestohlen, Mom.«

»Das soll ich dir glauben? Deine Mutter hat mich schließlich auch schon beklaut. Der Apfel fällt bekanntlich nicht weit vom Stamm.« Emma atmete tief durch und legte den Kopf in den Nacken. Das Ganze stellte sich als weitaus komplizierter heraus, als sie gedacht hatte. Sie hatte Psychologie als Nebenfach studiert und einige Workshops für Problemlösung im Kontakt mit Jugendlichen, zwischenmenschliche Kommunikation und soziale Auffälligkeiten besucht, aber diese halfen ihr im Gespräch mit diesem sturen Esel in keinster Weise weiter.

Lian Byron zog eine Augenbraue nach oben und verschränkte die Arme vor der Brust. Seinem Gesichtsausdruck nach zu urteilen fand er das Gespräch durchaus interessant. »Sie haben ihn bestohlen?«

Okay, das reichte jetzt. Zerknirscht presste Emma die Lippen zusammen. »Das ist schon lange her. Außerdem geht Sie das gar nichts an.« Dann fuhr sie zu Mr. Grabowitz herum und deutete mit dem Zeigefinger auf ihn. »Hören Sie, auf über kalte Milch zu jammern. Die Sache ist schon lange verjährt.«

»Verschüttete«, hörte sie Lian hinter sich sagen.

Irritiert drehte sie sich zu ihm um. »Bitte?«

»Es heißt verschüttete Milch.«

Sie zog die Augen zu schmalen Schlitzen zusammen und schnaufte.

Ihr Vater hatte damals Mr. Grabowitz dazu überreden können, von einer Anzeige abzusehen. Danach hatte er ihre Koffer gepackt und war am nächsten Morgen mit ihr und ihren Schwestern fortgezogen. Sie hatten Golden Creek verlassen. Lautlos und ohne einen Blick zurückzuwerfen.

Obwohl Lou und Rita nie etwas zu ihr gesagt hatten, wusste sie doch, dass sie ihr die Schuld dafür gaben. Wegen Emma hatten sie alles aufgeben müssen.

Sie fuhr sich mit einer Hand über das Gesicht, als könnte sie so ihre Sorgen wegwischen. Wie gerne würde sie die Zeit zurückdrehen.

»Warum durchsuchen Sie mich nicht einfach«, sagte Ben und seine Stimme klang schon weniger verzweifelt.

»Natürlich hast du das Diebesgut schon längst wieder abgelegt, damit man dir nichts nachweisen kann.«

Emma schüttelte den Kopf. Das alles war lächerlich. »Wenn er es wieder zurückgelegt hat, ist es faktisch gesehen gar kein Diebstahl.«

»Das ist Haarspalterei«, brummte Mr. Grabowitz. »Ich habe gesehen, wie er es zuerst in seine Tasche gesteckt hat.«

»Was?«

Irritiert sah der alte Mann sie an. »Was meinen Sie?«

»*Was* soll er eingesteckt haben?«, wiederholte Emma ihre Frage.

»Das spielt keine Rolle.«

Nun war es wirklich genug. Sie war noch keine zwei Stunden in der Stadt und bereute ihre Entscheidung schon. »Hören Sie zu, wir verschwinden von hier. Ich würde gerne sagen, dass es nett gewesen ist, Sie wiederzusehen, aber leider wäre das gelogen«, sagte Emma und griff nach Bens Hand. Langsam ließ sie ihren Blick durch den Raum wandern. »Wie ich sehe, haben Sie immer noch keine Kameras installiert.«

»Zu teuer«, grummelte der alte Mann. Warum wunderte sie das nicht? Jeder in Golden Creek wusste, dass der alte Grabowitz vor allem eines war: geizig.

»Nun, dann handelt es sich hier um Aussage gegen Aussage, nicht war, Mr. Byron?« Die Situation kam ihr so bekannt vor, dass Emma sich fünfzehn Jahre zurückversetzt fühlte.

Lian blickte von ihr zu Stan, dann nickte er kaum merklich. Irgendwas an seinem Gesichtsausdruck irritierte Emma. Sie konnte nur immer noch nicht sagen, was es war.

»Es wäre mir neu, wenn aus der Tochter des alten Thompson eine Anwältin geworden wäre.« Seine spöttischen Worte versetzten Emma einen Stich, aber sie lächelte nur und versuchte, sich nichts anmerken zu lassen.

»Das ist auch nicht so. Ich bin Sozialarbeiterin. Trotzdem kenne ich mich ein wenig auf dem Gebiet aus.« Sie musste ihm nicht auf die Nase binden, dass sie in ihrem Job immer wieder auf Jugendliche traf, die straffällig geworden waren. Es war ihr Aufgabe, sich um sie zu kümmern und sie zu unterstützen.

Mr. Grabowitz verdrehte die Augen. »Warum wundert mich das nicht. Pack und Pack gesellt sich gerne.«

»Stan, es reicht!« Die Schärfe in Lians Stimme ließ Ben zusammenzucken, Emma sah ihn allerdings nur verwundert an.

Stan schien sie auch bemerkt zu haben, denn er verstummte und blickte zu Boden.

»Hören Sie, ich will keinen Ärger. Sagen Sie mir einfach, was mein Sohn gestohlen haben soll. Sie können nicht einfach Behauptungen in den Raum stellen. Fragen Sie Mr. Byron. Er wird Ihnen dasselbe sagen.«

Lian seufzte tief. »Ich sag's nicht gerne, Stan, aber Mrs. Thomson hat recht.«

Missmutig runzelte Mr. Grabowitz die Stirn.

»Kondome«, presste er hervor.

Kondome? Im Ernst? Emma sah zu ihrem Sohn, der puterrot angelaufen war und den Kopf schüttelte. Dieses Gespräch war ihm sichtlich peinlich, was Emmas Wut nur noch mehr schürte. Wie konnte der alte Mann es wagen, ihren Sohn so zu demütigen?

»Ich bin mir ziemlich sicher, dass er sie nicht gestohlen hat. Ich habe zu Hause eine ganze Schublade von diesen Dingern in allen Größen und Geschmacksrichtungen. Er hat es nicht nötig, sie zu stehlen.«

Ben sah sie mit weit aufgerissenen Augen an und seine Wangen wurden noch einen Tick röter, während Lian nur stumm eine Augenbraue hob und Mr. Grabowitz wild schnaubte. Das stimmte so zwar nicht ganz, aber in diesem Fall war eine Notlüge durchaus erlaubt. Sie hatte tatsächlich eine Schublade mit Kondomen zu Hause, allerdings hauptsächlich, um sie an Schulen und Jugendhäuser zu verteilen. Aber ihr gefiel der Gedanke, dass beide Männer dachten, sie würde diese für sich selbst brauchen.

»Natürlich«, brummte Mr. Grabowitz. »Warum wundert mich das nicht. Vielleicht hätten Sie in Ihrer Jugend die Dinger auch verwenden sollen. Dann wäre uns allen viel erspart geblieben.«

Emma erstarrte und spürte, wie ihr die Farbe aus dem Gesicht wich. Es war eine Sache, wenn man sie wegen ihrer jugendlichen Fehler bloßstellte, aber auf keinen Fall würde sie sich für ihren Sohn rechtfertigen. Er war das Beste, was sie in ihrem Leben zustande gebracht hatte. Emma hob das Kinn und funkelte Mr. Grabowitz wütend an.

»Das reicht! Ben, wir gehen.« Sie drehte sich um und blieb direkt vor Lian stehen. Sie musste den Kopf in den Nacken legen, um ihn besser ansehen zu können. Erst jetzt wurde ihr bewusst, wie groß er war.

»Wenn Sie nichts dagegen haben, werden wir von hier verschwinden. Es ist spät und wird sind müde. Es war ein anstrengender Tag.«

Lian trat einen Schritt zur Seite. Er lächelte sie an und es lag nichts Abwertendes in seinem Blick. Mit einem Mal wurde ihr ganz flau im Magen.

»Ich wünsche Ihnen beiden einen schönen Tag. Ich bin mir sicher, wir werden uns noch öfter über den Weg laufen.«

Sie wurde das Gefühl nicht los, dass er sich darauf freute. Und Emma musste zugeben, dass sie genauso empfand. Auch, wenn sie es nicht zugeben würde. Sie war nach Golden Creek zurückgekommen, um sich um Jamies Projekt zu kümmern und ein wenig zu sich selbst zu finden. Nach dem Fiasko mit Ethan stand ein Mann ganz unten auf ihrer Prioritätsliste.

Ohne ein weiteres Wort verließen Emma und Ben den Laden und Emma schwor sich, ihn niemals wieder zu betreten. Doch dann fiel ihr ein, dass sie sich das beim letzten Mal auch schon geschworen hatte.

4

Als Emma am nächsten Morgen erwachte, brachte sie es nicht gleich über sich, aufzustehen. Noch immer gingen ihr Mr. Grabowitz' Worte nicht aus dem Kopf. Wie konnte dieser Mann es nur wagen, Ben des Diebstahls zu beschuldigen?

Der Apfel fällt nicht weit vom Stamm.

Sie hatte diese Worte so oft gehört, dass sie sie im Laufe der Jahre selbst geglaubt hatte. Dabei wusste sie selbst am allerbesten, dass das nicht der Fall war und sie sich keine Sorgen deswegen machen musste.

Sie hatte es nur nicht geschafft, den Rest der Welt davon zu überzeugen.

Sie streckte sich und wusste nicht, was schlimmer war: dass ihr Körper sich anfühlte, als hätte sie die ganze Nacht im hinabschauenden Hund verbracht, oder dass sich heute wieder mit den Creeks auseinandersetzen musste. Nachdem sie letzte Nacht zu Bett gegangen war, hatte sie noch lange wach gelegen und über den vergangenen Tag nachgedacht. Schließlich war sie zu dem Entschluss gekommen, dass sie nicht zurückgekommen war, um dort weiterzumachen, wo sie vor fünfzehn Jahren aufgehört hatte. Damals war sie davongelaufen, weil sie jung und ängstlich gewesen war und ihr Vater es als einzige Option angesehen hatte, Golden Creek den Rücken zu kehren, aber jetzt hatte sie nicht mehr vor, sich zu verstecken.

Schließlich stieg Emma doch aus dem Bett, hielt aber kurz inne und warf einen Blick zu Bens Zimmer hinüber, dessen

Tür geschlossen war. Es war noch früh am Morgen und sie beschloss, ihn ausschlafen zu lassen. Er würde sich dem Alltag in Golden Creek noch früh genug stellen müssen. Langsam stieg sie die Treppe runter, um sich eine Tasse Kaffee zu machen und eine Merkliste für den heutigen Tag zu schreiben. Sie hatte schon immer eine Schwäche für Listen gehabt. Ihr ganzes Leben bestand praktisch daraus. Einkaufslisten, Geschenkelisten, Ideenlisten, Zielelisten, To-do-Listen und natürlich auch eine Not-to-do-Liste. Diese hatte sie am intensivsten geführt. Schon seit Jahren stand an erster Stelle: Nicht nach Golden Creek zurückkehren!

Sie hatte ihn mit einem schwarzen Edding durchgestrichen, sodass nur noch Bruchstücke zu lesen waren. Dennoch würde sich Emma immer daran erinnern. Wie ein Mantra hatte sie diesen Satz in der Vergangenheit aufgesagt und trotzdem jeden Morgen einen Blick auf die Liste geworfen, die erst an der Pinnwand in ihrem Zimmer gehangen und auch später weiterhin ein fester Bestandteil ihres Lebens war. Bis Jamie sie angerufen und sie gebeten hatte, zurückzukommen.

Emma hatte sich die Entscheidung nicht leicht gemacht, aber nach einer genauen Analyse und einer Pro-und-Kontra-Liste war sie zu dem Entschluss gekommen, dass mehr Argumente für eine Rückkehr nach Golden Creek sprachen als dagegen. Und wenn es eine Sache gab, der Emma vertraute, dann waren es die Ergebnisse ihrer Listen.

Sie seufzte, Band sich die Haare zu einem wirren Knoten zusammen und schrieb dann ihre Vorhaben für den heutigen Tag auf ihre Liste. Emma würde mit Ben in den Baumarkt nach Squamisch fahren und ein paar Dinge besorgen, um das Haus auf Vordermann bringen zu können. Sie notierte sich das Material, das sie benötigten: eine neue Glasscheibe, ein paar Schrauben, Farbe für den Zaun. Und sie musste sich auf die Suche nach einem Tischler machen, der sich um die kaputte Eingangstür kümmerte. Danach würde sie Ben in der örtlichen Highschool anmelden und bei Jamie vorbeischauen, damit sie sich einen Überblick über sein Projekt verschaffen konnte. Schließlich hatte er bisher nur angedeutet, wie er seinen Plan in die Tat umsetzen wollte.

Ben schlief noch immer, also machte sich Emma daran, sich einen Kaffee aufzubrühen. Zu ihrer Überraschung hatte sie gestern Abend festgestellt, dass jemand die Küche mit allen notwendigen Geräten und Kochutensilien ausgestattet hatte und der Kühlschrank randvoll gefüllt worden war. Damit hätte sie sich den Besuch bei Mr. Grabowitz sparen können. In der Vermutung, dass Jamie dahintersteckte, hatte sie ihn gleich angerufen, um sich bei ihm zu bedanken. Allerdings hatte sich nur die Mailbox gemeldet und ihr war eingefallen, dass er den heutigen Tag in Vancouver verbrachte. Also hatte sie ihm eine WhatsApp-Nachricht geschickt und sich bei ihm bedankt. Als ihr Blick auf den Instantkaffee fiel, wurde ihr bewusst, dass sie heute in Squamisch auch nach frischem Kaffee Ausschau halten musste. Jamie war schon seit seiner Kindheit ein notorischer Teetrinker. Und auch wenn es in ihren Augen an Blasphemie grenzte, dieses Instant-Gebräu Kaffee zu nennen, musste sie zugeben, dass sie jetzt gerade froh darum war. Zu dem ganzen Chaos hier in Golden Creek konnte sie nicht auch noch Koffein-Entzugserscheinungen ertragen.

Vermutlich wusste bereits jeder von ihrer Ankunft.

Emma seufzte und nippte an ihrer Tasse. Angewidert verzog sie das Gesicht. Sie hatte sich zu früh gefreut. Kein Kaffee doch besser als dieser Kaffee.

In diesem Moment klopfte es an der Tür. Na also, sie hatte es ja geahnt. Als es noch mal klopfte, stellte sie seufzend die Tasse zur Seite und atmete tief durch, ehe sie aufstand und die Tür öffnete.

Zu ihrer Verwunderung stand Claire davor und hielt ihr grinsend eine braune Tüte entgegen, auf der in weißen Buchstaben B&B geschrieben stand.

»Claire? Was tust du denn hier?«

»Ich war gerade auf den Weg zu meinem Verlobten, da dachte ich mir, ich bringe dir und Ben Frühstück vorbei.«

Überrascht trat Emma zur Seite. »Das ist aber nett von dir. Komm doch herein. Ich kann dir aber leider nur Instantkaffee anbieten.«

Claire lachte und betrat das Haus. »Verrat es nicht meiner Tante, aber ich habe eine Schwäche für Kaffee jeglicher Art. Auf diesem Gebiet bin ich überhaupt nicht wählerisch.« Sie lachte und drehte sich zum Emma um.

»Wie ich gehört habe, ist dein Einkauf gestern Nachmittag etwas unglücklich verlaufen.«

So viel dazu, dass in Golden Creek jeder schon von dem gestrigen Vorfall wusste.

Emma seufzte und strich sich eine Haarsträhne aus dem Gesicht. »Du weißt also schon Bescheid?«

Claire lächelte entschuldigend. »Die Frage ist eher, wer es noch nicht weiß. Die Geschichte verbreitet sich wie ein Lauffeuer, dabei ist es noch nicht einmal neun Uhr. Wobei ich nicht weiß, was interessanter ist: dass dein Sohn Kondome geklaut haben soll oder er es gar nicht nötig hat, welche zu stehlen, weil seine Mutter einen Großvorrat davon in ihrer Schreibtischschublade bereithält.«

Emma schüttelte seufzend den Kopf. »Die Informationen wurden vollkommen falsch weitergegeben. Es ist die Küchenschublade.«

Claire lachte, während Emma ihr eine Tasse Kaffee aufgoss und vor ihr auf den Esstisch stellte. »Es freut mich, dass du es mit Humor nimmst.«

Claire presste die Lippen zusammen. »Es muss dir nicht unangenehm sein. Ein wenig frischer Wind wird Golden Creek guttun und du bist gerade dabei, die ganze Stadt durcheinanderzuwirbeln.«

»Das ist eigentlich genau das, was ich vermeiden wollte.« Emma ließ sich auf einen Stuhl sinken. »Ich schätze mal, dass du dann auch den Rest über mich erfahren hast.« Der Gedanke verursachte ihr Übelkeit.

»Ich gebe nicht viel auf die Meinung anderer. Ich mache mir gerne mein eigenes Bild.« Sie lächelte Emma über den Rand ihrer Kaffeetasse hinweg an. »Und ich habe eine ausgezeichnete Menschenkenntnis, daher musst du dir keine Sorgen machen. Ich gehöre zum Team Emma.«

Verwirrt zog Emma die Augenbrauen nach oben. »Team Emma?«

Als Claire zu Boden blickte, wurde Emma mulmig zumute. Einen Moment sagte niemand etwas, dann räusperte sich Claire.

»Na ja ... du gegen die Creeks.«

Emma sank der Mut. Sie war noch keine vierundzwanzig Stunden zurück und schon hatte sich das ganze Dorf gegen sie gestellt? Im Ernst? Man konnte es auch übertreiben. Aber warum wunderte es sie denn? Sie hatte doch von Anfang an gewusst, dass sich hier nichts geändert hatte. Missmutig stellte Emma ihre Tasse auf den Tisch. Sie hätte nicht zurückkommen sollen. Jetzt war es dafür zu spät.

»Na dann, willkommen im Gewinnerteam.«

Claire zwinkerte ihr zu. »Diese Einstellung gefällt mir.«

»Du bist auf dem Weg zu deinem Verlobten. Wohnt ihr nicht zusammen?« Noch ehe sie die Worte ausgesprochen hatte, bereute Emma sie schon wieder. »Tut mir leid, ich wollte nicht neugierig sein. Es geht mich überhaupt nichts an.«

Claire lachte und strich sich eine Haarsträhne aus dem Gesicht. »Das macht gar nichts. Du bist nicht die Einzige, die sich das fragt.« Sie schüttelte den Kopf. »Deshalb bin ich dir indirekt auch dankbar. Durch deine Ankunft hast du das Interesse der Creeks von mir abgelenkt. Seit Wochen sind wir und unsere Hochzeit Hauptthema der Stadt.«

Emma lachte auf. »Man muss in allem das Gute sehen.«

Claire seufzte. »Es ist momentan ein wenig schwierig. Ich weiß, es klingt fürchterlich, aber mit deiner Ankunft hast du uns etwas Ruhe verschafft.«

Emma zuckte mit den Schultern. »Kein Problem. Warum wohnt ihr denn nicht zusammen?«

»Bisher konnten wir uns nicht einigen, wo wir wohnen sollen. In seinem Haus oder in meiner Wohnung am Ende der Stadt. Vielleicht ist es kindisch, aber ich liebe meine Wohnung und sein Haus ist ... sagen wir, es hat seinen ganz besonderen Charme.«

Emma ließ den Blick durch die Küche wandern. »Ich verstehe. Es ist eine Bruchbude, wie Ben sagen würde.«

Claire lachte. »Das hast du gesagt. Was habt ihr heute noch vor?«

»Ich werde Ben an der Highschool anmelden und mich auf die Suche nach einem Baumarkt machen. Ich bräuchte auch noch einen Handwerker. Kannst du einen empfehlen?«

»Einen Handwerker oder einen Baumarkt?«

»Beides.«

Claire tippte mit den Fingerspitzen auf die Holzplatte.

»Ricky Sandler hat ein Händchen für alles. Er ist Miss Alice' Enkel. Fahr doch einfach mal bei ihm vorbei. Er wohnt unten am Fluss. Er ist sozusagen Golden Creeks Mädchen für alles. Aber erwähnte es ihm gegenüber nicht. Er hört es nicht gerne.« Sie stand auf und griff nach ihrer Handtasche.

»Vielen Dank für den Tipp.«

»Ach ja, und das Material bekommst du in Squamisch.«

»Okay, danke.«

»Keine Ursache.« Sie deutete mit dem Daumen über ihre Schulter in Richtung Haustüre. »Leider muss ich jetzt los, mein Unterricht beginnt bald. Vielleicht sehen wir uns ja in der Schule.« Mit einem Mal trat Claire vor und umarmte sie. »Ich würde mich freuen, wenn wir Freundinnen werden würden.«

Emma schluckte. Damit hatte sie nicht gerechnet. »Das würde mir auch gefallen.«

Claire öffnete die Tür, schulterte ihre Handtasche und trat hinaus. Mit einem breiten Lächeln drehte sie sich zu Emma um. »Ich habe eine Idee. Wie wäre es mit einem Essen? Vielleicht nächstes Wochenende? Bei mir zu Hause? Jamie werde ich auch fragen. Und bring Ben mit.«

Und ohne eine Antwort abzuwarten, lief sie die Treppen hinunter, stieg in ihren Wagen und fuhr davon.

5

Die Fahrt nach Squamisch dauerte viel kürzer als gedacht. Zusammen mit Ben hatte sie den Einkauf im Baumarkt schnell hinter sich gebracht. Für die Glasscheibe musste sie sich wohl nach einem Handwerker umsehen. Sie ahnte bereits, dass sich das als schwierig erweisen könnte. Den Rest würde sie selbst erledigen. Anschließend hatten sie sich auf den Weg zurück nach Golden Creek gemacht, die Musik laut aufgedreht und bei *Bohemian Rhapsody* mitgesungen. Erinnerungen prasselten auf sie ein. Schon als Ben noch ein kleiner Junge gewesen war, hatten sie so manchmal ihre Abende verbracht. Ben saß in seinem Kindersitz auf der Rücksitzbank, während Emma durch die Gegend fuhr. Zusammen sangen sie mit Freddy Mercury, bis Ben irgendwann vor Erschöpfung eingeschlafen war. Es war eine harte Zeit gewesen, alleinerziehend in einer Großstadt, aber Emma würde keinen Augenblick davon missen wollen.

Als Emma den Pick-up vor der Golden Creek Highschool parkte, fragte sie sich zum wiederholten Mal, ob es nicht besser wäre, umzudrehen und zurück nach Calgary zu fahren. Es widerstrebte ihr, ihren Sohn auf die Schule gehen zu lassen, die ihr damals das Leben so schwer gemacht hatte. Allen voran Direktorin Lucinda Weak, deren herablassende Art ihr immer noch einen Schauer über den Rücken jagte. Von Jamie wusste sie, dass die alte Dame vor ein paar Jahren verstorben war. Was Mrs. Weak heute wohl über sie sagen würde? Sie ärgerte sich darüber, dass sie sich tatsächlich Gedanken darüber machte, was die alte Schreckschraube über sie denken würde, aber sie konnte nicht aus ihrer Haut. Manche Verletzungen gingen so tief, dass man sie nicht einfach wie einen Mantel ablegen konnte. Tief in sich drin würde sie wohl immer das Gefühl haben, nicht gut genug für die Menschen hier in Golden Creek zu sein.

»Wollen wir hineingehen?« Sie drehte sich zu Ben um, der den Kopf gegen die Fensterscheibe gelehnt hatte und aus dem Fenster sah.

Seine Augen sagten mehr als tausend Worte.

»Müssen wir?« Bisher hatte er den Umzug widerstandslos über sich ergehen lassen, aber jetzt sah man ihm das Unbehagen an. Emma wurde schwer ums Herz. Es war ihre Schuld.

Entschuldigend nickte sie ihm zu. »Ich denke schon.«

Eine Weile war es still, dann seufzte Ben. »Kann ich dich was fragen, Mom?«

»Natürlich.« Immer. Egal worum es sich handelte. Ben würde immer an erster Stelle bei ihr stehen.

»Was hat Mr. Grabowitz gestern damit gemeint, dass du ihn bestohlen hast?«

Verdammt!

Emma schluckte schwer, ein Kloß bildete sich in ihrer Kehle, ihr Mund wurde trocken. Sie hatte zwar mit dieser Frage gerechnet. Es war wohl an der Zeit, der Wahrheit ins Auge zu sehen. Zumindest teilweise.

»Das ist eine lange Geschichte.«

Missmutig verzog Ben den Mund. »Wirst du sie mir erzählen?«

»Irgendwann mal, okay? Nur nicht heute.«

Ben presste die Lippen zusammen, dann nickte er. Sie hatten schon häufiger Gespräche dieser Art geführt und sie stand zu ihrem Wort. Aber manche Gespräche benötigten die richtige Atmosphäre und eine Menge Zeit.

»Versprochen?«

Sie lächelte und griff nach seiner Hand. »Ganz bestimmt. Und jetzt lass uns hineingehen und es hinter uns bringen«, sagte Emma betont aufmunternd. Sie wollte Ben nicht anlügen, aber sie konnte ihm auch nicht die Wahrheit sagen. Nicht, wenn es nicht nur sie allein betraf.

Ben warf ihr einen missmutigen Blick zu, dann holte er tief Luft und öffnete die Tür.

Anfangs wirkte alles sehr vertraut, als sie gemeinsam den Flur entlanggingen. Sogar der Geruch war derselbe. Eine Mischung aus alten Turnschuhen, Terpentin und Pfefferminztee. Rechts und links von ihnen befanden sich Klassenzimmer, ehe sie an eine Abzweigung kamen und der Flur sich teilte. Schilder waren an der Wand angebracht, die den Weg zum Labor, zur Turnhalle und Cafeteria wiesen. Wenn sie sich nicht täuschte, hatte sich die Schulverwaltung und auch das Lehrerzimmer in diesem Teil des Gebäudes befunden. Jetzt war hier nichts mehr davon zu erkennen. Die Türen der Klassenzimmer waren verschlossen, aus dem Räumen drangen gedämpft Stimmen. Sie hatte nicht vor, den Unterricht zu stören, um nicht noch mehr Aufmerksamkeit auf sich zu ziehen. Ben würde in den nächsten Tagen hier zur Schule gehen. Da war es besser, so unauffällig wie möglich zu sein.

Aber auf dem Flur war niemand zu sehen, den sie um Hilfe bitten könnte.

Emma warf einen Blick in eines der Klassenzimmer, deren Tür einen Spalt offen stand. Es war so klein, dass nur eine Handvoll Tische darin Platz fanden, die im Raum verteilt standen. Bis auf ein Mädchen, das an einem der Tische lehnte und in ihrem Rucksack kramte, war niemand zu sehen. Vorsichtig klopfte Emma an die offene Tür. »Hallo, wir suchen das Büro des Direktors.« Das Mädchen schreckte hoch, zeitgleich fiel ihr der Rucksack aus der Hand. Hefte, Bücher, ein Handy und ein Portemonnaie fielen heraus und verteilten sich auf dem Boden.

»Warte, ich helfe dir«, sagte Ben, ging zu ihr und bückte sich. Emma betrat das Klassenzimmer, blieb dann aber stehen. Erinnerungen strömten auf sie ein – und zwar keine von der guten Sorte. Bilder flackerten auf, die sie sofort zu verdrängen versuchte. Das alles gehörte der Vergangenheit an. Wann würde sie endlich damit fertigwerden?

»Das tut mir leid. Wir wollten dich nicht erschrecken.«

»Schon okay«, murmelte das Mädchen und starrte dabei auf den Rucksack, der immer noch auf dem Boden lag. Sie rührte sich nicht. Ben sammelte gerade die Bücher ein und Emma bemerkte, wie er ein Heft begutachtete.

»Marvel, hmm?« Er drehte es in seiner Hand und sah zu ihr empor. »Wer ist dein Favorit?«

Fragend sah sie zu Emma, dann wieder zu Ben. Sie zuckte mit den Schultern. »Keine Ahnung, ich weiß nicht …«

»Schon ok. Ich kann mich auch immer nicht entscheiden. Wobei ich ein echter Black Widow-Fan bin«, murmelte er. Er packte es in den Rucksack, stand auf und hielt ihn dem Mädchen hin.

»Stimmt, sie ist richtig cool«. Das Mädchen lächelte ihn zaghaft an.

»Ich bin Ben und das ist meine Mom. Sie ist die neue Sozialarbeiterin in der Stadt wird auch hier an der Schule arbeiten.« Der Blick des Mädchens huschte zwischen Ben und Emma hin und her. »Wir sind gestern erst hier angekommen und … Moment mal! Ich kenne dich. Du bist aus dem Laden gestürmt, als wir bei diesem alten Mann waren.«

Jetzt erinnerte sich Emma auch. Das Mädchen hatte sie fast umgerannt.

»Das tut mir leid. Ich hatte es eilig.« Sie schluckte. »Ich bin Ally.«

Sie strich sich eine Haarsträhne aus dem Gesicht und wirkte sichtlich nervös. Dann griff sie nach dem Rucksack und presste ihn an ihren Körper, als hinge ihr Leben daran.

»Das Büro von Direktor Lincoln ist im ersten Stock am Ende des Ganges. Dritte Tür links.« Sie biss sich auf die Unterlippe, dann deutete sie auf die Tür. »Ich muss dann mal los. War nett, Sie kennenzulernen.«

Ohne sich noch mal umzusehen stürmte sie aus der Tür.

Seltsam.

Der Direktor der Golden Creek Highschool, Mr. Lincoln, war ungefähr Mitte fünfzig. Er begutachtete Bens Zeugnisse aus seiner alten Schule in Calgary, während er ihn gleichzeitig nach seinen Lieblingsfächern und Hobbys fragte. Schließlich stapelte er die Unterlagen und sagte zu Ben: »Ich würde mich gerne mit deiner Mutter alleine unterhalten. Könntest du kurz vor der Tür warten?«

Ben warf ihr einen fragenden Blick zu, den Emma mit einem Nicken quittierte. Sobald ihr Sohn die Tür hinter sich geschlossen hatte, wandte sich Mr. Lincoln lächelnd an Emma.

»Er wird mit Sicherheit eine tolle Zeit bei uns haben. Die Golden Creek Highschool wurde vor zwei Jahren als beste Schule in British Columbia ausgezeichnet.« Der Stolz in seiner Stimme war nicht zu überhören und es lag auf der Hand, dass er diese Auszeichnung sich selbst zuschrieb.

Emma wusste nicht so recht, was sie dazu sagen sollte.

»Und wie ich gehört habe, werden auch Sie bald Teil unseres Teams sein. Mr. Owen hat mir gesagt, dass sie Sozialarbeiterin sind und unsere Schule unterstützen werden.«

Emma nickte und lächelte den Direktor an. »Das ist richtig. Ich werde mich eine Weile im Schulhaus aufhalten und Vertrauensgespräche mit den Schülern und Schülerinnen führen. Natürlich nur, sofern ein Gespräch gewünscht ist.«

Der Direktor beugte sich über seinem Schreibtisch nach vorne. »Um was geht es da genau?«

»Alles, womit sich Jugendliche beschäftigen. Sie können zu mir kommen, wenn sie Fragen haben oder Hilfe benötigen. Ganz egal, um was es geht. Verhütung, Liebeskummer,

Drogenmissbrauch oder aber auch Probleme mit dem Gesetz. Ich werde ihnen zuhören und helfen, wenn ich es kann. Es ist ja leider so, dass für viele Jugendliche das eigene Elternhaus nicht immer die erste Anlaufstelle ist, und manchmal braucht es einfach einen Blick von außen. Eine unparteiische Person, die nicht verurteilt.«

Ein seltsamer Ausdruck huschte über sein Gesicht, den sie nicht ganz einschätzen konnte.

»Ich hätte gerne nach jedem Gespräch einen ausführlichen Bericht darüber.«

Was? Hatte sie ihn richtig verstanden?

»Was meinen Sie damit?«

»Nun, als Schuldirektor ist es meine Pflicht, über die Dinge an meiner Schule genaustens Bescheid zu wissen. Schließlich haben wir die Auszeichnung nicht grundlos erhalten. Ich habe das mit dem Bürgermeister bereits besprochen und wir waren uns einig, dass ein paar Vorkehrungen hier dringend erforderlich sind. Daher hätte ich gerne eine Stellungnahme von Ihnen zu jedem Schüler.«

Er hatte mit Jamie darüber gesprochen? Und dieser war damit einverstanden gewesen? Das konnte doch nicht wahr sein. Sie atmete scharf ein und beugte sich ebenfalls über den Tisch, um Mr. Lincoln näher zu sein – damit sie nicht so laut sprechen musste, er sie aber trotzdem gut verstand.

»Tut mir wirklich leid, aber ich werde das Vertrauen, das diese Kinder mir schenken, ganz sicher nicht missbrauchen, indem ich Sie über deren Probleme informiere. Ich gehe davon aus, dass Ihnen den Begriff Schweigepflicht etwas sagt. Weder die Schule noch der Bürgermeister oder sonst jemand wird erfahren, was mir jemand erzählt, solange diese Person nicht eine Gefahr für sich oder andere darstellt.«

Seine Miene verhärtete sich, aber Emma war das egal. Sie hatte sich schon mit viel Schlimmeren herumärgern müssen. Ein wütender Schuldirektor war ein Kinderspiel für sie.

»Ich bin mir ziemlich sicher, es ist im Interesse der Eltern, dass die Schule erfährt, was ihre Kinder umtreibt.«

Wut brodelte in ihr. Was dachte sich dieser Mann eigentlich?

»Ich bin weder den Eltern noch der Schule und schon gar nicht dem Bürgermeister zu irgendetwas verpflichtet. Meine Loyalität gilt nur den Jugendlichen, die meine Hilfe brauchen. Glauben Sie mir, es ist schon traurig genug, dass diese Kinder sich einer Fremden anvertrauen müssen, weil die für sie verantwortlichen Personen nicht in der Lage dazu sind Ihnen zu helfen oder schlichtweg kein Interesse an ihnen haben. Und damit meine ich nicht nur die Erziehungsberechtigten, sondern auch den Lehrkörper.«

Er funkelte sie an und Emma war sich nicht sicher, wer von ihnen beiden wütender war. Aber sie hatte auch keine Lust, es herauszufinden.

»Ich denke, ich sollte jetzt gehen. Ich wünsche Ihnen noch einen schönen Tag, Mr. Lincoln. Wir werden uns mit Sicherheit bald wiedersehen.« Emma stand auf und streckte dem Direktor die Hand hin, die dieser missmutig ergriff.

»Man hat mich vor Ihnen gewarnt.«

Emma erstarrte, aber sie versuchte sich nichts anmerken zu lassen. Sie durfte sich auf keinen Fall einschüchtern lassen.

»Tatsächlich?«

Mr. Lincoln ließ ihre Hand los und lehnte sich in seinem Stuhl zurück. »Man hat mir gesagt, Sie würden nur Ärger machen. Scheint so, als hätten die Creeks recht.«

Emma setzte ein Lächeln auf, obwohl ihr ganz und gar nicht danach zumute war. Aber darin hatte sie bereits Erfahrung. Manche Dinge verlernte man einfach nicht.

»Tja, das ist nicht mein Problem.«

Dann drehte sie sich um und verließ sein Büro. Sie hatte gedacht, Mrs. Weaks war schlimm gewesen. Sie hatte ja keine Ahnung gehabt.

Ben wartete bereits am Wagen, als sie das Schulgebäude verließ und über den Parkplatz lief. Sie hatte das Bedürfnis, so schnell wie möglich von hier zu verschwinden. Emma kam sich vor wie einer Zeitschleife. Als wäre sie wieder fünfzehn Jahre alt und gerade ins Büro der Direktorin zitiert worden.

Ohne ein weiteres Wort stieg Emma ein und sie fuhren davon.

Niemand beachtete sie, als sie das Touristeninformationszentrum betrat, und Erleichterung machte sich in Emma breit. Sie hatte mit Getuschel und verstohlenen Blicken gerechnet, aber keiner nahm überhaupt von ihr Kenntnis. Emma lächelte und schlängelte sich durch die vereinzelten Grüppchen von Touristen, die sich für das bevorstehende Blackcomb-Festival zu interessieren schienen.

Das Gebäude war in zwei Teile geteilt: der vordere für die Touristen und der hintere für die Einheimischen. Auch das war etwas, das sich nicht geändert hatte. Schon vor fünfzehn Jahren befand sich das Büro des Bürgermeisters im Touristenzentrum, da das damalige Oberhaupt der Kleinstadt, Jason Bickley, der Meinung gewesen war, so nah wie möglich am Volk sein zu müssen und dort am besten agieren zu können.

Emma hätte es schöner gefunden, wenn sich Jamie ein Büro am Marktplatz, im Zentrum von Golden Creek, gesucht hätte, aber wie auch seine Vorgänger hatte er dieses Büro bevorzugt.

Gestern Abend hatte er ihr noch eine WhatsApp-Nachricht geschickt, dass er einen Termin in Vancouver habe und nicht vor Mitternacht nach Hause käme, also hatten sie ein Treffen für den nächsten Tag vereinbart. Emma konnte es gar nicht erwarten, Jamie wiederzusehen.

Die Dame lächelte ihr freundlich zu.

»Hallo …« Emma warf einen schnellen Blick auf das Namensschild der Dame hinter dem Informationsschalter, das an ihrer Bluse befestigt war. » … Kendra. Mein Name ist Emma Thompson. Ich habe einen Termin bei Mr. Owen.«

»Einen kleinen Moment, bitte. Ich schaue gleich mal nach.«

Emma drehte sich um, lehnte sich mit dem Rücken gegen den Tresen und warf einen Blick auf die vielen, verschiedenen Veranstaltungsplakate, die an der Wand hingen. In ein paar Tagen würde in der Gegend wieder das Blackcomb-Festival stattfinden. Emma erinnerte sich an das Spektakel, das Tausende von Besuchern aus ganz British Columbia nach Golden Creek zog. Wenn sie sich recht erinnerte, konnten sich die Gemeinden aus dem Distrikt für eine Teilnahme bewerben, indem sie eine Disziplin vorschlugen, die ihre Gemeinde präsentieren würde. In ihrer Kindheit war ihr das Einradhockey am liebsten gewesen. Sie erinnerte sich noch gut, wie ihr Vater und Jamies Dad regelmäßig daran teilgenommen hatten und gescheitert waren. Aber es gehörte zu ihren besten Erinnerungen. Die Auslosung fand immer am fünfzehnten Mai statt, anschließend hatten die Teilnehmer genau vier Monate Zeit, um sich auf den Wettbewerb vorzubereiten. Golden Creek gehörte zu den Gemeinden, die automatisch daran teilnahmen, denn Bran Williams, ehemaliger Sheriff von Golden Creek und Ehrenbürger der Kleinstadt, hatte den Wettbewerb vor über fünfzig Jahren ins Leben gerufen, nachdem er haushoch eine Wette gegen seinen Erzfeind Jimmy Milton verloren hatte. Anfangs war es nur eine kleine Veranstaltung gewesen, aber im Laufe der Zeit hatte sich das Ganze zu einem wahren Highlight der Region ausgewachsen. Mittlerweile war es sogar so, dass die gesamten Übernachtungsmöglichkeiten im Umkreis von hundert Kilometern schon Monate im Voraus ausgebucht waren. Das Festival gehörte zu den größten Veranstaltungen im County. Nationale Musiker traten auf, es gab unzählige Buden mit kanadischen Spezialitäten, aber auch Feuerspucker, Clowns für die Kinder und sogar ein Zelt mit einer echten Wahrsagerin. Emma lächelte, als sie an Miss Julie dachte, das Aushängeschild von Golden Creek, die damals, als Emma selbst noch ein Kind gewesen war, ihre Tarotkarten gelegt hatte. Sie hatte sich zusammen mit ihren Schwestern oft in dem Zelt unter dem Tisch verkrochen und hatte zugehört, was Miss Julie ihren Kunden im Vertrauen gesagt hatte. Im Nachhinein musste Emma zugeben, dass einige der Dinge tatsächlich eingetroffen waren.

»Emma?«

Als sie Jamies Stimme hörte, drehte sie sich abrupt um. Ihr bester Freund stand nur wenige Meter von ihr entfernt und strahlte sie an.

»Ich warte schon den ganzen Vormittag auf dich.« Mit großen Schritten kam er auf sie zu und zog sie in eine innige Umarmung. Emma seufzte und lehnte den Kopf an seine Schulter. Das hatte sie so vermisst. Erst jetzt spürte sie, wie sehr. Zum ersten Mal fühlte Emma sich in Golden Creek willkommen. Jamie ließ sie los und trat einen Schritt zurück. Sein Blick wanderte über ihren Körper und sein Lächeln wurde breiter.

»Du siehst toll aus. Hattet ihr eine gute Fahrt?« Er sah an ihr vorbei und runzelte die Stirn. »Wo ist Ben?«

»Ich habe ihn nach Hause gebracht. Wir waren gerade in der Schule und haben ihn angemeldet. Er wird am Montag mit dem Unterricht beginnen.« Emma betrachtete ihren besten Freund genauer. Er hatte sich kaum verändert. Im Grunde genommen sah er immer noch aus wie als Teenager, nur mit ein paar grauen Strähnen an den Schläfen und ein wenig mehr Kilos auf den Rippen. Er war durchaus attraktiv, aber Emma hatte sich noch nie zu ihm hingezogen gefühlt. Sie waren immer nur beste Freunde gewesen. Das lag vielleicht daran, dass ihre Väter ebenfalls Freunde gewesen waren oder aber an der Tatsache, dass Emma Jamie im Alter von sieben Jahren aus dem Golden Creek gezogen hatte. Ohne darüber nachzudenken war sie ihm hinterhergesprungen, als er ihr beweisen wollte, dass es im Fluss Wasserschlangen gab. Leider hatte er die Strömung unterschätzt und war kurz darauf untergegangen. Wäre Emma nicht gewesen, dann wäre er vielleicht nie wieder aufgetaucht. Dieser Tag hatte sie zu besten Freunden gemacht.

Jamie warf einen Blick auf seine Armbanduhr, dann schüttelte er den Kopf. »Ich habe gleich noch eine Besprechung. Darf ich dich auf einen Kaffee einladen? In einer halben Stunde? Es gibt ein neues Diner, nur ein paar Meter entfernt. Hat erst vor wenigen Tagen eröffnet. Wenn ich mich nicht irre, habe ich sogar einen Rabattgutschein dafür.«

Emma lächelte ihn an. Schon früher hatte Jamie für alles Gutscheine gesammelt. Meistens waren es welche für Süßigkeiten oder Bücher gewesen, und wenn das Geld bei ihnen zu Hause am Ende des Monats knapp geworden war, hatte er Emma oft welche geschenkt. Dann hatten sie sich Comics gekauft, sich auf das Hausdach verzogen und stundenlang in den Heften geschmökert, bis diese fast auseinanderfielen.

»Gerne. Ich muss sowieso noch etwas besorgen.«

»Dann bis gleich«, sagte Jamie, drückte ihr einen Kuss auf die Wange und verschwand in sein Büro.

Einen Moment lang blieb Emma stehen. Sie hatte gar nichts mehr zu tun, allerdings wollte sie Jamie nicht von seiner Arbeit abhalten. Sie würde sich ein wenig in die Sonne setzen, die Augen schließen und die Wärme genießen.

Gerade als sie sich umdrehte und das Touristenzentrum verlassen wollte, hörte sie eine bekannte Stimme.

»So schnell trifft man sich wieder.«

Sie blickte zur Seite und sah Lian Byron, wie er in typischer George-Clooney-Manier mit verschränkten Armen vor der Brust im Türrahmen lehnte. Sie fragte sich, was er hier machte. Ihr Blick wanderte zum Schild an der Tür, aber dort stand nur in Großbuchstaben: KONFERENZRAUM. Seltsam.

Hatte Mr. Byron nicht erwähnt, er wäre Anwalt? Was machte er dann hier?

»Guten Tag, Mr. Byron. Nett, sie wiederzusehen.«

»Sie lügen.«

Überrascht zog Emma eine Augenbraue nach oben. »Bitte?«

Er stieß sich vom Türrahmen ab und schlenderte auf sie zu.

»Nach unserem Aufeinandertreffen gestern finden Sie es ganz und gar nicht nett, mich wiederzusehen. Geben Sie es ruhig zu, Sie haben gehofft, dass Sie mich eine ganze Weile nicht mehr zu Gesicht bekommen würden. Wirklich schade ...«, murmelte er und schüttelte den Kopf.

Emma presste die Lippen zusammen. Es ärgerte sie, dass er sie durchschaut hatte, aber sie hatte nicht vor, ihm die Wahrheit zu sagen. Dass sie sich gestern Abend geschworen hatte, ihm in Zukunft aus dem Weg zu gehen. Auch, wenn er ziemlich gut aussah.

Emma reckte das Kinn und lächelte ihn an. Sie würde sich nicht in die Karte schauen lassen.

»Was ist schade?« Sie wusste, dass er ihr einen Köder hingeworfen hatte, aber sie konnte nicht anders und biss an. Verdammt!

»Ich habe gedacht, Sie gehören zu den Menschen, die Ehrlichkeit vorziehen.«

Empört schnappte sie nach Luft. Was bildete sich dieser Kerl eigentlich ein? »So ein Mensch bin ich auch.«

»Tatsächlich? Warum sagen Sie mir dann nicht die Wahrheit?«

»Weil es unhöflich wäre, schließlich kenne ich Sie überhaupt nicht.«

Er legte den Kopf zur Seite. »Das heißt, wenn wir uns besser kennen würden, dann wären Sie ehrlich zu mir und würden mir sagen, was Sie von mir denken?«

Das würde sie ganz bestimmt nicht tun, aber das musste sie ihm ja nicht auf die Nase binden. »Natürlich.«

»Gut«, sagte Lian und lächelte. Es war ein äußerst charmantes Lächeln, wie Emma zugeben musste. Nicht, dass sie darauf besonders achtete ... Ihre Schwester Lou würde es wohl sexy nennen und Rita hätte vermutlich den ganzen Mann atemberaubend gefunden. Vermutlich wären ihr noch mehr Adjektive im Bezug zu ihm eingefallen. Ganz bestimmt auch welche, die nicht jugendfrei waren.

Ja, Lian Byron besaß ein äußerst sexy und atemberaubendes Lächeln und so wie er sie ansah, wusste er das auch ganz genau. Vielleicht war genau das der Grund. Heiße, intelligente Männer mit einer gesunden Portion Selbstbewusstsein waren schon immer eine Schwäche von ihr gewesen.

»Was meinen Sie mit gut?«, fragte sie vorsichtig.

»Dann werden wir uns besser kennenlernen müssen.« Ohne noch etwas zu sagen, drehte er sich um, ging zurück in den Konferenzraum, aus dem er gerade gekommen war, und griff nach seinem Jackett. Emma folgte ihm und warf einen Blick in den Raum.

Es war ein großes Zimmer, fast so groß wie ihr Wohnzimmer, mit einer hellen Fensterfront. In der Mitte stand ein langer Tisch, darum herum etliche Stühle. Darauf waren ein Laptop und unzählige Dokumente zu sehen. In der Ecke konnte Emma ein braunes Ledersofa ausmachen und ein Glastisch mitsamt einer kleinen Getränkeauswahl.

An den Wänden hingen Urkunden, auf denen sein Name zu lesen war. Sogar ziemlich viele davon. Er hatte an der Universität von Toronto studiert und sein Studium mit Auszeichnung abgeschlossen. Warum wunderte das sie nicht?

»Arbeiten Sie hier?«, fragte sie neugierig.

»Manchmal«, sagte er und schlüpfte in sein Jackett. »Meine Kanzlei befindet sich in der Elinor Street in der Nähe des Busbahnhofs und manche meiner Mandanten sind nicht mobil. Es ist für sie leichter, hierherzukommen.« Er ging an ihr vorbei und blieb an der Tür stehen.

»Kommen Sie?«

Emma sah ihn verwundert an. »Wohin?«

»Wir gehen essen.«

Was? Damit hatte sie nicht gerechnet. »Warum?«

Er grinste sie verschmitzt an.

Emma verschränkte die Arme vor der Brust. »Das geht nicht.« Sie warf einen kurzen Blick über ihre Schulter in der Hoffnung, Jamie vielleicht irgendwo zu sehen, aber *nada*. »Ich habe einen Termin mit dem Bürgermeister zum Lunch.«

»Perfekt. Er kann sich dann zu uns setzen. Ich habe Jamie heute noch nicht gesehen. Es gibt sowieso noch einiges, das ich mit ihm zu besprechen habe.«

Emma schnaubte und runzelte die Stirn. »Sind Sie immer so unverschämt?«

»Warum? Weil ich Sie zum Essen einladen möchte? Ich bin mir sicher, andere Frauen würden mich als charmant oder großzügig bezeichnen.«

Er legte eine Hand auf ihren unteren Rücken und ein Schauer jagte ihr über die Haut. Das war ihr noch nie passiert, aber vielleicht lag es auch einfach daran, dass sie schon viel zu lange keinen Sex mehr gehabt hatte. Sie konnte sich nicht einmal mehr daran erinnern. Es war mit Ethan gewesen, so viel stand fest, aber sie konnte sich nicht mehr an Details erinnern. Gott, was war sie erbärmlich.

»Weil Sie davon ausgehen, dass ich mit ihnen Essen gehen *möchte.*« Sie verschränkte die Arme vor der Brust. »Außerdem haben Sie mich überhaupt nicht gefragt.« Gott, sie hörte sich an wie ein beleidigtes kleines Kind. Aber sie hatte die Nase voll davon, bevormundet zu werden. Ethan hatte dieselbe Nummer abgezogen und Emma hatte sie ihm viel zu lange durchgehen lassen.

Er zog eine Augenbraue nach oben und sah sie einmal mehr fragend an. »Darf ich Sie zum Lunch einladen, Miss Thompson? Da wir vermutlich zusammenarbeiten werden, würde ich Sie gerne besser kennenlernen.«

»Na schön«, murmelte sie. Warum auch nicht? Ein einziges Essen würde sie schon nicht umbringen und vielleicht konnte ihr Mr. Byron ja ein wenig von den Veränderungen in der Stadt erzählen. So wie er gestern aufgetreten war, schien er die Leute gut zu kennen. Vermutlich wäre er sogar eine Hilfe.

Gerade als sie weitersprechen wollte, fiel ihr etwas auf.

»Moment mal. Was meinen Sie damit, dass wir zusammenarbeiten werden?«

»Können wir das beim Essen besprechen? Ich habe einen Bärenhunger.«

Neugierig folgte sie Lian aus dem Haus, überquerte mit ihm die Straße und fand sich plötzlich vor einem Diner wieder, das ihr noch nicht aufgefallen war.

»Hat Jamie dieses Diner mit Ihnen vereinbart?«, fragte Lian.

Emma nickte und sah sich vorsichtig um. »Ich denke schon. Ist das sein Lieblingslokal?«

»Kann man so sagen«, murmelte Lian und betrat das Diner. Emma blieb überrascht stehen, als sie die Inneneinrichtung sah. Es sah aus wie in den Fünfzigerjahren. Schwarzweiße Fliesen, mit rotem Leder bezogene Stühle und eine Jukebox, die sich im hinteren Teil des Raums befand. Ein schwarzer Cadillac stand mitten in dem geräumigen Lokal. Lian steuerte einen Tisch am Fenster an und setzte sich.

Emma legte ihre Handtasche ab und nahm ihm gegenüber Platz. Der Duft von Burgern und frittiertem Fett hing in der Luft und Emmas Magen begann zu knurren. Sie hatte gar nicht bemerkt, dass sie solchen Hunger hatte.

»Kommen Sie oft hierher?«, fragte sie und sah sich um. Auf der Theke standen rote Nelken in einer Vase und eine

Schale mit frisch gebackenen Keksen. In Gedanken notierte sich Emma, Ben davon zu erzählten. Er liebte Erdnuss-Schokoladen-Kekse.

»Nein, eigentlich nicht. Erhöhte Blutfettwerte stehen nicht auf meiner Bucket List.«

Sie lehnte sich in ihrem Stuhl zurück und studierte die Speisekarte. »Sie haben eine Bucket List? Wirklich?« Sie bemühte sich die Frage ganz beiläufig zu stellen, aber brannte darauf mehr zu erfahren.

»Warum überrascht Sie das? Hat nicht jeder so eine Liste?«

Emma schüttelte den Kopf. »Sie sind der Erste, der mir begegnet.«

»Vermutlich, weil es niemand an die große Glocke hängt.«

Das ließ sich Emma durch den Kopf gehen. Vielleicht hatte er recht. Eine Liste mit all den Dingen zu erstellen, die man in seinem Leben noch erreichen möchte, ist doch eine sehr persönliche Angelegenheit. So was erwähnte man eher in tiefgründigen Gesprächen und nicht bei einem Small Talk. Aber er hatte sie neugierig gemacht und jetzt brannte es ihr unter den Nägeln, mehr darüber zu erfahren.

»Was steht denn stattdessen darauf?« Die Frage konnte sie sich nicht verkneifen.

Lian blickte sie über den Rand seiner Speisekarte an. »Ich denke, wir kennen uns noch nicht gut genug, dass ich Ihnen das verrate. Aber was nicht ist, kann ja noch werden.« Er zwinkerte ihr zu.

Emma wusste nicht, was sie darauf erwidern sollte. Sie musste zugegeben, dass es sie ein wenig beeindruckte, dass er tatsächlich solch eine Liste besaß. Sie selbst hatte natürlich auch so eine Liste. Aber sie hatte nicht vor, ihm das auf die Nase zu binden. Die Dinge, die darauf standen, gingen niemanden etwas an.

In diesem Moment erschien die Bedienung und Emma zögerte einen Moment. Schließlich hatte sie sich mit Jamie hier verabredet, allerdings wusste sie nicht, wann er mit seiner Besprechung fertig sein würde, und ihr knurrte der Magen. Sie konnte also genauso gut schon etwas essen.

Lian bestellte sich ein Ginger Ale zusammen mit einem Steakburger mit frischer Guacamole und einer Portion Zwiebelringen, während sie sich für einen Baconburger mit Ahornsirup entschied und dazu ein Glas Wasser. Über die Kalorien konnte sie sich später Gedanken machen.

»Darf ich Sie etwas fragen?«, sagte sie, als die Bedienung verschwunden war.

»Das tun Sie doch schon.«

Sie schnaubte und strich sich eine Haarsträhne aus dem Gesicht. »Wie kommt ein Anwalt wie Sie nach Golden Creek?«

Er sah sie verwundert an.

»Was meinen Sie damit, ›Ein Anwalt wie Sie‹?«

»Nun, Sie tragen einen teuren italienischen Designeranzug und eine Uhr, die so viel kostet wie ein Mittelklassewagen. Ich war zwar ziemlich lange weg, doch ich denke, es gibt nicht viele Leute in Golden Creek, die sich Ihren Stundensatz leisten können. Noch dazu scheinen Sie Ihren Job gut zu machen, denn sogar Mr. Grabowitz respektiert sie und das will etwas heißen. Aber sein Laden sieht noch genauso heruntergekommen aus wie vor fünfzehn Jahren, ich glaube also kaum, dass er Sie bezahlen kann, und trotzdem hat er Sie als seinen Anwalt bezeichnet. Ich habe die Auszeichnungen in Ihrem Büro gesehen. Sie besitzen eine Menge Potenzial, dennoch sind Sie in einer Kleinstadt wie dieser hier gelandet, und ich frage mich, warum das so ist. Sind Sie einfach nur ein Samariter oder vor etwas davongelaufen?«

Er legte den Kopf zur Seite und sah sie seine Weile stumm an. Emma wusste nicht genau, wie sie seinen Gesichtsausdruck deuten sollte. Wut war darin nicht zu sehen. Es machte ihm also nichts aus, dass sie ihn so akribisch auseinandergenommen hatte. Aber was war es dann, Neugier oder Belustigung? Oder hatte sie den Nagel auf den Kopf getroffen?

»Sie meinen, so wie Sie?«, fragte er trocken.

Emma schluckte und der Stich, den sein Kommentar in ihrer Brust hinterließ, ärgerte sie.

»Es war damals nicht meine Entscheidung. Ich wäre nicht davongelaufen.«

Das meinte sie auch so. Ihr Vater war es gewesen, der beschlossen hatte, Golden Creek zu verlassen, sie selbst hätte diesen Schritt niemals getan.

Lians Blick verharrte auf ihr, aber er schien ihren Gesichtsausdruck richtig zu deuten, denn er ruderte sofort zurück.

»Tut mir leid. Ich wollte Ihnen nicht zu nahe treten. Natürlich habe ich gehört, was Ihnen damals passiert ist, und es steht mir nicht zu, ein Urteil darüber zu treffen. Genauso wenig, warum Sie zurückgekommen sind. Es tut mir leid.«

»Darüber spekulieren sie, richtig?« Ihre Stimme krächzte, was sie ärgerte, aber sie wollte die Wahrheit wissen. Lian Byron wirkte wie jemand, der ihr ehrlich antworten würde. Seltsamerweise war sie sich da sogar ziemlich sicher.

»Wer?«

»Die Creeks. Sie sind neugierig, richtig? Sie fragen sich, warum ich zurückgekommen bin.«

Er nickte. »Ein paar von ihnen, ja.«

Sie wandte den Blick ab. Das hatte sie sich schon gedacht. Vielleicht hätte sie Jamie doch erlauben sollen, mehr zu verraten.

Sie hatte sich so sehr gewünscht, dem Klatsch und Tratsch aus dem Weg zu gehen, dass sie mit ihrer Geheimniskrämerei alles nur noch schlimmer gemacht hatte.

»Wie ich bereits gesagt habe. Damals war es nicht meine Entscheidung, die Stadt zu verlassen, aber es war meine, zurückzukommen. Zum einen, um Jamie zu helfen und die

Stadt zu unterstützen, aber auch, weil ich zurückkommen wollte. Das ist mein Zuhause, auch wenn viele es nicht so sehen, und ich lasse mich nicht vertreiben. Von niemandem.« Sie machte eine Pause und schluckte schwer, bevor sie leiser fortfuhr: »Vielleicht musste ich mir aber auch nur etwas beweisen.«

Als er antwortete, klang seine Stimme ein wenig weicher.

»Es ist egal, warum Sie zurückgekommen sind. Sie müssen niemandem Rechenschaft darüber ablegen. Es reicht, wenn Sie alleine den Grund dafür kennen.«

Der Kloß in ihrem Hals schrumpfte ein wenig.

»Sie haben meine Frage noch nicht beantwortet: Was hat Sie nach Golden Creek gebracht?«

»Jamie. Er hat mich überredet, hierherzukommen.«

Das wunderte sie nicht. Jamie hatte diese besondere Art, Menschen zu überzeugen. Er hatte schließlich auch sie dazu gebracht, zurückzukommen.

»Und haben Sie es jemals bereut?«

»Keine einzige Sekunde.«

»Weil die Creeks Ihnen Zuflucht geschenkt haben?«

»Ich würde es eher Zuhause nennen.«

Sie musterte ihn einen Augenblick lang. Emma fragte sich, was mit seinem ursprünglichen Zuhause geschehen war. Aber sie würde ihn jetzt nicht danach fragen. Die Frage kam ihr dann doch zu persönlich vor. Es ging sie schließlich nichts an. Trotzdem musste sie zugeben, dass sie neugierig geworden war.

»Nehmen Sie am Wettbewerb teil?«, riss er sie aus ihren Gedanken. Sie brauchte einen Augenblick, um ihm folgen zu können.

»Nein, ich denke nicht. Ich werde hier eine Menge zu tun haben. Außerdem habe ich als Kind ein paar ziemlich üble Unfälle mitbekommen. So etwas prägt.«

Er beugte sich nach vorne und lächelte sie an. »Erzählen Sie mir mehr davon.«

Emma presste die Lippen aufeinander und dachte scharf nach. Dann schmunzelte sie, als ihr etwas einfiel. »Kennen Sie den alten Sam? Ich weiß nicht, ob er noch lebt, aber sein Haus liegt unten am Beaver Lake.«

»Er ist vor ein paar Jahren gestorben.«

»Das tut mir leid. Er war ein netter alter Mann. Ich bin mir auch nicht sicher, ob ich das erzählen sollte, aus Respekt vor den Toten sozusagen, aber er hat am Wettbewerb teilgenommen, da war ich ungefähr acht Jahre alt. Damals hatte sich die Stadt für Bogenschießen als Disziplin entschieden.«

»Sie machen mich neugierig. Was ist passiert?«

»Sam war an dem Tag betrunken. Wie fast jeden Tag im Jahr. Soweit ich mich erinnere, hat er den Pfeil abgeschossen, ohne auf das Publikum zu achten. Er hat den damaligen Sheriff des Countys, Trevor Jackson, in den Hintern getroffen und ihn damit regelrecht aufgespießt.«

»Fuck! Das tut weh.« Er verzog das Gesicht zu einer schmerzhaften Grimasse.

»Das können Sie laut sagen. Der Wettbewerb wurde abgebrochen und im Reglement wurde vermerkt, dass von Pfeil und Bogen zukünftig Abstand genommen werden sollte.«

»Ich kann mir denken, was mit Sam geschehen ist. Er hat bestimmt nie wieder an dem Wettbewerb teilnehmen dürfen.«

Emma lachte. »Richtig. Er wurde lebenslang gesperrt. Er war davon natürlich überhaupt nicht begeistert und dann im Laufe der Jahre immer wieder den Wettbewerb boykottiert bis man ihn, während des Wettbewerbs, der Stadt verwiesen hat.«

Lian lehnte sich zurück und verschränkte die Arme vor seiner Brust. »Ich frage mich, wie die Stadt das damals rechtlich durchgesetzt hat. Sie müssen wirklich grundlegende Verstöße gegen ihn gehabt haben, dass die Staatsanwalt das befürwortet hat.«

»Oh, ich bin mir ziemlich sicher, dass es da nicht mit rechten Dingen zugegangen ist.«

In diesem Moment tauchte die Bedienung auf und brachte ihnen ihre Bestellung. Sie aßen stumm und immer wieder schielte Emma zu Lian hinüber, der vollkommen in Gedanken versunken zu sein schien. Ihr brannten so viele Fragen auf der Zunge, aber sie hielt es für besser, sich erst einmal zurückzuhalten.

Daher überraschte es sie, dass er zu sprechen begann.

»Wissen Sie, was komisch ist?«

»Komisch im Sinne von witzig oder von seltsam?« Das war ein Running Gag zwischen Ben und ihr, aber dass musste Lian nicht wissen.

Er lächelte, dann schüttelte er den Kopf. »Seltsam.«

»Sagen Sie es mir.«

»Jamie hat Sie nie erwähnt.«

Emma hielt inne und schluckte, ein dumpfer Schmerz machte sich in ihrer Brust breit.

»Er ist mein bester Freund und ich weiß eine Menge über ihn. Aber Sie hat er in all den Jahren mit keinem Wort erwähnt. Und ich frage mich, warum das so ist.«

Der Schmerz wurde immer stärker. Jamie war seit Kindertagen ihr Freund. Warum hatte er sie nie von ihr gesprochen?

Emma zuckte mit den Schultern. »Keine Ahnung«, murmelte sie nur und legte den Burger zurück auf ihren Teller. Ihr war der Appetit vergangen. Jamie hatte so manches Geheimnis, dachte sie still und schluckte, aber der Kloß in ihrem Hals wollte nicht verschwinden.

Sie spürte Lians Blick auf sich und starrte auf die Tischplatte. Am liebsten wäre sie einfach gegangen.

»Ich habe da so eine Theorie«, riss Lian sie aus ihren Gedanken.

»Warum wundert mich das nicht?« Ihre Stimme hörte sich brüchig an. »Verraten Sie sie mir?« Sie war sich allerdings nicht sicher, ob sie die Antwort wirklich hören wollte.

Lian öffnete den Mund, schloss ihn aber sogleich wieder. Emma folgte seinen Blick und sah Jamie, der gerade das Diner betreten hatte.

»Jetzt nicht«, murmelte Lian und räusperte sich. »Vielleicht ein anderes Mal.«

6

»Ich wiederhole es echt ungern, Mom, aber das Haus ist und bleibt eine Bruchbude.«

Nachdem Emma ihn vor drei Tagen kontaktiert hatte, war Richy Sandler tatsächlich vorbeigekommen, um sich um die Fensterscheibe zu kümmern. Die restlichen Reparaturen übernahmen sie selbst, womit sie nun schon seit zwei Tagen beschäftigt waren, auch weil Ben vormittags den Unterricht besuchte und Emma sich in der Zeit auf ihre Vorträge vorbereitete, die in den nächsten Tagen an der Highschool stattfinden sollten.

Sie hatten bereits den Teppichboden im Dachgeschoss herausgerissen, die Glühbirnen ausgewechselt, im oberen Bad einen neuen Duschkopf angebracht, das Fliegengitter neu bespannt und einen Großteil der Umzugskartons geleert und verstaut, die sie aus Calgary mitgenommen hatten. Emma hatte darauf geachtet, hauptsächlich Dinge von Ben einzupacken, um ihm den Umzug so leicht wie möglich zu gestalten. Aber der Platz auf dem Pick-up war begrenzt gewesen, deswegen hatten sie sich darauf einigen müssen, nur das Wichtigste mitzunehmen. Sie hatte die restlichen Möbel zurückgelassen und ihre Wohnung in der Zwischenzeit der Tochter ihrer Kollegin Lydia überlassen, die in Calgary Jura studierte.

Emma legte den Kopf in den Nacken und folgte Bens Blick, der gebannt auf die Holztreppe starrte, die in den ersten Stock führte. Sie sah nicht nur so aus, als wäre sie vor einem halben Jahrhundert gebaut worden, sondern war tatsächlich so alt. Den Erzählungen ihres Vaters nach hatte ihr Großvater dieses Haus vor über fünfzig Jahren gebaut, und wenn sie sich nicht den Hals brechen wollten, musste sie das Haus nun wohl oder übel renovieren. Einige Holzstriemen des Geländers fehlten, zwei Stufen waren eingebrochen und der Rest knarzte so laut, dass es jeden Einbrecher abschrecken würde. Vielleicht war diese alte Treppe also doch gar nicht so schlecht. Man musste in allem das Positive sehen. Das war schon seit Jahren ihr Lebensmotto und sie hatte nicht vor, das zu ändern. Ethan hatte sie immer damit aufgezogen und versucht, ihr klarzumachen, dass Scheiße manchmal einfach nur Scheiße war. Nicht mehr und nicht weniger. Vielleicht war dies ein Grund gewesen, dass ihre Beziehung in die Brüche gegangen war. Oder aber die Tatsache, dass er ihr seine Ehefrau verschwiegen hatte. Und ihre gemeinsamen Kinder.

Emma strich sich eine Haarsträhne aus dem Gesicht und seufzte. »Wir werden wohl noch ein wenig Arbeit hineinstecken müssen.«

Ben schnaubte und zog sich die Baseballcap der Calgary Vipers vom Kopf. »Du meinst wohl eher, eine Menge.«

»In deinem Alter sollte man noch nicht so pessimistisch sein.«

»Bin ich nicht. Nur realistisch.« Ben schüttelte den Kopf und drehte sich einmal um die eigene Achse. »Diese Eigenschaft habe ich wohl von meinem Dad.«

Emma stockte für einen Moment der Atem. Bisher hatte Ben seinen Vater nicht oft erwähnt. Als er noch jünger gewesen war, hatte er ein paarmal nach ihm gefragt und sich dann mit ihren knappen Antworten zufrieden gegeben. Nicht, dass es sie störte, ihn von seinem Vater reden zu hören, sie fühlte sich nur davon überrumpelt. Sie schluckte und atmete tief ein. »Wie kommst du denn darauf?«

»Na ja, du bist der Optimismus in Person. Dann kann ich es doch nur von ihm haben, oder nicht?«

Emma war sich nicht sicher, was sie dazu sagen sollte. Wenn sie ehrlich war, erinnerte sie sich kaum noch an Bens Dad. Es war schon fast fünfzehn Jahre her, dass sie ihn das letzte Mal gesehen hatte, und damals hatten sie nur ein paar Wochen miteinander verbracht. Ben sah ihm nicht besonders ähnlich. Jonah hatte schulterlanges sonnenblondes Haar und die Statur eines Rugbyspielers gehabt, während Ben genau wie sie rostbraunes Haar hatte und eher schlaksig gebaut war. Auch die grünen Augen hatte er von ihr geerbt, während die seines Vaters blassblau waren. Und obwohl sie nie einen Vaterschaftstest gemacht hatte, wusste sie, dass Jonah Bens Vater war. Schließlich war er der einzige Junge gewesen, mit dem sie damals den Sommer verbracht hatte. Auch, wenn böse Zungen etwas anderes behaupteten.

»Da hast du vermutlich recht«, murmelte Emma und war sich nicht sicher, was sie noch dazu sagen sollte. Wahrscheinlich hätte sie anderen Eltern in so einer Situation einen hilfreichen Ratschlag geben können, aber bei ihr selbst wollte ihr nichts einfallen.

Ben ging nicht weiter darauf ein, sondern drehte sich um und marschierte in die Küche, die sich direkt neben dem Wohnzimmer befand. Früher hatte sie sich oft Gedanken darüber gemacht, was sie Ben in Bezug auf seinen Dad sagen sollte, und sich vorsorglich die passenden Antworten zurechtgelegt. Aber zu ihrer Verwunderung hatte er kaum je nach ihm gefragt und ihre Zweisamkeit als selbstverständlich angesehen. Wenn seine Freunde von ihren Vätern sprachen, dann hatte Ben Geschichten von *ihr* erzählt oder geschwiegen. Anfangs hatte sie sich Sorgen deswegen gemacht, aber irgendwann war sie zu den Entschluss gekommen, dass Ben von alleine beginnen würde, nach seinem Vater zu fragen.

»Du hast kaum nach ihm gefragt«, sagte sie und folgte Ben in die Küche. Mit verschränkten Armen lehnte sie sich gegen den Türrahmen. Ben hob den Kopf und sah sie fragend an.

»Nach wem?«

»Deinem Dad.«

Er zuckte mit den Schultern. »Tante Louise hat ihn ein paarmal erwähnt.«

Überrascht riss Emma die Augen auf. Das hatte sie nicht gewusst. »Tatsächlich? Was hat sie denn gesagt?«

Wieder zuckte Ben mit den Schultern. »Nicht viel. Dass er mit seinen Eltern den Sommer in Golden Creek verbracht hat.« Er hob den Kopf und lächelte traurig. »Und dann ist er abgereist, du hast erfahren, dass du schwanger bist, und dein Dad ist mit euch nach Calgary gezogen.«

Emma unterdrückte ein erleichtertes Seufzen. Das war die Kurzfassung ihres persönlichen Dramas, aber sie war froh, dass ihre Schwester nicht weiter ins Detail gegangen war.

Zögerlich sah er sie an. »Mom?«

Liebevoll lächelte sie ihn an. »Ja?«

»Warum hast du nie nach ihm gesucht?«

Emma zögerte einen Moment, doch dann wurde ihr klar, dass Ben in der nächsten Zeit immer wieder Fragen stellen würde. Sie konnte diesem Gespräch nicht ausweichen.

»Anfangs war ich zu jung dazu. Ich war fünfzehn, als ich erfahren habe, dass ich schwanger bin. Grandpa ist mit uns nach Calgary gezogen und ich musste alles zurücklassen. Außerdem kannte ich nur seinen Vornamen. Ich habe versucht, ihn ausfindig zu machen, aber keiner konnte mir weiterhelfen.« Emma musste zugeben, dass das selbst in ihren Ohren ziemlich lahm klang. Die Wahrheit war: Sie hatte sich nicht sonderlich bemüht, Jonah zu finden.

Ben nickte, aber seinem Blick nach zu urteilen machte er sich über die ganze Sache so seine Gedanken.

»Aber ich dachte, du warst in ihn verliebt. Wolltest du ihn nicht wiedersehen?«

Seufzend zog Emma einen Küchenstuhl heraus und setzte sich.

»Dein Vater hat mir damals den Sommer gerettet. Er hat mit seinen Eltern hier seine Ferien verbracht. Wir haben uns gut verstanden, hatten viel Spaß miteinander und ich habe mich nach dem Tod meiner Mutter so schrecklich einsam gefühlt. Jamie war in einem Sommercamp auf Vancouver Island und mein Leben war ein einziges Chaos. Jonah hat mir geholfen, mit meinem Schmerz klarzukommen. Er hat mich abgelenkt. Aber wir hatten nur ein paar Wochen zusammen.«

Ben schien über ihre Worte nachzudenken.

»Das heißt, er weiß nicht, dass es mich gibt?«

Langsam schüttelte Emma den Kopf. »Nein, er ist abgereist, bevor ich wusste, dass ich schwanger war.«

Eine Weile sagte niemand etwas. Emma hätte Ben gerne seine Gedanken abgenommen. Sie konnte in seinem Gesicht sehen, wie sehr er sich den Kopf zerbrach. Bedauern überkam sie. Sie hatte sich in der Vergangenheit oft Vorwürfe gemacht, nicht intensiv genug nach Jonah gesucht zu haben, aber sie war so sehr mit dem Baby, dem Abschluss der Highschool und ihrem Studium beschäftigt gewesen, dass sie der Suche nach seinem Dad keine Priorität eingeräumt hatte. Traurig presste sie die Lippen zusammen. Sie konnte es verstehen, wenn Ben es ihr übel nähme.

Entschlossen hob Ben den Kopf. »Ich möchte nach ihm suchen.«

Sie atmete tief ein. Es war okay, damit hatte sie schon gerechnet. Irgendwann begann jedes Kind, sich Gedanken über seine Herkunft zu machen. Dass Ben seinen Dad kennenlernen wollte, war nur eine Frage der Zeit gewesen. Er schien ihr Schweigen als Missbilligung zu sehen.

»Ich bin kein kleines Kind mehr und wir wohnen doch jetzt hier. Wenn ich eine Chance habe, ihn zu finden, dann jetzt. Ich will ihn kennenlernen, Mom.«

Es war sein gutes Recht, nach seinem Vater zu suchen, und wenn sie ihn dabei unterstützen konnte, würde sie es tun. Auch wenn ihr der Gedanke daran Bauchschmerzen verursachte. Sie seufzte tief und nickte.

»In Ordnung. Ich werde dir helfen. Fangen wir gleich morgen damit an.«

Wenig später saß sie alleine in dem kargen Wohnzimmer und ließ die Ruhe auf sich wirken. Sie hatte ein Feuer im Kamin angezündet und es sich mit einer Tasse Tee und einer Wolldecke auf ihrem Sofa bequem gemacht. Der Wind rüttelte an den Fensterläden und pfiff ums Haus.

Langsam ließ sie den Blick durch das Haus wandern. Emma hatte befürchtet, dass die Erinnerungen über sie hereinbrechen würden, aber seltsamerweise war das nicht der Fall gewesen. Nur vereinzelt blitzten welche auf, aber sie beunruhigten sie nicht oder sorgten dafür, dass sie traurig wurde. Vielmehr sorgten die künftigen Reparaturkosten für das Haus dafür, dass sie sich den Kopf zermarterte. Auch das Gespräch mit Ben ließ ihr keine Ruhe. Es war eine Sache, dass er sich auf die Suche nach seinem Dad machen wollte, aber was, wenn sein Vater vielleicht nicht mehr lebte? Oder kein Interesse an seinem Kind hatte? Sie war sich nicht sicher, ob Ben damit klarkommen würde. Es gab so viele Dinge zu bedenken und mit einem Mal fühlte Emma sich müde und überfordert. Aber sie hatte sich vor ihrer Abreise vorgenommen, Ben hier das beste Jahr seines Lebens zu schenken, und auch wenn sie wusste, dass sie sich damit eine Mammutaufgabe aufbürdete, war sie bereit, das auf sich zunehmen. Sie selbst hatte in Golden Creek eine wundervolle Kindheit gehabt, die nicht von Geld oder Statussymbolen geprägt gewesen war. Sie dachte an ihren Dad zurück, der jahrelang als Forstarbeiter im Blackcomb-Nationalpark tätig gewesen war, und an ihre Mutter, die einen kleinen Friseursalon in der Stadt betrieben hatte. Wann immer es ihr möglich gewesen war, hatte sie die Nachmittage im Salon ihrer Mutter verbracht. Zusammen mit ihren Schwestern hatte sie ihrer Mom auf die Finger gesehen, und als sie dreizehn geworden war, hatte ihre Mutter ihr einen Föhn und heiße Lockenwickler in die Hand gedrückt und sie gebeten, Miss Julie die Haare zu frisieren. Emma lächelte, als sie an die viel zu heiß eingestellte Trockenhaube dachte und an die Drohung ihrer Mutter, dass sie ihr die Schmerzensgeldklage vom Taschengeld abziehen würde. Nur dass Miss Julie natürlich nie Schmerzensgeld gefordert hatte, nein, sie war auch danach immer wieder in den Salon ihrer Mutter gekommen und hatte sich von Emma die Haare machen lassen. Bis zu dem Sommer, in dem ihre Mom gestorben war und ihr Dad den Laden geschlossen hatte.

Auch nach so vielen Jahren bildete sich ein Kloß in ihrem Hals, wenn sie daran dachte. Sie hatte diese Stadt mit all ihren Facetten und Verrücktheiten geliebt, aber sie hatten sie fortgeschickt, als sie zu anstrengend geworden war.

Emma schüttelte den Kopf und ärgerte sich über sich selbst. Wo kamen nur all diese negativen Gedanken her? Nach all den Jahren musste sie sich keine Sorgen darüber machen, was die Leute hier von ihr dachten. Sie wusste, dass keiner von ihnen unfehlbar war. Nicht einmal Jamie.

Emma schloss die Augen und ließ den Kopf in den Nacken fallen. Wie gerne wäre sie jetzt in Calgary in ihrer Wohnung, mit einem heißen Bad und einem guten Buch. Das Badezimmer hier im Haus hatte nur eine Dusche und Emma erinnerte sich an Sullivans Worte, dass der Wasserboiler noch immer defekt war. Heiß duschen konnte sie in den nächsten Tagen von ihrer Prioritätenliste streichen.

Gedanken an Lian Byron wirbelten durch ihren Kopf. Sie hatte keine Ahnung, wie sie ihn einschätzen sollte, aber sie war sich bewusst, dass er scharfsinnig war und durchaus zwischen den Zeilen lesen konnte. Außerdem verfügte er über eine große Portion Sarkasmus. Eine Eigenschaft, die sie für äußerst attraktiv hielt, solange nicht sie selbst der Grund dafür war.

Nein, Lian Byron war die Sorte Mann, der man besser aus dem Weg ging, und sie beschloss, genau das zu tun. Die Zeit in Golden Creek würde weitaus ruhiger und angenehmer ausfallen, wenn sie von diesem Mann Abstand hielt. Andererseits war Golden Creek eine Kleinstadt, wo es fast unmöglich war, sich aus dem Weg zu gehen. Sie würde Mr. Byron mit Sicherheit über den Weg laufen und dann sollte sie sich auf eine distanzierte Begegnung konzentrieren. Small Talk würde ausreichen. Nach dem Desaster mit Ethan war sie außerdem derzeit auch gar nicht bereit, mit einem Mann etwas anzufangen. Was dachte sie denn da? Lian Byron hatte sicherlich nicht auf diese Art Interesse an ihr. Er wollte sie vermutlich nur besser kennenlernen, weil sie zukünftig miteinander arbeiten würden. Aber sie musste zugeben, dass dieser Mann ihre Gedanken beherrschte und das gefiel ihr nicht. Sie war nicht zurückgekommen, um sich auf einen Mann einzulassen. Das stand ganz bestimmt nicht auf ihrer To-do-Liste.

Sie musste sich ablenken. Irgendwie. Emma stand auf und griff nach einer Zeitung, die sie auf der Veranda gefunden hatte. Jemand hatte sie dort hingeworfen. Sie war bereits zwei Wochen alt und überall waren Wasserflecken zu sehen, aber das störte sie nicht. Ihr ging es in erster Linie darum, dafür zu sorgen, dass Lian Byron nicht ihre Gedanken beherrschte. Dafür nahm sie auch vergilbte Zeitungen und langweilige Artikel in Kauf.

Schon auf der ersten Seite befand sich eine Reportage über den Blackcomb-Wettbewerb, der in Kürze in Golden Creek stattfinden würde, und wie eine Dreitausendseelengemeinde es geschafft hatte, eine Kleinstadt zu werden. Geschichten, die sie schon als Kind gehört hatte und die von Generation zu Generation weitererzählt wurden.

Plötzlich klingelte ihr Handy und Ritas Name erschien auf dem Display. Als sie den Anruf entgegennahm, tauchte das Bild ihrer Schwester auf, die auf einer Selleriestange herumkaute und in die Kamera lächelte. Ihre kastanienbraunen Haare hatte sie zu einem wirren Knoten auf dem Kopf zusammengebunden.

»Ich habe mich schon gefragt, ob du noch lebst oder ob die Creeks bereits deine Leiche in den Rocky Mountains verscharrt haben.«

Emma legte die Füße auf die Umzugskiste, die provisorisch als Wohnzimmertisch erhalten musste, und griff nach ihrer Wolldecke.

»Sehr witzig. Aber vielleicht planen sie ja genau das. Es würde mich nicht wundern.«

»Das hört sich aber nicht sehr begeistert an. Was gibt es denn Neues?«

»Warte, ich überlege mal. Hast du gewusst, dass der alte Brandon seine Hundeschlittenfarm an seinen Sohn Luke übergeben hat?« Dass ihre Schwester und Luke Brandon in der Highschool Probleme miteinander gehabt hatten, war höflich ausgedrückt. In Wahrheit hatten sie sich gegenseitig das Leben zur Hölle gemacht, auch wenn Emma bis heute nicht wusste, was zwischen den beiden vorgefallen war. »Ich habe immer gedacht, der packt nach der Highschool seine Sachen und fliegt mit einem One-Way-Ticket nach Hawaii.« Luke war während ihrer Highschoolzeit ein ziemlich heißer Kerl gewesen und Emma musste zugeben, dass sie neugierig auf ihn war. Ob er sich wohl verändert hatte? Als sie ihn das letzte Mal gesehen hatte, waren seine Oberarme komplett tätowiert gewesen und er hatte sich am Abend zuvor ein Zungenpiercing stechen lassen. Emma hatte keine Ahnung, warum ihr ausgerechnet das jetzt einfiel. Sie hatte in den letzten Jahren kaum an ihn gedacht.

»Nein, und es interessiert mich auch nicht.«

Emma griff nach ihrer Tasse Tee und nippte daran. »Er hat geheiratet und ist Vater einer Tochter. Kannst du dir das vorstellen? Seine Frau ist allerdings bei einem Autounfall ums Leben gekommen und jetzt kümmert er sich alleine um die Kleine und die Farm. Wirklich tragisch.«

»Wie ich schon sagte: Es interessiert mich nicht.«

Emma runzelte die Stirn. Ihre Schwester war Grundschullehrerin und ihr Herz hatte die Größe der Rocky Mountains. So eine Aussage passte überhaupt nicht zu ihr.

»Was ist eigentlich damals zwischen euch vorgefallen? Du hast mir nie davon erzählt.«

Rita seufzte und griff nach einer Wasserflasche, die sie langsam aufschraubte. »Weil es nichts zu erzählen gibt.«

»Nimmst du ihm denn immer noch die Sache mit deinem Tagebuch übel oder hast einfach schlechte Laune?«

»Beides.«

Alarmiert setzte Emma sich auf.

»Was ist los?«

Einen Moment herrschte Stille, dann hörte sie Rita leise ausatmen. »Es ist wegen Mitch. Er ist momentan so schlecht gelaunt und spricht kaum mit mir.«

»Möchtest du darüber reden? Nur, weil Mitch und ich unsere Meinungsverschiedenheiten hatten, heißt das nicht, dass ich dir nicht zuhören kann. Ich mache mir Sorgen um dich.«

»Musst du nicht. Warte einen Moment.« Rita stand auf und verschwand für einen Moment aus dem Bild. Emma hörte, wie eine Tür ins Schloss fiel, dann tauchte Rita wieder auf. »Er ist gerade gegangen. Keine Ahnung, wann er wieder nach Hause kommt.«

»Passiert das öfter?«

»Manchmal. Er fährt irgendwo hin und betrinkt sich. Zweimal hat er deshalb schon in seinem Wagen übernachtet.«

»Ich würde dir gerne einen Rat geben, aber ich weiß, du willst ihn nicht hören.«

»Du hast recht, ich will es nicht hören.«

»Ich könnte dir helfen.«

»Lass gut sein, Emma. Ich krieg das alleine hin.«

»Okay«, murmelte Emma. Sie hoffte, sie konnte ihre Schwester beim Wort nehmen, obwohl sie sich sicher war, dass Rita eher barfuß von Calgary nach New York gehen würde, anstatt sich helfen zu lassen.

Ihre ältere Schwester hatte es sich zur Aufgabe gemacht, auf sie und Lou aufzupassen, sodass sie ganz vergaß, dass sie Schwestern waren und Rita sich nicht verpflichtet fühlen musste, die Mutterrolle zu übernehmen.

Aber nach dem Tod ihrer Mom war sie automatisch in deren Fußstapfen getreten und ihr Vater hatte es als Erleichterung empfunden. Dabei hatte er sich keine Gedanken darüber gemacht, was diese Verantwortung für Rita bedeutete. In Momenten wie diesem überkam Emma das schlechte Gewissen. Ihre Schwestern hatten ihr Fehlverhalten ausbaden müssen. Der Tod ihrer Mutter hatte sie alle in einen Abgrund gerissen, aber Emma hatte dafür gesorgt, dass die Wunden nicht restlos verheilten, sondern Narben zurückblieben.

»Vielleicht komme ich dich besuchen.«

»Das wäre schön. Hier ist jederzeit ein Bett für dich frei. Egal, wie lange du bleiben willst.«

Rita lächelte sie an. »Ich kann nicht fassen, dass du tatsächlich zurückgegangen bist. Aber du weißt ja: Was einen nicht umbringt, macht einen härter.«

Grinsend schob Emma die Beine unter die Decke. »Tja, was soll ich sagen. Ich hatte schon immer einen Hang zur Selbstzerstörung.«

Ritas Lächeln verblasste und Emma fühlte sich sofort schlecht. Es hätte ein Witz sein sollen, aber sie hatte nicht nachgedacht.

»Tut mir leid, ich wollte nicht …«

»Schon okay. Du musst dich nicht entschuldigen. Jeder von uns macht schlechte Zeiten durch.«

»Ich habe dich lieb, Rita.«

»Ich dich auch. Zeig's den Creeks. Fletsch die Zähne und zeig ihnen, dass die Thompsons wieder zurück sind.«

Emma lachte auf, dann verschwand Ritas Gesicht und das Gespräch war beendet. Emma fiel auf, dass die Menschen in Golden Creek sich noch an so viele Dinge erinnern konnten. Die Thompsons waren nicht zurück. In den Köpfen der Creeks waren sie vermutlich nie weg gewesen.

Ein lautes Klopfen ließ Emma hochfahren. Sie war auf dem Sofa eingeschlafen und ein Frösteln überkam sie. Warum war es denn nur so kalt? Ihr Blick fiel auf die Kerzen, die schon fast runtergebrannt waren. Gott sei Dank war sie aufgewacht, ehe etwas passiert war. Sie ärgerte sich, dass sie nicht daran gedacht hatte, sie auszublasen, aber sie war so müde gewesen.

»Hallo? Ist jemand zu Hause?«

Die männliche Stimme riss sie aus ihren Gedanken. Erschrocken stand sie auf und strich sich ein paar wirre Haarsträhnen aus dem Gesicht, bevor sie in den Flur trat und sah, wie Lian Byron das Haus betrat und sie stirnrunzelnd anblickte. Er deutete mit seinem Daumen über seine Schulter.

»Die Tür stand offen und ich dachte mir, ich schau kurz nach, ob alles in Ordnung ist. Ist schon ziemlich spät.«

Instinktiv warf Emma einen Blick auf ihre Armbanduhr. Es war tatsächlich schon nach Mitternacht.

»Das Schloss ist kaputt. Ich habe vergessen, im Baumarkt ein neues zu besorgen«, sagte sie. Anders konnte sie sich das nicht erklären.

»Sie sollten sich darum kümmern.«

Sie legte den Kopf zur Seite und musterte ihn. »Was machen Sie denn eigentlich hier? Warum sind Sie denn um diese Uhrzeit noch unterwegs?«

»Geröllheimer musste noch mal raus und ich konnte nicht schlafen.«

»Geröllheimer?«

»Mein Hund.«

Erst jetzt entdeckte sie die Hundeleine in seiner Hand und sah einen grauen AustraLian Shepard gemütlich vor ihrer Eingangstür liegen.

Für einen Moment war sie sprachlos, ihn mit einem Hund hier zu sehen. Sie hatte sich schon als Kind einen Hund gewünscht, aber ihre Mutter hatte etwas dagegen gehabt. Nach ihrem Tod kam das Thema nicht mehr zur Sprache, und nachdem sie nach Calgary gezogen waren, hatten sie keine Zeit mehr dafür gehabt. Emma konnte nicht anders, sie ging zur Tür, bückte sich und streichelte ihn. Sofort begann er mit dem Schwanz zu wedeln und blickte sie mit strahlend blauen Augen an.

So ein hässlicher Name für ein so wunderschönes Tier. Sein Fell fühlte sich ganz weich an, am liebsten hätte Emma ihn zu sich ins Haus geholt. Vielleicht sollte sie sich auch einen zulegen? Sie blickte auf und bemerkte, dass Lian an sie herangetreten war. Entsetzt starrte sie ihn an.

»Sie haben ihn wirklich Geröllheimer genannt? Was stimmt nicht mit Ihnen? Der Hund sollte sie auf Schmerzensgeld verklagen.«

Er zuckte mit den Schultern. »Ich hatte schon als Kind eine Schwäche für die Flintstones.«

»Nehmen Sie es mir bitte nicht übel, aber das merkt man.«

Belustigt sah er sie an. »Tatsächlich?«

»Ja. In gewisser Weise benehmen Sie sich wie ein Neandertaler.«

Er lachte und Emma lief plötzlich ein Schauer über den Rücken.

»Sind Sie nie auf die Idee gekommen, ihn Pebbles oder BamBam zu nennen? Ich selbst hatte mal eine Spinne, die ich Wilma nannte. Alles ist besser als Geröllheimer.« Für einen kurzen Moment glaubte Emma, einen Schatten auf seinem Gesicht zu sehen, aber kurz darauf war er wieder verschwunden.

»Sie wollen um diese Uhrzeit wirklich mit mir über den Namen meines Hundes diskutieren?«

Nein, das wollte sie eigentlich nicht. Außerdem hatte sie sich noch gar nicht richtig bei ihm bedankt. Das war normalerweise nicht ihre Art. Himmel, der Mann weckte nicht gerade die beste Seite in ihr.

»Nein, Sie haben natürlich recht.« Sie streichelte den Hund ein letztes Mal, und als sie aufstand, hob er den Kopf und sah sie vorwurfsvoll an. Emma lächelte, dann wandte sie sich an Lian, der sie aufmerksam beobachtete. Er hatte eine Art an sich, die sie verunsicherte.

»Sie hatten wirklich eine Spinne als Haustier?«

»Na ja, gezwungenermaßen. Sie hatte sich bei uns einquartiert, da konnte ich sie ja nicht einfach so vor die Tür setzen.«

Lian schmunzelte und auch Emma musste zugeben, dass ihr die Situation gefiel. Es war schön, sich hier mit ihm zu unterhalten, auch wenn der Moment etwas seltsam war.

Sie schluckte, dann reckte sie das Kinn. »Vielen Dank, dass Sie mich geweckt haben. Colden Creek ist zwar nicht Chicago, trotzdem ist man natürlich auch hier nicht vor Einbrechern gefeit.«

»Danken Sie ihm.« Er zeigte mit dem Kinn in Richtung seines Hundes. »Wir waren gerade auf den Weg nach Hause, da ist er plötzlich verschwunden. Ich dachte, er hätte einen Waschbären entdeckt, aber dann ist er vor ihrem Haus stehen geblieben. Ich habe ihn ein paarmal gerufen, aber er hat sich keinen Millimeter bewegt«, sagte er vorwurfsvoll. Als hätte der Hund verstanden, dass sie von ihm sprachen, gab er einen kurzen Laut von sich und hob den Kopf. Ihr Blick wanderte zwischen Lian und dem Hund hin und her. Es war fast, als führten die beiden ein stummes Gespräch. Was natürlich totaler Unsinn war.

»Dann ist das also dein Verdienst! Vielen Dank, Geröllheimer.« Sie nahm sich vor, morgen in ein Tierfachgeschäft zu gehen und einen extra großen Kauknochen für ihn zu besorgen.

Kopfschüttelnd sah sie wieder zu Lian. »Sie müssen sich das mit dem Namen echt noch mal überlegen. Er ist eine Zumutung. Auch für einen Hund.«

Lian verzog keine Miene. »Okay«, sagte er trocken und Emma wusste, dass er das nicht tun würde.

Der Mann war wohl genauso stur wie sein Hund.

»Auf Wiedersehen, Miss Thompson.« Er drehte sich um und trat aus der Tür.

»Lian?«

Er blieb stehen, dann warf er einen Blick über seine Schulter. Ihr Herz schlug heftig in ihrer Brust, nur konnte sich den Grund dafür nicht erklären. Dass sie ihn so vertraut ansprach, fühlte sich gut an. Er sah sie abwartend an und sein Blick ging ihr durch Mark und Bein.

»Danke«, flüsterte sie.

Er lächelte ihr zu und nickte. »Gute Nacht, Emma.«

7

Lian starrte auf den Stapel Dokumente, die er in Händen hielt. Er hatte die letzten zwei Nächte im Büro verbracht, um sich um Mrs. Lasons Scheidungsunterlagen zu kümmern. Barney lag neben ihm auf dem Fußboden und ließ sich durch nichts aus der Ruhe bringen. Lian lächelte bei der Erinnerung daran, wie er Emma den Namen seines Hundes verraten hatte. Dass er eigentlich Barney hieß und er ihn nur Geröllheimer nannte, wenn er wütend auf ihn war, hatte er ihr nicht verraten.

Vielleicht hätte er Emma erzählen sollen, dass er als Junge bereits eine Hündin mit dem Namen Pebbles gehabt hatte, die viel zu früh gestorben war. Danach hatte er sich geschworen, sich nie wieder einen Hund zuzulegen. Bis er auf Lukes Hundeschlittenranch Barney entdeckt hatte. Der Welpe hatte sich unter einem Stapel Baumstämmen verkrochen und ihn mit großen Augen anstarrt. Ohne groß darüber nachzudenken, war ihm klar gewesen, dass Barney der richtige Name für ihn war – und dass er ihn mit nach Hause nehmen musste.

Seufzend ließ er den Stapel Dokumente auf den Tisch fallen. Der Gerichtstermin war in fünf Tagen und er hatte noch einige wichtige Unterlagen aufzusetzen, eher er sich zusammen mit Mr. Lason und seinen Anwalt treffen würde, um vorab einen Vergleich auszuhandeln. Es handelte sich nur noch um ein paar Kleinigkeiten, das Wesentliche hatten die Anwälte bereits vor Wochen besprochen. Dennoch war es notwendig, dass sie gemeinsam vor Gericht erschienen. Lian war nicht so töricht, zu glauben, dass das zukünftige Ex-Ehepaar es sich noch mal anders überlegen und auf eine Scheidung verzichten würde. Dafür hatte er bereits zu viele Ehen scheitern sehen. Ein Psychologe würde wohl einen Zusammenhang zwischen seiner Berufserfahrung und seiner Heiratsphobie sehen.

Lian warf einen Blick auf seine Armbanduhr, als er die Stimme seiner Sekretärin hörte, deren Schreibtisch sich im Vorzimmer befand.

»Guten Tag, Mr. Owen. Wie geht es Ihnen?«

»Danke, sehr gut, Veronica. Und Ihnen? Wie geht es Percy und Matilda?«

»Hören Sie bloß auf! Die beiden sind schwieriger zu bändigen als ein Sack Flöhe. Wenn ich gewusst hätte, dass Zwillinge so anstrengend sein können, hätte ich vor Beginn unserer Ehe auf getrennten Schlafzimmern bestanden.«

»Ach, ich bin mir sicher, dass das Ihren Mann nicht abgehalten hätte. Sie wissen es doch selbst: In der Not wird man erfinderisch. Ich an seiner Stelle wäre es.«

Lian hörte seine Sekretärin kichern und verwettete sein Mittagessen darauf, dass ihre Wangen gerötet waren. »Da haben Sie wohl recht.«

»Ist er da?«

»Mr. Byron ist in seinem Büro.«

Im nächsten Moment sah Lian Jamie um die Ecke biegen. Er blieb an der Stelle stehen, an der sich für gewöhnlich eine Tür befunden hätte. Allerdings hatte Lian schon vor Ewigkeiten alle Türen aus seinem Büro entfernen lassen. Noch so eine Phobie von ihm. Vielleicht sollte er sich tatsächlich mal mit einem Psychologen unterhalten.

»Du sollst nicht mit meiner Sekretärin flirten«, begrüßte er seinen besten Freund.

»Soweit ich mich erinnere, ist sie einmal auch meine Sekretärin gewesen.« Jamie betrat sein Büro und ließ sich auf den Lederstuhl vor Lians Schreibtisch fallen, genau in dem

Moment, als Veronika mit zwei Tassen Espresso hereinmarschiert kam.

»So was ist unprofessionell.«

Jamie zwinkerte Veronica zu, die daraufhin wieder zu kichern begann.

»Sei kein Spielverderber, Lian. Es würde deinem Betriebsklima nicht schaden, wenn du etwas lockerer wärst.«

»Ich bin locker. Dennoch flirte ich nicht mit meinen Angestellten. Noch dazu, wenn sie verheiratet sind.«

Jamie verdrehte die Augen, während Veronicas Wangen noch einen Tick dunkler wurden. Es war ihr sichtlich unangenehm.

»Könnten Sie bitte alle Telefonate umstellen?«, versuchte er das Thema zu wechseln. »Ich möchte mit Mr. Owen einen Moment alleine sprechen.«

Jamie zog fragend eine Augenbraue nach oben. »Privatsphäre ist bei einer fehlenden Tür ein kleines Problem, nicht wahr?«, stichelte er. Lian ignorierte ihn. Es war nicht das erste Mal, dass er gegen seine Abneigung gegen Türen austeilte.

Dann streckte Lian die Beine aus und lehnte sich zurück.

»Natürlich«, sagte sie hastig und verließ den Raum. Lian sah ihr nach und bereute es fast ein wenig, dass sein Arbeitszimmer keine Tür hatte. Aber nur ein wenig.

»Ist zwischen dir und Claire alles in Ordnung? Wir hatten bisher noch nicht richtig Zeit, darüber zu reden.« Jamie war einer der wenigen, die von seiner Trennung von Claire wussten.

»Warum fragst du?«

»Weil ich ein guter Kerl bin und mich für das Befinden meiner Freunde interessiere.«

Missmutig seufzte Lian auf. »Es hat sich nichts geändert. Wir spielen allen immer noch das glückliche Paar vor.«

»Du hättest dich nie darauf einlassen sollen. Das ist alles nur eine Masche, um dich zurückzugewinnen. Du weißt, was ich von ihr halte.«

Lian seufzte. »Ich weiß deine Sorge zu schätzen.«

»Ich kann einfach nicht glauben, dass du bei ihren Spielchen mitmachst.«

»Es ist doch nicht für lange. Sobald Clarice Bescheid weiß, werden wir die Trennung offiziell bekannt geben und die Sache ist vom Tisch.«

»Vögelt ihr noch?«

Lian zog überrascht die Augenbrauen hoch. »Nein.«

»Das wäre aber definitiv ein Pluspunkt, den du bei der ganzen Sache noch mitnehmen könntest. Sozusagen als Schadensersatz.« Jamie lachte und griff nach einem der Cookies, die in einer Schale auf Lians Schreibtisch lagen. »Ich bin mir sicher, dass Claire auch nichts dagegen hätte.«

»Du bist ein Idiot!«

»Und dein bester Freund.« Dann beugte er sich über den Tisch und grinste. »Gibt es eine andere?«

»Würde ich mich dann auf dieses Spiel einlassen?«

»Auch wieder wahr.«

Lian lehnte sich nach hinten und fixierte Jamie. Sie hatten genug von ihm geredet, jetzt war er an der Reihe. »Was ist mit Betty? Du weißt ja, wer im Glashaus sitzt ...«

Sofort veränderte sich die Miene seines Freundes. Er setzte sich auf und sah angespannt zu der Stelle, an der für gewöhnlich eine Bürotür war. Lian seufzte.

»Du musst keine Angst haben. Keiner belauscht uns.«

»Ich bin der Bürgermeister. Ich bin mir sicher, dass einige Creeks recht interessiert an meinen Privatleben wären.«

Lian ließ sich nicht von seiner Frage abbringen. »Also?«

»Nein, ich habe noch niemandem davon erzählt«, murmelte er.

»Es sind jetzt schon drei Jahre.«

»Na und? Muss ich mein Privatleben an die große Glocke hängen?«

»Wie kommt Betty damit klar?« Er wusste, dass er das eigentlich nicht fragen musste. Jamie seufzte und fuhr sich durchs Haar.

»Sie hat mir ein Ultimatum gesetzt. Entweder ich gebe bei der Bekanntgabe des Gewinnerpaars unsere Verlobung bekannt oder es ist vorbei.«

Lian stieß die Luft aus. »Wow. Und was hast du vor?«

Jamie raufte sich die Haare. »Verdammt! Ich weiß es nicht.«

Lian legte den Kopf zur Seite. »Du weißt es nicht?« Eigentlich hatte er etwas anderes erwartet, so verrückt wie Jamie nach Betty war. Und er konnte sie absolut verstehen. Betty Graham hatte keine Lust mehr, weiterhin Jamies schmutziges Geheimnis zu sein. Nur, weil er nicht die Eier hatte, sich offiziell zu ihr zu bekennen.

»Dann musst du dir Gedanken darüber machen, Kumpel. Sonst sieht es schwarz für dich auch.«

Jamie funkelte ihn wütend an. »Das weiß ich selbst. Kümmere du dich besser um deinen eigenen Angelegenheiten. Ich bin mir sicher, du hast damit genug zu tun.«

Damit stand er auf und schaute auf seine Armbanduhr. »Ich muss los. Sag Claire, dass ich zu ihrem Abendessen erscheinen werde. Allein.«

Dann drehte er sich um und verließ Lians Büro.

8

Claires Essen fand am Freitagabend statt und Emma erschien dort viel zu spät und schlecht gelaunt. Das hatte viele Gründe. Zum einen hatte sie die immer noch kaputten Treppenstufen übersehen und dadurch fast ein Unglück heraufbeschworen. Danach war es zu einer erneuten Begegnung mit Mr. Grabowitz gekommen, der ihr unmissverständlich zu verstehen gegeben hatte, dass sie in seinem Laden noch immer unerwünscht war. Am liebsten hätte sie den Abend zusammen mit Ben verbracht, aber sie wollte Claire nicht vor den Kopf stoßen. Sie konnte schließlich nichts für ihren beschissenen Tag.

Emma blickte nach unten und begutachtete ihre Kleidung. Ihr wurde bewusst, dass sie sich schon eine ganze Weile keine Gedanken mehr über ihr Outfit gemacht hatte, was hauptsächlich daran lag, dass sie fast ausschließlich bequeme Sachen trug. Turnschuhe und Jeans waren bei ihr an der Tagesordnung. Meistens hatte sie nicht mal Zeit für ein wenig Make-up.

Einen Moment zögerte sie noch. Sie hätte Ben doch mitnehmen sollen, aber der Junge hatte keine große Lust gehabt, den Abend mit ein paar Erwachsenen zu verbringen und Emma konnte es ihm nicht einmal übernehmen. Sie selbst hätte lieber mit ein paar Jugendlichen abgehangen, als mit Claire und ihrem Verlobten über Weltpolitik, Literatur oder ethische Werte zu diskutieren.

Aber Ben war kein kleiner Junge mehr, der ihre Hand brauchte und für den sie der Mittelpunkt seiner Welt war.

Nur noch wenige Jahre und er würde auf ein College gehen und wegziehen. In der Vergangenheit hatte Emma diesen Gedanken immer von sich weggeschoben, aber je älter Ben wurde, desto mehr befasste sie sich mit dem Thema. Vielleicht lag es auch daran, dass er plötzlich Interesse an seinem Vater zeigte. Emma wusste nicht, ob sie sich darüber freuen sollte. Als Ben noch jünger gewesen war, hatte sie sich das oft gewünscht. Er hätte mit seinem Vater Baseball spielen gehen können, Drachen steigen lassen, Kanu fahren. Stattdessen hatte er in all den Jahren nur sie, ihre Schwestern und ihren Vater an seiner Seite gehabt. Emma wusste, dass das nicht genug war.

Aber jetzt stand sie in ihrer kaum getragenen Boyfriendjeans, einer weißen Bluse, die sie locker in den Bund ihrer Hose gesteckt hatte, und dazu passenden Doc Martens vor Claires Wohnungstür und betrachtete die Flasche Chianti in ihrer Hand. Einen Augenblick lang betrachtete sie das Preisschild und kratzte es herunter. Niemand musste wissen, dass sie zwanzig Dollar für die Flasche bezahlte hatte. Anschließend biss sie sich nervös auf die Unterlippe. Vielleicht sollte sie doch wieder nach Hause gehen. Aber wenn sie sich hier eingewöhnen wollte, musste sie wohl oder übel in den sauren Apfel beißen.

Emma nahm ihren ganzen Mut zusammen und klingelte.

Eine Sekunde später wurde die Tür aufgerissen und Claire lächelte sie an. Als Emma sie sah, fühlte sie sich mit einem Mal unbehaglich. Claire hatte sie zu einem gemütlichen Abendessen bei sich zu Hause eingeladen. Warum sah sie aus, als wäre sie auf dem Weg zu einem Galadinner?

Sie trug ein pastellgelbes, knielanges Kleid mit Spitze, das nur von einem Samtband im Nacken gehalten wurde. Das Haar trug sie hochgesteckt. Der Rücken war vollkommen frei, nicht mal ein BH war zu sehen. Dazu ein schlichtes, aber ungeheuer effektives Make-up. Nur ein weiches Rot auf ihren Wangen und dunkel geschminkte Augen. Hatte sie den Lidstrich selbst hinbekommen? Emma sah nach so was immer aus, als hätte ihr ein Kleinkind mit einem Edding das Gesicht angemalt.

Claire sah perfekt aus.

»Emma! Komm rein, das Essen ist fast fertig. Ich habe meine berühmte Pizza à la Claire gemacht.«

Der Duft von Tomaten, geröstetem Brot und frischen Kräutern lag in der Luft, als Emma die Wohnung betrat. Sie schlüpfte aus ihren Stiefeln und starrte peinlich berührt auf ihre Ernie-und-Bert-Socken. Gott, konnte man Stil und Eleganz eigentlich irgendwo kaufen? Neben Claire kam sie sich vollkommen unzulänglich vor.

»Schön hast du es hier«, plapperte sie nervös und sah sich um. Ihr Blick fiel auf die weißen Sofaüberzüge und die dazu passenden Kissen. Bei ihr würden diese keinen Tag überleben.

»Danke. Ich fühle mich hier auch richtig wohl. Möchtest du etwas zu trinken?«

»Wasser wäre gut.«

Enttäuschung machte sich auf Claires Gesicht breit. »Wasser? Nicht einmal ein Glas Rotwein?«

»Lieber nicht. Ich muss morgen früh raus.«

Sie stemmte die Hände wie eine Amazone in die Hüften. »Morgen ist Sonntag.«

»Jamie und ich starten morgen das Notfalltelefon. Ich denke, es kommt nicht so gut, wenn ich mit einem Kater dort erscheine.«

Claire rümpfte die Nase. »Es ist nur ein Glas.«

Emma ärgerte sich, dass Claire ihre Entscheidung nicht akzeptierte.

»Bitte nur ein Wasser«, wiederholte sie und lächelte Claire dabei fest an.

»Na schön«, murmelte diese und verschwand in der Küche. »Geh schon mal ins Wohnzimmer. Jamie ist auch schon da und Lian kennst du ja schon.«

Damit hatte sie nicht gerechnet. Seit geschlagenen zwei Stunden dachte sie darüber nach, ob es Anzeichen dafür gegeben hatte, aber Emma konnte sich beim besten Willen nicht erinnern.

Claires Verlobter war niemand anderes als Lian Byron. Das erklärte natürlich, warum Claire von dem Vorfall bei Mr. Grabowitz gewusst hatte.

Die beiden passten perfekt zusammen. Was war sie nur für eine Idiotin!

Sie hatte in den letzten Tagen viel an Lian gedacht und sich dabei erwischt, wie sie sich absichtlich in der Nähe seiner Kanzlei und im Touristenzentrum aufgehalten hatte in der Hoffnung, ihm zufällig zu begegnen, manchmal hatte sie auch abends noch etwas länger auf der Veranda gesessen, um ihn bei einem Spaziergang mit seinem Hund zu sehen. Wie hatte sie nur so dumm sein und die Anzeichen nicht erkennen können? Wenn sie es genauer betrachtete, sprach alles für Claire und ihn. Sie hatte nur nicht genau hingesehen.

Nach ihrer Beziehung zu Ethan hatte sie sich geschworen, sich nie wieder für einen Mann zu interessieren, der in einer Beziehung steckte. Gott sei Dank hatte sie es früh genug herausgefunden.

Emma beobachtete Claire am anderen Ende des Tisches, wie sie von ihrer Pizza à la Claire abbiss, die mit Tomaten, Basilikum und Ziegenkäse belegt war, während sie Jamie zuhörte, der sich gerade über den Bürgermeister von Squamisch beschwerte.

Claire lächelte höflich und nickte an den entscheidenden Stellen, während ihre Hand langsam an Lians Arm hoch- und runterstrich.

Verstohlen beobachtete Emma die beiden. Sie wirkten unglaublich vertraut miteinander. Unbehagen machte sich in ihr breit und wieder wünschte sie sich, sie wäre zu Hause geblieben. Jamie hatte ihr mitgeteilt, dass er nicht so lange bleiben würde. Die Tatsache, dass sie mit den beiden alleine zurückbleiben würde, machte sie nervös. Sie hasste es, das fünfte Rad am Wagen zu sein.

Wenn Jamie verschwindet, werde ich mir eine Ausrede einfallen lassen müssen.

Sie würde einfach sagen, dass sie sich auf den morgigen Tag vorbereiten musste. Damit klang sie zwar ziemlich spießig, aber das war ihr lieber, als mit Claire und Lian allein zu sein.

Seufzend griff sie nach ihrem Glas Wasser und nippte daran. Insgeheim sehnte sie sich nach einem heißen Bad und einem guten Buch. Ihr Magen zog sich auf unerklärliche Weise zusammen, als sie sah, wie Claire Lians Hand griff und ihre Finger mit seinen verschränkte. Sie kam sich wie ein Störenfried dieser vertrauten Szene vor und drehte sich um, um die Bilder an den Wänden zu betrachten.

»Wie bist du denn auf die Idee mit dem Notfalltelefon gekommen?«

Langsam drehte sie sich um. Claire war aufgestanden und sammelte die Teller ein, während Lians Blick auf Emma gerichtet war. Irgendwas an seinem Blick machte sie nervös. Vielleicht war es die Neugier darin oder einfach nur die Intensität. Als wüsste er genau, was in ihr vorging.

»In jeder Großstadt gibt es solche Einrichtungen. Aber sie ergeben natürlich nur dann wirklich Sinn, wenn man einerseits ein Telefon besitzt und an der anderen Leitung jemand sitzt, mit dem man sprechen kann. Wir haben extra ein öffentliches Telefon an einem geschützten Ort mit einer direkten, kostenlosen Verbindung zur Notfallnummer eingerichtet. So kann man ausschließen, dass es für andere Zwecke missbraucht wird. Jeder, der Hilfe benötigt, bekommt sie hier. Wir haben auch Schichten mit ehrenamtlichen Helfern ausgearbeitet und jeder von ihnen hat ein Mobiltelefon erhalten. So kann jeder von einem beliebigen Ort seine Schicht übernehmen und ist damit recht flexibel.«

»Und wenn derjenige mal verhindert ist?«,

»Nach dreimaligem Klingeln wird der Anruf an eines der anderen Handys umgeleitet, es gibt immer einen Ersatz. Das ist wichtig, wenn mehrere Menschen gleichzeitig Hilfe benötigen. Damit die Leitung niemals blockiert ist, ist es so eingerichtet, dass es automatisch auf den anderen Telefonen klingelt.«

»Ich denke nicht, dass dies alles notwendig sein wird«, sagte Jamie. »Deine Idee ist gut, aber so viele Menschen werden unsere Hilfe nicht benötigen. Golden Creek ist ja nicht Calgary.«

Emma warf Jamie einen kurzen Blick zu. Es hatte lange gedauert, ihn von dieser Idee zu überzeugen, und sie war sich nicht sicher, ob es ihr wirklich gelungen war. Sie verschränkte die Arme vor der Brust und ihr wurde klar, dass sie sich damit in eine Abwehrhaltung begab.

»Das kannst du nicht wissen. Wer weiß, vielleicht braucht ja genau in diesem Moment jemand unsere Hilfe.«

»Du malst den Teufel an die Wand, Emma,« lachte Jamie. »Du wirst sehen, es werden Kinder anrufen, die sich einen Streich mit uns machen und vielleicht noch eine alte Dame, die ihren Hausschlüssel verlegt hat.« Er zwinkerte ihr zu und nippte an seinem Bier. Emma schloss die Augen und zählte innerlich bis zehn. Es ärgerte sie, dass Jamie ihre Arbeit so herunterspielte. Als würde er sie nicht ernst nehmen.

Als sie die Augen wieder öffnete, seufzte sie tief auf.

»Hoffen wir es.«

Danach wechselten sie das Thema und im ersten Moment war Emma dankbar dafür. Sie hatte das Gefühl gehabt, ihre Idee verteidigen zu müssen, und wäre sicherlich mit Jamie aneinandergeraten. Aber dann begann Claire von ihrem Heiratsantrag zu sprechen und Emma stöhnte innerlich auf. Vielleicht sollte sie die Chance nutzen und jetzt verschwinden.

»Und dann hat Lian mir doch tatsächlich in Rosies Bar einen Heiratsantrag gemacht.« Claire lächelte und nippte an ihrem Glas Rotwein. »Natürlich hat er zuvor noch dafür gesorgt, dass jeder Bewohner von Golden Creek anwesend war.«

Lian stand am Kamin und betrachtete das Feuer, während Claire lächelnd weitersprach. Emma warf einen kurzen Blick auf ihn, aber er schien tief in Gedanken versunken zu sein. Er hatte bisher recht wenig gesprochen. Ob ihn etwas bedrückte?

»Und dann hat Miss Julie doch tatsächlich die Karten gelegt und uns unsere Zukunft vorhergesagt.«

Emma schüttelte den Kopf. »Ich kann nicht glauben, dass sie das immer noch macht.«

»Vielleicht solltest du ihr auch einen Besuch abstatten. Ich bin mir sicher, sie würde sich darüber freuen.« Jamie lächelte ihr zu und Emma fühlte sich unbehaglich. Was würden ihr die Karten wohl diesmal zeigen?

»Nein, danke. Das letzte Mal, als sie mir die Zukunft vorhergesagt hat, war ich kurz danach schwanger und habe Golden Creek nur noch im Rückspiegel gesehen. Mein Bedarf an Zukunftsversionen ist gedeckt.« Emma lächelte unsicher und strich sich eine Haarsträhne aus dem Gesicht.

»Du hättest Emma schon viel früher zurückholen sollen«, sagte Claire und warf Jamie einen missbilligenden Blick zu. »Dann wären wir schon viel früher Freundinnen geworden.«

Jamie steckte die Hände in seinen Hosentaschen, schlenderte zu Emma herüber und ließ sich neben sie auf das Sofa fallen.

»Das lag nicht an mir. Ich *habe* es schon viel früher versucht, aber Emma wollte nicht zurückkommen.«

Emma lächelte bei dem Gedanken an Jamies Hartnäckigkeit. Letztendlich hatte sie sich bezahlt gemacht.

»Das ist richtig. Er war eine tierische Nervensäge.«

»Was hat sich geändert?«

Überrascht sah Emma zu Lian, der zum ersten Mal an diesem Abend das Wort an sie gerichtet hatte. Sein undurchdringlicher Blick ruhte auf ihr.

»Nun, er hat mich nicht in Ruhe gelassen.«

»Das stimmt«, murmelte Jamie und nickte. »Es hat mich mehrere Jahre gekostet.«

Lian ließ sie nicht aus den Augen. Dieser Blick ... er ging ihr durch Mark und Bein. Als versuchte er zu ergründen, was in ihr vorging. Ein Whiskey wäre jetzt eine gute Idee. »Ben ist jetzt auch alt genug, um zu sehen, woher seine Familie kommt. Außerdem ...«, sie schluckte und wischte sich die Hände an ihrer Jeans ab, »möchte er seinen leiblichen Vater kennenlernen.«

»Tatsächlich?«, fragte Jamie und warf ihr einen ungläubigen Blick zu.

Emma presste die Lippen zusammen und nickte. Eigentlich hatte sie nicht darüber reden wollen, aber jetzt konnte sie nicht mehr zurück.

»Lebt er hier in Golden Creek?«, fragte Claire und richtete sich auf.

Emma strich sich eine Haarsträhne aus dem Gesicht. »Ich weiß es ehrlich gesagt nicht. Das letzte Mal, als ich ihn gesehen habe, ist er in das Wohnmobil seiner Eltern gestiegen und hat Golden Creek verlassen. Das ist fünfzehn Jahre her.« Es wurde still im Raum und Emma fragte sich, warum plötzlich diese schwarze Wolke über ihnen schwebte. Sie spürte Lians brennenden Blick.

»Warum hattest du keinen Kontakt zu Bens Vater?«, fragte Lian.

»Hör auf, Lian. Das geht uns nichts an«, murmelte Claire und zwang sich zu einem Lächeln. Irgendwie war die Stimmung im Keller, aber Lian wollte offenbar mehr darüber erfahren.

»Nein, schon gut. Es gibt so viele Gerüchte darüber, dass ich froh bin, die Wahrheit erzählen zu können.« Sie hob den Kopf und sah Lian unverwandt an. Sie konnte die Anspannung spüren, die von ihm ausging, und fragte sich, was das zu bedeuten hatte. Immer wieder wanderte sein Blick zu Jamie. Dachte er vielleicht, Jamie wäre Bens Vater? Der Gedanke ließ Emma auflachen.

»Ich habe Jonah in dem Sommer kennengelernt, in dem meine Mom starb. Seine Eltern hatten auf einem Campingplatz in Squamish quartiert, wir sind uns bei einer Party am Lake Beaver begegnet. Er war nur eine kurze Zeit hier, dann ist er mit seinen Eltern weitergefahren. Sechs Wochen später habe ich gemerkt, dass ich schwanger bin, und mein Dad ist mit uns nach Calgary gezogen.«

»Und du hast nie versucht, ihn zu finden?«

Emma zuckte mit den Schultern.

»Ich wusste nur seinen Namen und bei Mr. Lewis, dem Besitzer des Campingplatzes, war keine Adresse hinterlegt. Er konnte sich noch nicht mal genau an Jonah und seine Eltern erinnern.«

»Tragisch«, murmelte Claire. »Und wie will Ben seinen Vater jetzt finden?«

»Das wissen wir noch nicht. Ich werde ihn auf jeden Fall dabei unterstützen. Ich denke, es ist wichtig für ihn, seine Wurzeln zu kennen.«

Jamie schnaubte missbilligend. »Und was machst du, wenn sein Vater ein alkoholsüchtiger Versager geworden ist?«

Emma sah ihn fragend an. »Nichts. Spielt das denn eine Rolle?«

Jamie lehnte sich zurück. »Es sollte eine spielen.«

»Solange wir Jonah nicht gefunden haben und genau wissen, was aus ihm geworden ist, brauche ich mir darüber keine Gedanken zu machen, oder?«

»Ich finde es wichtig, dass aus seinem Vater ein anständiger Kerl geworden ist. Ben braucht Vorbilder in seinem Leben.«

Entrüstet setzte sich Emma auf. »Ach, bin ich etwa kein Vorbild für ihn? Braucht ein Junge unbedingt einen Mann, der ihm zeigt, um was es im Leben wirklich geht? Hör mir bloß mit diesen chauvinistischen Sprüchen auf, Jamie. Das Letzte, was ich will, ist, dass mein Sohn ein testosterongeschwängertes Arschloch wird.«

Lian schmunzelte und Emma konnte sehen, wie er sich das Lachen verkneifen musste.

»Jetzt hat sie dich aber bei den Eiern gepackt«, sagte Claire lachend.

Jamie schüttelte energisch den Kopf. »Nein, natürlich nicht. Du machst deine Sache toll, dennoch ...«

»Gib's auf, Kumpel, du reitest dich da immer mehr hinein.«

Emma begegnete Lians Blick und wandte ihren schnell ab.

Sie musste hier raus. Nur ein wenig alleine sein, um einen klaren Kopf zu bekommen. Abrupt stand sie auf und hielt ihr leeres Glas in die Höhe.

»Ich hole mir schnell etwas zu trinken.«

Ohne auf eine Antwort zu warten, lief sie in die Küche, lehnte sich gegen die Arbeitsfläche und schloss die Augen. Warum zur Hölle hatte sie nur zugesagt? Und warum nur machte ihr Lians Blick soviel aus? Was war denn verdammt noch mal los mit ihr?

Sie war so in Gedanken vertieft, dass sie nicht bemerkte, wie jemand die Küche betrat.

»Er liebt dich.«

Emma riss die Augen auf und sah Lian, der eine Karaffe in der Hand hielt, an das Spülbecken trat und sie mit frischem Wasser füllte. Es war auch keine Frage, eher eine Feststellung und Emma wusste nicht, was sie darauf sagen sollte.

Lian sah aus dem Fenster und Emma folgte seinem Blick. Aber in der Dunkelheit konnte sie nichts erkennen.

»Wer?«, durchbrach sie die Stille.

»Jamie.«

Emma lachte auf. »Das ist Unsinn. Er hat mir gegenüber immer diesen Beschützerinstinkt. So war er schon immer. Als Kind hat er mir verboten, mein eigenes Baumhaus zu betreten, das mein Dad für mich gebaut hatte. Er hatte Angst, dass ich hinunterfallen und mich verletzten könnte.«

Lian drehte sich zu ihr um und stellte die Karaffe auf der Arbeitsplatte ab. Emma betrachtete ihn genauer. Die oberen Knöpfe seines Hemdes waren geöffnet und seine Hände steckten nun in seinen Hosentaschen. Je öfter sie ihn ansah, desto mehr Kleinigkeiten fielen ihr an ihm auf. An seinem rechten Mundwinkel befand sich eine kleine Narbe, die man nur bemerkte, wenn man genauer hinsah. Auf seinem Hals konnte sie ein Muttermal in der Größe eines Marienkäfers erkennen, und während sie sich unterhielten, wanderte sein Blick immer wieder zu ihrem Mund.

»Du kennst nur den jungen Jamie, nicht den erwachsenen Mann. Ich wiederhole es ungern, aber er liebt dich. Und das stinkt ihm gewaltig.«

Er blieb neben ihr stehen und starrte ebenfalls in die Dunkelheit. Emma war sich seiner Gegenwart nur allzu bewusst. Aber das war auch nicht weiter schwer. Sie nahm alles an ihm nur zu deutlich wahr. Seinen Geruch. Seine Größe. Seine Stimme. Und dazu war das alles noch verdammt attraktiv. Himmel, wie kam sie aus der Nummer wieder heraus? »Warum? Weil es so schlimm ist mich zu lieben? Ausgerechnet mich, die berüchtigte Emma Thompson?«

Lian runzelte die Stirn. Sein Blick verdunkelte sich. »Nein, das ist nicht der Grund. Er hat ein Problem damit, weil er bereits liiert ist und …«

Was? »Jamie hat eine Freundin?«

Das konnte sie nicht glauben. Bestimmt täuschte Lian sich. Das wüsste sie doch, oder nicht? Schließlich waren sie und Jamie beste Freunde. Sie hatten sich immer alles erzählt. Niemals hätte Jamie so etwas von ihr geheim gehalten.

Lian nickte langsam. Aber noch immer lag dieser düstere Ausdruck auf seinem Gesicht »Das wusstest du also nicht. Das bestätigt nur meine Theorie.«

Emma funkelte ihn wütend an. »Du bist durch und durch Anwalt, nicht wahr?«

Er zuckte nur mit den Schultern. »Man kann schließlich nicht aus seiner Haut. Mich würde aber noch etwas anderes brennend interessieren.«

»Was denn?«

»Warum hast eben so heftig reagiert? Wieso kommst du auf die Idee, dass es schlimm wäre, dich zu lieben?«

Nun war es Emma, die mit den Schultern zuckte. »Nur so.« Sie fühlte sich unbehaglich und schämte sich für ihren Gefühlsausbruch. Aber irgendwas an Lians Worten hatte sie getriggert. Nur so konnte sie sich ihre heftige Reaktion erklären.

Einen Moment sagte niemand ein Wort, aber Emma spürte Lians Blick. Er erdrückte sie fast. Dann spürte sie seine plötzliche Nähe. Er hatte sich nach vorne gebeugt und stand ganz dicht bei ihr.

»Das glaubst du wirklich, nicht wahr? Dass du nicht liebenswert bist.«

Emma schloss kurz die Augen und atmete tief ein. »Können wir bitte über etwas anderes reden? Wie wäre es, wenn du mir mehr über Jamies Freundin erzählen würdest.«

Lian sah sie immer noch an, ließ sie nicht aus den Augen. Sie fühlte sich unbehaglich unter seinem Blick, aber dann reckte sie das Kinn und sah ihm ins Gesicht. Angriff war schließlich die beste Verteidigung.

»Also?«

Lian öffnete die Glasvitrine, die sich neben dem Kühlschrank befand, und griff nach einem Glas, das er mit einer goldbraunen Flüssigkeit füllte. Vermutlich Whiskey, sie konnte das Etikett nicht erkennen.

»Jamie hat ein Problem damit, sich zu entscheiden. Deshalb hat er dir noch nichts von ihr erzählt, und mir steht es nicht zu, dir von ihr zu erzählen. Aber wenn seine Gefühle nicht auf Gegenseitigkeit beruhen, dann solltest du ihm das klarmachen. Ich befürchte nämlich, dass er sonst schon sehr bald Single sein wird.«

Emma legte den Kopf zur Seite und betrachtete ihn. »Du hättest mir von dir und Claire erzählen sollen.«

»Warum?«

Lian kam einen Schritt auf sie zu, dann noch einen und ließ sie dabei nicht aus den Augen. Er öffnete den Mund, schloss ihn aber sofort wieder. Stattdessen blieb er stehen und betrachtete ihr Gesicht. Als wäre er auf der Suche nach etwas. Sie hob den Kopf noch etwas weiter und für einen kurzen Moment sahen sie einander an. Es war, als wäre die Welt stehen geblieben. Was natürlich totaler Unsinn war. Aber es fühlte sich so an. So vertraut. So spannungsgeladen. So knisternd.

»Weil es ehrlich gewesen wäre.«

»Ich habe nichts falsch gemacht.«

Noch nicht, dachte Emma und folgte mit dem Blick seiner Hand, die sanft ihre Wange berührte. Alles in ihr schrie, sich zurückzuziehen. Er war verlobt. Mit Claire, die nur wenige Meter von ihnen im Wohnzimmer saß. Was zum Teufel machte sie denn hier? Sie hatte sich geschworen, niemals wieder eine Beziehung zu einem liierten Mann einzugehen und jetzt stand sie nur wenige Zentimeter von ihm entfernt und genoss seine Berührung. Nein, noch schlimmer. Sie wollte, dass er sie küsste. Hier. Jetzt. Was stimmte nur nicht mit ihr? Hatte sie denn nichts dazugelernt?

Dann beugte er sich vor und seine Nasenspitze streifte ihre Wange. Ein Schauer lief ihr über den Rücken. Sie spürte seinen warmen Atem an ihrem Ohr und schloss die Augen.

Sie sollte den Rückzug antreten. Jetzt. Sofort. Stattdessen rührte sie sich kein Stück.

»Außerdem bin ich gar nicht mehr verlobt.«

In diesem Moment hörte sie Claire, die nach ihnen rief.

Lian ging einen Schritt zurück und Emma schluckte. Wie hatte er das gerade gemeint? Er war nicht mehr verlobt?

Aber noch bevor sie etwas sagen konnte, drehte er sich um und ging zurück.

Nachdem Claire jedem ein Glas Bowle in die Hand gedrückt hatte, machten sie es sich im Wintergarten gemütlich. Immer wieder gingen Emma Lians Worte durch den Kopf.

Außerdem bin ich gar nicht mehr verlobt.

Was meinte er damit? Claire hatte doch eindeutig von ihrem Verlobten gesprochen, und wenn sie die Bilder an der Wand genauer betrachtete, konnte man eindeutig erkennen, dass er und Claire eine Beziehung hatten. Die meisten von ihnen waren Urlaubsfotos, auf denen sie gemeinsam am Strand saßen oder Sehenswürdigkeiten besuchten. Den Bildern nach zu urteilen, hatten sie schon viel von der Welt gesehen. Sie lächelten sich an oder küssten sich. Jedes Bild schrie nahezu große Liebe. Was hatte er also damit gemeint?

Jamies laute Stimme riss sie aus ihren Gedanken. »Ich habe Miss Alice und Miss Julie schon mehrmals zu verstehen gegeben, dass es an der Zeit ist, dass sie diesen verdammten Streit endlich begraben, aber sie wollen einfach nicht auf mich hören.« Jamie saß auf einem floral gepolterten Lesesessel, um den Emma Claire ein wenig beneidete. Allerdings hatte sie sowieso kaum Zeit zum Lesen und meistens schlief sie dabei auch noch ein. Sie konnte also genauso gut in ihrem Bett schmökern.

»Dabei bist du doch der Bürgermeister.« Emma konnte sich den sarkastischen Unterton nicht verkneifen. Sie zog einen Stuhl beiseite und setzte sich neben Lian an den Tisch, der ihr einen kurzen Blick zuwarf. Sie konnte seinen Gesichtsausdruck allerdings nicht recht deuten. Wieso hatte er sie einfach so stehen lassen? Erst teilte er ihr mit, dass Jamie in sie verliebt sei, dann, dass er eine Freundin hatte, und schließlich, dass er und Claire gar nicht verlobt waren. Himmel, der Mann brachte sie noch um den Verstand.

Jamie schnaubte. »Willst du dich über mich lustig machen?«

Emma verwarf ihre Gedanken und hob beschwichtigend die Hände. »Würde mir nicht im Traum einfallen. Aber die zwei streiten schon ihr ganzes Leben lang. Ich bin mir sicher, sie wissen selbst nicht genau, womit das alles seinen Anfang nahm. Da wirst du nichts ausrichten können.«

»Warum finden wir es nicht einfach heraus?«, sagte Claire.

»Sie würden uns niemals die Wahrheit sagen. Soweit ich weiß, gab es den Streit schon vor über zwanzig Jahren.«

»Dreiundzwanzig«, sagte Emma und beugte sich nach vorne. Dabei kam sie Lian gefährlich nahe. Ihr Arm streifte seinen und er warf ihr einen kurzen Blick zu.

Es war nur eine einfache Berührung, kaum der Rede wert. Dennoch spürte sie sie bis in die Zehenspitzen.

»Mein Dad hat mir erzählt, dass es in der Geschichte um einen Mann ging.«

»Natürlich«, rief Claire und kicherte dabei wie ein Schulmädchen. Emma warf einen Blick auf deren Rotweinglas. Wenn sie sich nicht täuschte, hatte Claire es schon ein paarmal aufgefüllt. Das war nicht nur ihr aufgefallen. Lian runzelte die Stirn, während Jamie die Flasche Wein von ihr wegzog.

»Es geht immer um einen Mann.« Sie lallte schon ein wenig. Emma war sich sicher, dass Claire heute Nacht Bekanntschaft mit der Toilettenschüssel machen würde. Aber sie würde einen Teufel tun und hier den Moralapostel spielen. Claire war eine erwachsene Frau. Sie konnte selbst auf sich aufpassen.

»In Hollywood wie auch in der großen Weltliteratur. Es ist alles immer eure Schuld.« Mit dem Zeigefinger deutete sie auf Lian, der sie nur stumm ansah. Er schien angespannt zu sein.

Emma lehnte sich zurück und beobachtete, wie Lian aufstand und das Zimmer verließ. Kurz darauf kam er mit einer Wolldecke zurück, die er über Claires Körper ausbreitete, die es sich mittlerweile auf dem Sofa neben Jamie gemütlich gemacht hatte. Diese zärtliche Geste versetzte Emma einen Stich. Sie konnte sich nicht erinnern, dass dies schon mal jemand für sie gemacht hätte. Aber ihre Beziehungen waren bisher auch eher schlecht als recht und auch nie von langer Dauer gewesen, außerdem hatte sie mit keinem ihrer Freunde zusammengelebt. Nicht einmal mit Ethan.

Aber ganz egal, ob die beiden verlobt waren oder nicht, sie verband etwas und das versetzte ihr einen Stich. Nein, eine Beziehung wie die zwischen Claire und Lian kannte sie nicht und bisher hatte ihr das auch nichts ausgemacht. Ben war der einzige Mann in ihrem Leben und stand immer an erster Stelle. Aber jetzt fragte sie sich, ob ihr das reichte.

Lian setzte sich wieder zu ihr an den Tisch.

»Weißt du, was damals vorgefallen ist?«

Verwirrt sah Emma Lian. Seine leise Stimme klang unglaublich weich.

Emma überlegte fieberhaft. In ihrer Erinnerung waren Miss Julie und Miss Alice Freundinnen gewesen. Aber dann war es zu einem heftigen Streit gekommen.

»Ich erinnere mich nicht mehr an die Einzelheiten, aber Dad erzählte mir, dass beide in denselben Mann verliebt waren. Anscheinend konnte der Kerl weder seine Finger von

Miss Alice noch von Miss Julie lassen.« Emma zuckte entschuldigend mit den Schultern. »Mehr weiß ich nicht.«

»Und du hast keine Ahnung, wer der Kerl war?«

Emma schüttelte den Kopf. »Tut mir leid.«

Jamie schnaubte. »Er muss auf jeden Fall ein Idiot gewesen sein. Jeder in Golden Creek weiß, dass die beiden befreundet waren. Sie waren wie Schwestern. Irgendwann wäre es sowieso herausgekommen.«

»Vielleicht hat er es ja drauf angekommen lassen?«, murmelte Lian.

»Warum hätte er das tun sollen?«, fragte Jamie.

»Ich schätze, er wollte herausfinden, welche von beiden wirklich etwas für ihn empfand.«

»Nun, dann ist der Plan nach hinten losgegangen. Zum Schluss hat er beide verloren.«

Lian blickte Jamie an und Emma meinte, einen anklagenden Blick darin zu sehen. Er ließ Jamie nicht aus den Augen.

»Das kann passieren, wenn man nicht mit offenen Karten spielt.«

Was zum Teufel meinte er damit?

9

Emma verfluchte Lian Byron. Nicht nur, weil er ihr von Jamie und seinen Gefühlen ihr gegenüber erzählt hatte, sondern auch, weil sie nicht verstand, warum Claire überall von ihrer Verlobung sprach, wenn diese gar nicht mehr bestand.

Überall sprachen die Creeks davon. Beim Bäcker hatte sie gehört, wie die Verkäuferin den Kunden von Claires Brautkleid erzählt hatte. Claires Tante hatte bei Miss Alice' Pokerrunde erzählt, dass die Hochzeitsreise auf die Malediven schon gebucht war, und Linda, die den einzigen Friseurladen in Golden Creek besaß, hatte heute Morgen behauptet, dass Claire sie bereits als Stylistin gebucht hatte. Wenn also Lian die Wahrheit gesagt hatte, warum ließen sie dann den ganzen Ort im Unklaren? Da stimmte doch etwas nicht.

Sie hatte mehrmals überlegt, bei ihm in der Kanzlei vorbeizugehen, um noch mal mit ihm über das Thema zu reden, aber jedes Mal hatte sie dann doch an ihrem Vorhaben gezweifelt. Vermutlich machte sie sich nur lächerlich, trotzdem musste sie zugeben, dass es sie brennend interessierte.

Sie saß bei Jamie im Büro und ging mit ihm die Pläne für die kommende Woche durch. Dabei beobachtete sie ihn und versuchte in seinen Gesten zu lesen. Was, wenn Lian recht hatte? Was bedeutete das für sie? Für ihre Freundschaft? Emma beschloss, den Gedanken in die hinterste Ecke ihres Kopfes zu schieben. Damit konnte sie sich ein anderes Mal befassen.

»Spann mich nicht so auf die Folter. Welches Projekt willst du als Nächstes angreifen?«

Jamie lächelte, als er nach seiner Aktenmappe griff und sie Emma hinhielt. Sofort griff sie danach und begann darin zu blättern. Ihre Augen weiteten sich und ein Lächeln schlich sich auf ihr Gesicht.

Jamie hatte sich wirklich Gedanken über das Projekt »Humans4Humans« gemacht. Der Verpflegungsbus hatte genauso wie das Jugendhaus und auch die sozialen Einrichtungen für Obdachlose oberste Priorität. Sie hatte schon in verschiedenen Großstädten gelebt, darunter auch in San Francisco und in Vancouver, und die Obdachlosenraten waren exorbitant hoch gewesen. Sie hatte es nicht für möglich gehalten, wie viele Menschen kein Dach über den Kopf hatten. Doch als sie Jamies Pläne sah, wurde Emma warm ums Herz. Schon als Jugendlicher hatte Jamie davon gesprochen, dass er in dieser Welt etwas bewirken wolle. Deswegen hatte er sich auch für ein Jurastudium entschieden, gegen den Rat seines Vaters, der ihn zu einem Maschinenbaustudium gedrängt hatte. Jamie hatte Anwalt werden wollen, um sich für Menschenrechte einzusetzen, aber irgendwann war ihm der Gedanke gekommen, zurück nach Golden Creek zu gehen, um die Menschen dort zu unterstützen.

Schritt für Schritt, hatte er immer gesagt. *Wenn du etwas Großes bewirken willst, dann kehre zuerst vor deiner eigenen Haustür.*

Emma hatte dann immer gelacht, aber insgeheim Jamie darum beneidet, dass er schon so früh gewusst hatte, was er wollte. Um ihre eigene Bestimmung zu finden, hatte sie erst am eigenen Leib erfahren müssen, was es bedeutete, sozial ausgegrenzt zu werden.

Nein, sie hatte immer ein Dach über den Kopf gehabt und nie Hunger leiden müssen, aber sie hatte nicht vergessen, wie die Leute mit ihr umgegangen waren. Erst in Calgary hatte es sich gebessert, aber das lag hauptsächlich daran, dass sich in der Großstadt niemand für sie interessiert hatte.

»Die Ideen sind fantastisch«, schwärmte Emma und ließ die Unterlagen sinken.

»Aber wie willst du das alles finanzieren?«

»Ich habe mich auf die Suche nach Sponsoren gemacht, Gelder gesammelt und Patenschaften vergeben. Es ist ein schönes Sümmchen zusammengekommen. Die meisten im Ort helfen mit, sodass fast ausschließlich Materialkosten anfallen. Außerdem wird ein Teil der Kosten durch das Festival getragen.«

»Das hört sich sehr gut an. Ich bin stolz auf dich.«

»Hast du dir etwas überlegt? So wie wir es besprochen haben?«

Jamie hatte ihr angeboten, nicht nur für die Jugendlichen im Ort zuständig zu sein, sondern auch Aufklärungsarbeit an jeder High School im County zu übernehmen. Emma hatte nicht lange überlegen müssen und sofort zugesagt.

»Ja, ich hätte da wirklich eine Sache, die mir wichtig wäre.«

Jamie beugte sich nach vorne. »Schieß los! Woran hast du gedacht?« Nervosität machte sich in ihr breit.

Der Lederstuhl fühlte sich feucht unter ihrer Haut an. Jamie saß an seinen Schreibtisch und wartete auf eine Antwort.

»Nun, ich dachte mir, Golden Creek könnte auch für Kinder und Jugendliche eine anonyme Telefonseelsorge brauchen. Nicht nur für Erwachsene.«

Jamie runzelte die Stirn. »Für Kinder? Meinst du das ernst? Das Telefon werden kaum Erwachsene in Anspruch nehmen. Glaubst du wirklich ein Kind greift zum Telefon und erzählt einem Wildfremden seine Sorgen?« Jamie lachte laut auf und schüttelte den Kopf. »Ich befürchte, du hast zu oft *Schlaflos in Seattle* gesehen.«

Emma biss die Zähne zusammen und schluckte. Es war ihr schon öfter passiert, dass sie mit ihren Ideen auf taube Ohren stießt und nachdem er neulich beim Abendessen darüber gelacht hatte, hätte sie sich denken können, dass er von ihrer Idee nicht begeistert sein würde. Dennoch versetzte ihr sein Lachen einen Stich.

»Auch ein Kind muss die Möglichkeit haben, in der Not Hilfe zu bekommen. Dazu gehören Ärger in der Schule genauso wie der Streit mit dem besten Freund oder die Trennung der Eltern. Sie benötigen genauso ein Ventil, um sich Luft zu verschaffen. Vielleicht sogar noch mehr als Erwachsene, denn Kindern wird oft kein Gehör geschenkt, ihre Ängste und Sorgen werden vollkommen unterschätzt und kaum wahrgenommen. Sie sind die wahren Verlierer in unserer Zeit. Für Jugendliche spielen natürlich andere Themen eine Rolle. Die erste Liebe, der dazugehörige Liebeskummer, Ärger mit den Eltern, aber auch der Umgang mit Drogen, Missbrauch oder Ärger mit der Gesetz.«

Jamie schluckte und sah sie mit großen Augen an. »Wir leben hier in Golden Creek, Emma, nicht in Chicago.«

Mit einem Stirnrunzeln beugte sie sich nach vorne und stützte sich auf seinem Schreibtisch ab. »Du glaubst doch nicht wirklich, dass Drogen an der Ortsgrenze zu Golden Creek haltmachen, oder? So naiv kannst du doch gar nicht sein, Jamie.«

Verärgert schnaufte er. »Natürlich nicht, dennoch glaube ich, dass dies hier weniger ein Problem darstellen wird. Du bist in der Großstadt mit vielen Dingen konfrontiert worden, die es hier einfach nicht gibt.« Sie sahen sich einen Moment wortlos an und Emma fragte sich, ob es Angst war, die Jamie so reagieren ließ, oder einfach nur Naivität. Aber sie kannte ihren besten Freund und wusste, dass er für gewöhnlich nicht die Augen vor der Realität verschloss. Es musste also einen anderen Grund geben, weshalb er sich so gegen die Tatsache wehrte, dass auch Golden Creek kein sicherer Hafen war. Sie holte tief Luft. Für einen Moment verspürte sie den Drang nach einem Glas Scotch.

»Vor ein paar Monaten habe ich ein junges Mädchen kennengelernt«, setzte sie schließlich an. »Sie ist von zu Hause weggelaufen, lebte in Calgary auf der Straße. Ein kluges Mädchen, überdurchschnittlich intelligent, und sehr hübsch, aus gutem Haus. Ich habe ihre Eltern später kennengelernt und du kannst mir glauben, wenn ich dir sage, dass ihre Eltern das Geld gehabt hätten, ihr Kind auf jede Eliteschule in ganz Kanada zu schicken, wenn sie gewollt hätten. Ihr Name ist Sam, sie war in der vierzehnten Woche schwanger, doch der Vater des Kindes wollte nichts von ihr wissen. Das typische Klischee, ein Highschool-Sportler, beide Eltern berufstätig und davon überzeugt, ihr Sohn wäre die Reinkarnation von Mahatma Ghandi.« Sie hatte eine Abneigung gegen Eltern, die glaubten, ihre Kinder würde kein Wässerchen trüben, und dann aus allen Wolken fielen, wenn sie es faustdick hinter den Ohren hatten.

Jamie sah sie nur stumm an, aber sie wusste, dass er ihr zuhörte, also sprach sie weiter.

»Sam ist erst fünfzehn und der Kerl siebzehn, Jamie. Sie musste allein damit klarkommen, weil sie Angst vor der Reaktion ihrer Eltern hatte.«

»Emma ...«, begann Jamie, aber Emma sprach sofort weiter.

»Ich kann nachvollziehen, wie es ihr damit geht, weil ich das Gleiche durchgemacht habe. Hier. In Golden Creek. Und das bereits vor fünfzehn Jahren.«

»Das kannst du nicht vergleichen, Emma. Du warst eine Ausnahme.«

Emma blieb der Mund offen stehen und sie starrte ihren besten Freund mit großen Augen an.

»Ich war eine Ausnahme?« Hatte sie ihn richtig verstanden?

Jamie rieb sich den Nacken. »Nur, weil es dich damals getroffen hat, bedeutet es noch lange nicht, dass ständig minderjährige Mädchen schwanger werden.«

Emma konnte nicht fassen, dass diese Worte von Jamie kamen. Sie hatten in den vergangenen Jahren immer wieder darüber geredet und sie hatte nie das Gefühl gehabt, dass er ihre Situation herunterspielte. Bis eben, mit seinen Worten hatte er sie verletzt.

»Du meinst also, es war seit mir keine Fünfzehnjährige mehr so blöd, sich von einem Kerl ein Kind andrehen zu lassen?« Wut kochte in ihr hoch und sie musste sich zusammenreißen, nicht loszuschreien.

Jamie schüttelte den Kopf und auch seine Stimme wurde nun lauter. »Nein, ich will damit nur sagen, dass du nicht von dir auf andere schließen sollst. Nur, weil jemand an einer Überdosis stirbt, heißt das noch lange nicht, dass die ganze Stadt ein Drogenproblem hat.«

Wütend griff sie nach ihrer Tasche. Sie wollte dieses Gespräch nicht weiterführen, sonst würde sie noch etwas sagen, das sie später bereuen würde.

»Ich wäre damals froh gewesen, wenn ich jemanden gehabt hätte, dem ich mich anvertrauen hätte können. Alle haben mit dem Finger auf mich gezeigt und niemanden hat es interessiert, wie es mir dabei ging. Sie haben hinter meinem Rücken über mich getuschelt und meinen Dad einen schlechten Vater genannt, der die Erziehung seiner Kinder nach dem Tod seiner Frau nicht im Griff hatte. Sie haben mich angesehen, als hätte ich eine ansteckende Krankheit. Ich hatte *niemanden*«

»Du hattest mich«, schrie Jamie und Emma zuckte zusammen.

Einen Moment sagte niemand von beiden etwas, aber Jamie funkelte sie wütend an.

»Wirklich?«, flüsterte Emma. »Ist das so?« Sie konnte nichts dafür, dass ihre Stimme ein wenig anklagend klang.

Betroffen starrte Jamie sie an. Sie wusste, dass sie unfair war, aber in diesem Augenblick konnte sie nicht anders.

»Hatte ich das wirklich? Wenn ich dich jetzt darüber reden höre, bin ich mir da nicht so sicher.«

Jamie packte sie am Arm und hielt sie zurück, als sie hinausstürmen wollte. »Ich habe es nicht so gemeint. Es tut mir leid. Es ist nur so, dass du dich so in dieses Projekt hineinsteigerst.«

Emma verschränkte die Arme vor der Brust. »Ist das nicht der Grund, warum du mich gebeten hast, daran teilzunehmen? Weil ich das Ganze subjektiv betrachte?«

Jamie biss die Zähne zusammen, dann nickte er. »Du hast recht. Ich werde darüber nachdenken.«

Jamie deutete auf ihren Stuhl. »Bleibst du bitte?« Sein flehender Blick lag auf ihr und sie hatte das Gefühl, dass seine Worte ihm wirklich leidtaten. Außerdem sollte sie nach jahrelanger Freundschaft nicht so kleinlich sein. Aber diese eine Sache war ihr wunder Punkt.

Emma nickte und Jamie atmete erleichtert aus. Sie nahmen Platz, doch es lag Spannung in der Luft und Emma fühlte sich ein wenig unwohl. Aber das hier war Jamie. Ihr Jamie. Sie konnte ihm seine Worte nicht übel nehmen.

Er notierte sich etwas in seinen Unterlagen, dann ließ er den Stift sinken. »Hast du noch weitere Vorschläge?«

Emma hatte sich unzählige Gedanken gemacht, aber jetzt war sie sich nicht mehr sicher, ob sie so eine gute Idee waren.

»Eine Suppenküche im Winter und Essensmarken.«

Jamie legte den Kopf zur Seite. »Du meinst, für die Obdachlosen aus dem County«

»Ja«, sagte sie und strich sich eine Haarsträhne aus dem Gesicht. »Ich dachte mir, in Rosie Bar könnte man Feuerkörbe aufstellen, damit sie sich im Winter wärmen können«

»Die Ideen sind gut. Richtig gut sogar. Aber ich befürchte, dass uns dazu das Personal fehlt. Wir haben dafür nicht genug Hilfe.«

»Dann werde ich mich auf die Suche nach ehrenamtlichen Helfern machen. Ich bin mir sicher, dass ich jemanden finden werde.«

Jamie sah sie fragend an. »Ich habe dich immer bewundert«, sagte er plötzlich leise.

»Mich?«

»Du machst, was du für richtig hältst. Immer. Und du stehst für andere ein. Ich glaube, du weißt gar nicht, wie es ist, Angst zu haben.«

Hatte Lian tatsächlich recht mit seiner Vermutung? Das klang so untypisch für Jamie. Es war seltsam, so etwas aus seinem Mund zu hören. Kannte er sie denn so wenig?

»Das glaubst du? Ich habe immer Angst. Eigentlich ständig. Ich versuche nur, es mir nicht anmerken zu lassen«, flüsterte sie und hob den Kopf. »Was ist mit dir? Hast du denn Angst?«

Er lachte kurz auf. »Immer. Vor allem. Ich bin wohl ein Feigling durch und durch. Ich schaffe es nicht einmal, für mich selbst einzustehen. Geschweige denn für andere.«

Sie schluckte und wandte den Blick ab. Sie hatte immer gewusst, wer der Einbrecher damals in Mr. Grabowitz Laden gewesen war, aber sie hatte es niemals angesprochen.

Emma hatte nie mit jemandem darüber gesprochen. Weder mit ihren Schwestern noch mit ihrem Dad. Nicht einmal mit Jamie.

Ihr fehlte der Mut, ihn darauf anzusprechen. Das hier war also der Beweis. Sie hatte Angst. Große Angst sogar. Davor, ihn zu fragen, ob er an jenem Abend Mr. Grabowitz überfallen hatte. Ob er Mrs. Grabowitz zurückgelassen hatte, ohne sich um sie zu kümmern. Angst davor, dass sie mit ihrer Antwort richtig lag.

10

Der Tag war im Eimer, das stand fest, dachte Lian. Er hatte schon beschissen begonnen, was hauptsächlich daran lag, dass sein Handy schon bei Sonnenaufgang geklingelt hatte. Miss Alice hatte ihn angerufen und ihm mitgeteilt, dass ihre Hauswand mit einem neuen Schriftzug beschmiert worden war. Diesmal hatte ihr wohl jemand einen Heiratsantrag mit blauer Farbe an die Nordseite ihres Hauses gepinselt. Alice' wütendem Geschrei am Telefon nach zu urteilen hatte sie wohl nicht vor, besagten Künstler zu ehelichen, und Lian konnte es ihr nicht verdenken. Zu allem Überfluss war er sich nicht sicher, ob es sich bei dem Schmierfinken wirklich um Stan Grabowitz handelte. Auch wenn Alice felsenfest davon überzeugt war, hatte Lian während seiner Gespräche mit Stan den Eindruck gewonnen, dass dieser ganz und gar nicht derjenige welcher war. Aber wer konnte sonst dahinter stecken?

Er stöhnte, als er sein Büro betrat und die vielen Post-its auf seinem Schreibtisch fand. Seine Sekretärin Veronica hatte die seltsame Angewohnheit, jeden Anruf und jedes Anliegen auf diesen kleinen gelben Zettelchen zu notieren und ihm diese auf den Bildschirm seines Laptops zu kleben. Er hatte es aufgegeben, sie davon abbringen zu wollen.

Lian nahm an seinem Schreibtisch Platz und war gerade dabei, seine E-Mails abzurufen, als sein Telefon klingelte.

Stöhnend schloss er für einen Moment die Augen. Er hatte noch nicht einmal eine Tasse Kaffee gehabt. Wer um Himmels willen wollte schon so früh etwas von ihm? Er nahm den Hörer ab.

»Ja?«

»Guten Morgen, Mr. Byron. Miss Thompson ist hier und würde gerne mit Ihnen sprechen.«

Er hatte sie seit dem Essen bei Claire nicht mehr gesehen – ehrlich gesagt ging er ihr aus dem Weg. Das hatte nichts mit ihr persönlich zu tun, sondern mit ihm und seinen Gefühlen, die mit ihm durchzugehen schienen, sobald er in ihrer Nähe war. Als er mit ihr in der Küche gestanden hatte, war die ganze Zeit nur ein Gedanke in seinem Kopf herumgewirbelt: Er wollte sie küssen. Lian konnte sich nicht erinnern, dass es ihm je zuvor so ergangen war. Alles an Emma brachte ihn aus dem Konzept und das war schlecht. Verdammt schlecht sogar. Noch dazu hatte er sich verraten. Verdammt! Was hatte er sich nur dabei gedacht? Er war kein hormongesteuerter Teenager mehr, der sich nicht unter Kontrolle hatte. Sein Versprechen Claire gegenüber hatte er kläglich gebrochen und das setzte ihm zu.

»Sagen Sie ihr, ich habe keine Zeit.« Er war kein Feigling, aber manchmal war es einfach besser, sich zurückzuziehen, bis die Wogen sich geglättet hatten. Die Gefühle würden verschwinden. Irgendwann. Ganz bestimmt. Bis dahin müsste er ihr einfach aus dem Weg gehen.

»Das habe ich gehört«, hörte er plötzlich Emma Thompsons Stimme aus dem Hörer dringen. Lian kniff sich mit Zeigefinger und Daumen in den Nasenrücken und schloss für einen Moment die Augen. Ihm blieb aber auch nichts erspart.

»Schicken Sie sie rein.« Er legte das Handy zur Seite und atmete tief ein. Er würde damit klarkommen. Diesmal würde er es schaffen, ihr zu widerstehen.

Noch ehe er zu Ende gedacht hatte, kam Emma um die Ecke.

Er stand auf und ging ihr entgegen. »Wie kann ich dir helfen?«

»Wir müssen reden.« Sie ging an ihm vorbei und ließ sich auf den Lederstuhl sinken, der vor seinem Schreibtisch stand. Seine Sekretärin warf ihm einen fragenden Blick zu, den er mit einem Kopfschütteln beantwortete, und zum wiederholten Mal sehnte er sich nach einer abschließbaren Bürotür.

Lian lehnte sich mit verschränkten Armen gegen seinen Schreibtisch und betrachtete Emma, die mit geröteten Wangen vor ihm saß. Sie sah verdammt gut aus und das Beste daran war, dass sie es, wenn er sich nicht täuschte, noch nicht einmal darauf angelegt hatte. Im Gegensatz zu Claire, die jeden Pinselstrich, jeden Lidstrich, jede Haarsträhne genau plante, wirkte an Emma alles unkompliziert und locker. Und so verdammt sexy.

Sie hatte keine Ahnung, was sie in ihm auslöste und welche Gedanken ihm durch den Kopf schossen, wenn er an sie dachte.

Emma strich sich eine Haarsträhne, die sich aus ihrem Haarzopf gelöst hatte, hinter das Ohr und er widerstand dem Drang, es für sie zu tun.

»Schieß los!«

»Wer ist Jamies Freundin?«

Warum wunderte es ihn nicht, dass sie die Frage keine Ruhe ließ. Seufzend ließ er den Kopf hängen. »Ich habe dir bereits gesagt, dass ich es dir nicht verraten werde. Das ist seine Aufgabe und ...«

»Jamie und ich hatten einen Streit. Er war intensiver als sonst, weil ich immer unser Gespräch im Kopf hatte. Ich frage dich nicht, weil ich eifersüchtig bin oder weil ich in ihr eine Rivalin sehe. Ich kenne ihn und weiß, dass er in solchen Dingen manchmal echt Schwierigkeiten hat. Ich will ihm helfen, weil ich denke, dass er sich selbst im Weg steht.«

»Da gebe ich dir recht, trotzdem muss er dir davon erzählen. Nicht nur, weil Jamie mein bester Freund ist, sondern auch, weil ich nicht weiß, ob seine Freundin möchte, dass ausgerechnet du davon erfährst.«

»Was soll das denn heißen? Ausgerechnet ich?«

Fuck! Er hatte schon wieder zu viel verraten. Er starrte sie einen Moment lang an, dann stieß er sich ab und ging um seinen Schreibtisch herum. »Wenn du mich jetzt bitte entschuldigst. Ich habe noch etwas zu tun.«

Er wollte nicht, dass sie ging, aber wenn er auch nur einen halbwegs klaren Gedanken fassen wollte, musste sie sein Büro verlassen. Sie hatte nicht nach der Verlobung gefragt, und nun grübelte er darüber nach, was das zu bedeuten hatte.

Emma sagte nichts weiter, sondern nickte nur. Als sie aufstand, fiel ihr Blick auf ein Blatt Papier, das auf seinem Schreibtisch lag.

Sie griff danach und runzelte die Stirn. »Da steht mein Name.«

Er presste die Lippen zusammen und nickte. Ihrem Gesichtsausdruck nach zu urteilen wusste sie nichts davon. Jeden Moment würde eine weitere Bombe platzen. Was war das nur für ein beschissener Tag?

»Ich weiß. Ich gehe mal davon aus, dass du keine Mitteilung bekommen hast.«

Missmutig blickte sie ihn an. Verdammt, ihre Augen wirkten wie ein Gewitter auf rauer See.

»Habe ich nicht.« Einen Moment lang starrte sie ihn noch an, dann fiel ihr Blick wieder auf den Plan, den Lian von Miss Julie erhalten hatte. Sie hatte Emma und ihn als Wettbewerbspartner eingeteilt. Nachdem Claire zurückgetreten war, hatte er eigentlich gedacht, damit auch aus der Nummer rauszukommen. Bis Miss Julie Emma erwähnt hatte.

Misstrauen war in ihren Augen zu sehen. »Hast du das eingefädelt?«

Himmel, das wurde ja immer besser. Spöttisch lachte er auf. Sein Leben war momentan schon kompliziert genug. »Nein, ganz bestimmt nicht.«

Sie warf ihm einen fragenden Blick zu, sagte aber nichts weiter dazu. Verdammt. Das war jetzt ruppiger rübergekommen als beabsichtigt. Aber er hatte wirklich nicht seine Finger im Spiel gehabt.

Langsam nickte sie, dann legte sie das Papier zurück auf den Tisch. »Ich werde ganz bestimmt nicht am Wettbewerb teilnehmen. Und schon gar nicht mit dir. Was stellen die sich vor? Wie schaffen wir es, Emma Thompson so schnell wie möglich aus der Stadt zu vergraulen?«

Ihr Blick ließ nicht darauf schließen, aber der Schmerz in ihrer Stimme war nicht zu überhören. Sofort verspürte er den Drang, sie in die Arme zu schließen und an sich zu drücken. Aber Emma Thompson war eine verdammt starke Frau. Sie würde damit fertigwerden, da war er sich sicher.

»Das verstehe ich. Obwohl ich glaube, dass niemand der Creeks dich vertreiben möchte.«

Höhnisch lachte Emma auf. »Sei dir da mal nichts so sicher.«

Er runzelte die Stirn und legte den Kopf zur Seite. »Weißt du, damit Situationen sich ändern, müssen beide Parteien an sich arbeiten.«

»Spricht da wieder der Anwalt aus dir?«

»Ich gebe zu, in meinem Job ist das auch sehr nützlich, aber in diesem Fall ist es das Leben, das mich dies gelehrt hat. Es bringt nichts, Veränderung zu erwarten, wenn man selbst nicht bereit ist, etwas zu verändern.«

Emma reckte das Kinn. »Ich habe mich verändert.«

Einen Moment lang starrte Lian sie an. »Tatsächlich? Ich denke eher, die Emma von früher hätte genauso reagiert und trotzig den Kopf in den Sand gesteckt, anstatt den Creeks zu zeigen, dass sie es drauf hat.«

Emma schluckte und Lian wusste, dass er sie damit geködert hatte. Er musste zugeben, dass er nicht ganz selbstlos gehandelt hatte. Emma konnte sich beweisen und würde verdammt viel Zeit mit ihm verbringen müssen. Das Vorhaben, ihr aus dem Weg zu gehen, konnte er sowieso vergessen. Es würde ihm sowieso nicht gelingen. Dann konnte er genauso gut Zeit mit ihr verbringen. Eine Win-Win-Situation für alle, da war er sich sicher. Und ihrem Gesichtsausdruck nach zu urteilen war sie jetzt derselben Meinung.

11

»Wer Fragen hat oder ein Gespräch wünscht, kann sich jederzeit bei mir melden. Ich bin jeden Donnerstag an der Schule.« Mit sich zufrieden, packte Emma ihre Unterlagen ein und wartete, bis der letzte Schüler das Klassenzimmer verlassen hatte. Es war Dienstag und sie hatte ihre erste Beratungsstunde an der Schule angeboten. Alles war gut verlaufen und Emma hatte das Gefühl, dass ihr neues Angebot gut ankam. Sie griff nach ihrer Tasche und verließ das Klassenzimmer. Auf dem Weg nach draußen sah sie Claire in einem der anderen Zimmer am Schreibtisch sitzen und sich mit dem Mädchen aus Mr. Grabowitz Laden unterhalten. Emma konnte sich noch genau an sie erinnern. Sie ging einen Schritt zur Seite, hielt sich jedoch zurück und wartete, bis das Mädchen das Klassenzimmer wieder verließ, ehe sie an die Tür klopfte.

»Hast du kurz Zeit?«

Emma lehnte sich gegen den Türrahmen und betrachtete Claire, die offenbar gerade dabei war, Arbeiten zu korrigieren. Sie wurde das Gefühl nicht los, dass Claire ihr aus dem Weg ging.

»Natürlich. Komm herein.«

»Es dauert auch nicht lange. Ich will dich nicht stören.«

»Ach was«, winkte Claire ab. »Die Englischklausuren laufen mir nicht davon.« Sie lächelte und lehnte sich auf ihrem Stuhl zurück.

»Wie kann ich dir helfen?«

Emma zog sich einen Stuhl heran und setzte sich. Wieder einmal wurde ihr bewusst, wie adrett Claire gekleidet war, während ihre eigene Garderobe mal wieder zu wünschen übrig ließ. Es ärgerte Emma, dass sie sich in Claires Gegenwart so unbedeutend vorkam. Dabei machte sie sich noch nicht einmal etwas aus teuren Designerkleidern und Make-up. Sie war schon immer eher praktisch veranlagt gewesen und in ihrem Job war es alles andere als förderlich, im Designerkleid Suppe an Obdachlose zu verteilen oder auf der Suche nach vermissten Jugendlichen in High Heels durch die Stadt zu laufen.

»Dieses Mädchen mit dem du gerade gesprochen hast. Wer ist sie?«

»Du meinst Ally? Soweit ich weiß, hat Ben sich schon mit ihr angefreundet. Ich habe sie gestern zusammen in der Cafeteria gesehen.«

»Ally? Und wie weiter?«

»Clark. Kennst du das alte Haus am Beavers Lake? Das früher dem alten Grayson gehört hat? Sie und ihre Großmutter sind dort vor einem Jahr eingezogen.«

Emma erinnerte sich noch gut an das heruntergekommene Farmhaus, das schon vor fünfzehn Jahren renovierungsbedürftig gewesen war.

»Leonie Clark hat vor einigen Monaten einen Schlaganfall erlitten und lässt seitdem niemanden mehr ins Haus. Ally ist die Einzige, die sich um sie kümmern darf.«

Emma riss ungläubig die Augen auf. »Sie geht noch zur Schule und kümmert sich um ihre kranke Großmutter?«

»Schrecklich, nicht? Wir haben ihr schon ein paarmal Hilfe angeboten, aber Ally glaubt, das würde ihre Großmutter nur noch mehr aufregen. Sie hat Angst davor, dass das einen weiteren Schlaganfall auslösen könnte. Sie ist ihre einzige noch lebende Verwandte.«

Der Gedanke, dass das Mädchen vollkommen allein dieser Verantwortung ausgesetzt war, setzte Emma zu. »Was ist mit ihren Eltern?«

»Sind vor drei Jahren bei einem Autounfall ums Leben gekommen. Sie haben auf Vancouver Island gelebt, aber nach den Tod der Eltern sind die beiden nach Golden Creek in das alte Farmhaus gezogen.«

Emma fragte sich, warum sie wohl hierher gekommen waren? Hatte es dafür einen bestimmten Grund gegeben? Natürlich war der Ort bei Touristen beliebt und überall als Sportmekka bekannt, aber es war seltsam, dass jemand Vancouver Island verließ, um in Golden Creek zu leben, wenn es nicht einen bestimmten Grund dafür hatte. Vielleicht machte sie sich aber auch einfach zu viele Gedanken.

»Wann sind sie noch mal hergezogen?«

»Vor ungefähr einem Jahr. Kurz darauf hatte sie den Schlaganfall und hat sich komplett zurückgezogen.«

»Und wie finanziert sie das alles? Mal abgesehen von dem Offensichtlichen müssen die Arztrechnungen und Medikamente ja unglaublich teuer sein.«

»Das habe ich mich auch schon gefragt. Ally holt ihre Lebensmittel immer bei Mr. Grabowitz ab, und soweit ich weiß, gab es da noch nie Probleme. Aber ich habe nie mit ihr darüber gesprochen.«

»Es macht sich also keiner Gedanken darum, wie das Mädchen klarkommt?«

Claire zuckte mit den Schultern. »Soweit ich weiß, hat das Jugendamt anfangs immer bei ihnen vorbeigeschaut, aber da es nie Probleme gab, hat sich das irgendwann erledigt.«

Dann griff sie nach ihren Unterlagen und lächelte Emma kurz zu. »Sei mir nicht böse, aber ich muss weitermachen.«

Emma nickte. »Kein Problem. Danke für deine Hilfe.« Sie schulterte ihre Tasche und ging zur Tür.

»Sehr gerne. Und Emma?«

Emma blieb stehen und drehte sich zum Claire um.

»Mach dir wegen Ally keinen Kopf. Ihr geht es gut.«

Emma nickte, aber sie war sich da nicht so sicher. Und sie würde auch keine Ruhe geben bis sie mehr darüber wusste.

12

»So ein Mist!«

Emma wirbelte herum und verfluchte sich dafür, dass sie nicht daran gedacht hatte, einen Ersatzschlüssel vor dem Haus zu verstecken. Ben war mit Jamie im Kino. Die beiden wollten sich einen neuen Marvel-Film ansehen und hatten Emma gebeten, mitzukommen, aber sie hatte dankend abgelehnt. Superhelden standen heute definitiv nicht auf ihrer To-do-Liste. Stattdessen hatte sie vorgehabt, die Wäsche zu erledigen und danach ein wenig zu lesen. Aber jetzt stand sie vor ihrer Haustür und hatte keine Ahnung, wie sie ins Haus gelangen sollte. Der Film lief noch gute zwei Stunden und sie hatte keine Lust, so lange auf der Veranda zu warten.

Kurz hatte sie mit dem Gedanken gespielt, Jamie anzurufen und ihn zu bitten, Ben nach Hause zu bringen, aber sie war so froh, dass er und Jamie einen guten Draht zueinander hatten, da wollte sie die beiden nicht stören. Zu allem Übel konnte sie ihn nicht einmal telefonisch erreichen, da sie ihr Handy im Haus zurückgelassen hatte. Vielleicht hatte sie ja ein Fenster offen gelassen? Allerdings konnte sie bei der Dunkelheit kaum etwas erkennen und das Licht auf der Veranda war immer noch defekt. Sie stapfte vor sich hin grummelnd zur Hintertür und rüttelte daran. Verschlossen. Verdammt.

»So ein Hühnerdreck!«

Sie hörte ein tiefes Lachen, aber im ersten Moment konnte sie in der Dunkelheit niemanden entdecken. Ihr Herz polterte in ihrer Brust, aber sie zwang sich, Ruhe zu bewahren. Sie war hier in Golden Creek, nicht in Mexico City. Wer sollte ihr hier schon etwas antun?

»Wer ist da?« Das Zittern in ihrer Stimme war dennoch nicht zu überhören.

Sie hörte Schritte, dann konnte sie unter einem Baum eine Person ausmachen. Obwohl sie noch nichts gesagt hatte, wusste Emma plötzlich, wer es war.

»Lian?« Er trat vor und nun konnte sie sein Gesicht sehen. Er hatte die Hände in die Hosentaschen gesteckt und wirkte mit der dunklen Jeans, den Sneakers und seinem Hoodie äußerst leger. Neben ihm stand sein Hund, der sie, genau wie sein Herrchen, anstarrte. Emma hatte mal einen Zeitungsartikel gelesen, in dem Hunde mit ihren Besitzern verglichen wurden. Damals hatte sie es für kompletten Unfug gehalten, aber in diesem Fall konnte sie tatsächlich eine Ähnlichkeit entdecken. Sie lächelte bei dem Gedanken.

»Kann ich dir helfen?«

»Was machst du hier?«

»Beantwortest du jede Frage mit einer Gegenfrage?«

Sie trat einen Schritt vor und verschränkte die Arme vor der Brust. »Warum auch nicht?«

»Du scheinst sehr nachtaktiv zu sein.«

Lian schmunzelte und schüttelte den Kopf. »Wir gehen spazieren.«

»So spät noch?«

»Ich wusste nicht, dass es ein Gesetz gibt, das die Gassi Zeiten regelt.« Ein Grinsen umspielte seine Lippen. Dass er aber auch immer den Anwalt raushängen lassen musste. »Außerdem haben wir dir bei unserem letzten Spaziergang das Leben gerettet. Und da war es schon nach Mitternacht.« Wie auf Kommando begann Geröllheimer, mit dem Schwanz zu wedeln.

Emma verdrehte die Augen. »Du übertreibst. Es wäre schon nichts geschehen.«

»Hast du mittlerweile das Schloss ausgetauscht?«

Sie stöhnte. Genau aus diesem Grund befand sie sich ja in dieser beschissenen Situation.

»Hab ich.«

»Verrätst du mir, was du um diese Uhrzeit bei diesen Temperaturen lediglich mit einem T-Shirt bekleidet hier draußen tust?«

Sie gab es nicht gerne zu, aber ihr blieb wohl nichts anderes übrig. »Ich habe mich ausgeschlossen.«

Er runzelte die Stirn und blickte sich um. »Hast du keinen Ersatzschlüssel hier draußen deponiert?«

»Doch, natürlich«, konterte sie und bereute ihre schnippische Antwort sogleich. Er konnte schließlich nichts für ihre Dummheit. Sie seufzte und hielt ihm den alten Ersatzschlüssel hin. »Er gehört noch zu dem alten Schloss. Ich habe wohl vergessen, ihn auszutauschen.« Sie schloss kurz die Augen. »Tut mir leid, dass ich dich so angefahren habe«, murmelte sie und strich sich eine Haarsträhne aus dem Gesicht. »Ich habe das nicht so gemeint. Es war ein anstrengender Tag. Ben ist mit Jamie unterwegs, so lange werde ich wohl auf ihn warten müssen.«

Er nickte nur, dann zeigte er mit dem Kinn zum Ende der Straße.

»Lust auf eine Tasse Tee? Ich hätte auch noch ein Stück von Miss Julies Walnusskuchen zu Hause.«

Bei der Erinnerung daran stöhnte Emma fast auf. Miss Julies Kuchen war schon früher eine Offenbarung gewesen. »Ist es nicht schon ein wenig spät für Kuchen?«

»Auch für Walnusskuchen gibt es keine zeitliche Begrenzung.«

Emma presste die Lippen. »Hast du auch Kaffee?«

Er lachte und Emma musste zugeben, dass es ihr verdammt gut gefiel. »Klar. Kuchen *und* Kaffee.«

Sie sah ihn erstaunt an und er zuckte mit den Schultern. »Du kannst genauso gut im Warmen auf ihn warten, anstatt dir hier den Hintern abzufrieren. Die Ausrede, dass wir uns nicht kennen, zählt auch nicht mehr, also was spricht dagegen?«

Da hatte er nicht unrecht, musste Emma zugeben. Die Abende waren mittlerweile doch schon etwas kühl und Emma trug nichts weiter als ein Shirt, Jeans und ihre alten Turnschuhe.

Einen Moment zögerte sie noch, dann nickte sie, woraufhin Lian einen leisen Pfiff ausstieß und wartete, bis Geröllheimer aus dem Dickicht zu ihm kam.

Als sie ihm zu seinem Haus folgte, knirschte der Kies unter ihren Schuhen. Hier gab es keine Straßenlaternen, sodass Emma nichts anderes übrig blieb, als dicht hinter ihm zu gehen, es sei denn, sie wollte sich hier draußen auch noch verirren.

»Wundere dich bitte nicht, ich bin erst vor wenigen Monaten eingezogen und die Renovierungsarbeiten sind noch nicht fertig.«

»Wem sagst du das. Ich schlafe immer noch auf einer Matratze am Boden.«

Lian zog den Hausschlüssel aus der Hosentasche. »Wenn du Hilfe benötigst …«

Emma winkte ab. »Schon in Ordnung. Ben und ich sind ein gutes Team.« Seit ihrer Ankunft hatte Emma mitbekommen, wie Lian von den Creeks eingespannt wurde. Wenn er nicht in seiner Kanzlei tätig war, kümmerte er sich um Miss Alice' liebestollen Verehrer oder arbeitete ehrenamtlich, wie sie von Jamie erfahren hatte, im Bürgerzentrum. Es kam ihr vor, als wäre er der zentrale Ansprechpartner in Golden Creek. Es schien ihm nichts auszumachen, trotzdem wollte sie sich ihm nicht auch noch aufdrängen.

Emma lächelte und wartete ab, während Lian die Tür aufschloss und ihr signalisierte, einzutreten. Ein wenig unbehaglich war ihr schon zumute.

Lian schaltete das Licht ein, dann schloss er die Haustür und legte seinen Mantel auf die Kommode, die sich direkt im Eingangsbereich befand. Geröllheimer lief an ihr vorbei und sprang mit einem Satz auf das Ledersofa. Emma folgte ihm und ließ ihren Blick durch die offene Galerie nach oben gleiten. Es wirkte warm und gemütlich und sie musste zugeben, dass sie überrascht war. Nicht, dass sie Vorurteile hegte, dennoch hatte sie sich eine Junggesellenbude anders vorgestellt. Vielleicht chaotischer. Oder spartanischer. Aber hier hatte sie das Gefühl, dass jeder Gegenstand eine Bedeutung hatte. Nichts war dem Zufall überlassen. Sie wusste nicht, wie sie auf diesen Gedanken kam, aber das Haus übte eine Faszination auf sie aus. Sie schlüpfte aus ihren Chucks und betrachtete die Wände. Dort hingen meterhohe schwarzweiße Fotografien, die so lebensecht wirkten, dass es ihr den Atem verschlug. Es waren nicht nur Bilder, es waren Kunstwerke. Auf einem konnte sie den Pariser Eiffelturm erkennen, auf dem anderen den *Stratosphere Tower* in Seattle. Auf einem anderen Bild war ein Beduinenzelt zu sehen, umgeben von lauter Sand. Und auf dem letzten sah man eine Frau, die im Türrahmen eines Hauses lehnte und auf das Meer blickte. Einen Moment blieb Emma stehen und betrachtete es. Sie überlegte, was an dem Bild sie so berührte. Es strahlte Intimität und Vertrautheit aus, aber da war noch etwas anderes. Sehnsucht. Tiefe, versteckte Sehnsucht. Emma konnte ihren Blick kaum losreißen und fragte sich, wer die Frau war. Sie war schlank mit schulterlangem dunklem Haar. Sie stand dort barfuß in einem weißen, knielangen Kleid und wirkte verloren.

Emma war so in das Bild vertieft, dass sie gar nicht bemerkte, wie Lian hinter sie trat.

»Gefallen sie dir?«

Sie schluckte, als sie bemerkte, wie nah er ihr war. Allerdings nicht nah genug.

»Sie sind traumhaft schön. Hast du die Bilder gemacht?« Sie würde viel lieber wissen, wer die Frau auf dem Foto war.

»Ja. Ist eine Leidenschaft von mir.«

»Sie sind unglaublich.«

»Danke. Es ...« Er verstummte und schüttelte den Kopf. Es war, als hätte er noch etwas sagen wollen, es sich dann aber anders überlegt. »Also? Kaffee und Walnusskuchen?«

Emma war kurz davor, ihn zu fragen, warum er nicht weitergesprochen hatte, aber sie hielt sich zurück. Sie wollte auf keinen Fall neugierig wirken.

»Wenn es keine Umstände macht.«

»Kommt sofort.«

Langsam wanderte sie weiter durch das Haus, das nur aus einem Raum zu bestehen schien. Garderobe, Küche und Schlafzimmer in einem.

»Ich habe vor ein paar Monaten die Wände herausgerissen und es zu einem großen Raum gemacht.« Er zeigte mit der Hand auf den hinteren Bereich des Zimmers. »Dort hinten geht noch eine Treppe nach oben. Dort befinden sich mein Büro, ein Gästezimmer und das Bad.«

Emma drehte sich einmal um die eigene Achse. »Stört es dich nicht, wenn deine Gäste das Schlafzimmer betrachten können?«

Er hielt kurz inne, als müsste er darüber nachdenken. »Nein, eigentlich nicht. Ich wollte schon immer in einer Art Loft wohnen, da ich aber hier gestrandet bin und nicht in Vancouver oder in New York City, dachte ich mir ...«

»Dachtest du dir, du holst dir die Großstadt und das Loft einfach in ein Nest wie Golden Creek.«

Er lächelte sie an. »Genau.« Sichtbar verlegen steckte er die Hände in die Hosentaschen und wippte langsam auf und ab. »Ich kann verstehen, dass es seltsam wirkt, aber ich habe eine Abneigung gegen Wände. Und Türen.« Er ließ das letzte Wort auf sich wirken und plötzlich bemerkte Emma, dass bis auf die Eingangstür tatsächlich keine Tür zu sehen war.

Sie fragte sich, woher diese Abneigung wohl kam und welche Bedeutung dahinter steckte.

War er vielleicht als Kind versehentlich eingesperrt worden? Sie erinnerte an einen ähnlichen Fall aus Calgary. Das Mädchen war drei Tage alleine zu Hause gelassen worden, weil der Vater das Kind unter Drogeneinfluss vergessen hatte und zu einer Bekannten gefahren war. Oder an eine Mutter, die ihr Kind bei brütender Hitze im Auto zurückgelassen hatte. Solche Erlebnisse konnten lebenslange Angstzustände und Traumata verursachen.

Lian trat an ihr vorbei und marschierte direkt in den Bereich des Zimmers, in dem sich die Küche befand. Er schien nicht nur eine Schwäche für Fotografie zu haben, sondern auch für gutes Essen. Die Küche war wie für einen Meisterkoch eingerichtet. So was hätte sie sich auch schon immer gewünscht.

»Das Haus ist perfekt.«

Lian hielt einen Moment inne, dann lächelte er. »Danke. Das finde ich auch.«

Er goss ihr eine Tasse Kaffee ein und stellte sie zusammen mit dem Kuchenteller vor ihr auf den Tisch. Er selbst hielt ein Stück in der Hand und biss hinein. Dabei fielen ein paar Krümel zu Boden, die von Geröllheimer aufgeschleckt wurden.

Emma betrachtete die beiden lächelnd und aß ihr Stück Kuchen. »Ihr seid ein gutes Team.«

Lian zuckte mit den Schultern. »Normalerweise bekommt er so was nicht. Der Zucker ist schlecht für ihn, aber er soll auch nicht leben wie ein Hund.« Dabei zwinkerte er ihr zu. »Außerdem liebt er Miss Julies Kuchen.«

»Das kann man ihm auch nicht vorwerfen. Der Kuchen schmeckt wirklich himmlisch.«

Lian füllte Geröllheimers Napf mit frischem Wasser und setzte sich dann zu ihr. »Hast du dir noch mal Gedanken wegen des Wettbewerbs gemacht?«

»Ja, und wenn ich ehrlich bin, gefällt mir der Gedanke, mich vor den Creeks zum Narren zu machen, immer noch nicht. Aber je länger ich darüber nachdenke, desto mehr glaube ich, dass die Idee gar nicht mal so schlecht ist.«

»Was hat dich umgestimmt?«

Sie zuckte mit den Schultern. »Du hattest recht. Die frühere Emma wäre weggelaufen, aber die bin ich nicht mehr. Also, lass uns den Wettbewerb gewinnen.«

Ein Lächeln umspielte seine Lippen. »Bei so viel Optimismus muss es ja klappen.«

Emma lachte und schüttelte den Kopf. »Ich würde es eher Galgenhumor nennen.«

»Dann werde ich also Miss Julie sagen, dass sie mit uns rechnen kann?«

Sie sah ihm einen langen Moment in die Augen, dann nickte sie. »Ja, das kannst du.«

Als sie gemeinsam die dreckigen Teller in den Geschirrspüler räumten, sah er sie fragend an. »Ich glaube, ich habe dich das bisher noch nicht gefragt, aber hast du dich schon eingelebt?«

»Du meinst, wenn man davon absieht, dass mein Sohn bereits am ersten Tag des Diebstahls bezichtigt wurde?«

Er lachte und Emma erschrak, als ihr auffiel, wie gut ihr das Geräusch gefiel.

»Du hast recht, die Frage war unpassend. Aber mach dir über Stan nicht so viele Gedanken. Er bellt, beißt aber für gewöhnlich nicht.«

»Das habe ich aber anders in Erinnerung.«

Er nickte, dann schloss er die Tür des Geschirrspülers und lehnte sich gegen die Arbeitsplatte. »Manche Menschen springen nur schwer über ihren Schatten. Aber keine Angst, ich habe ihm ins Gewissen geredet.«

»Oh, ich habe keine Angst vor Mr. Grabowitz. Mit fünfzehn nicht und jetzt schon gar nicht.«

»Hast du ihn damals wirklich bestohlen?«

Sie blickte ihn über den Rand ihrer Tasse hinweg an. »Möchtest du das wirklich wissen?«

»Ich bin Anwalt. Es liegt in meinem Naturell, den Dingen auf den Grund zu gehen.«

»Aber es gibt doch bestimmt Dinge, die auch du nicht erfahren möchtest, oder? Besteht da kein Gewissenskonflikt?«

»Es ist mein Job, dafür zu sorgen, dass jeder Angeklagte einen ordnungsgemäßen Prozess bekommt. Hilfst du denn Jugendlichen nicht, wenn du weißt, dass sie richtig Mist gebaut haben? Gibt es denn für dich ein Kriterium, was sie angestellt haben könnten oder was sie bedrückt, dass du ihnen deine Hilfe verwehrst?«

Nachdenklich biss sich Emma auf die Unterlippe. Er hatte recht. Sie hatte schon furchtbare Schicksale gesehen und hatte noch nie jemanden im Stich gelassen. Sie wusste, wie sich so etwas anfühlte, und wollte niemanden in diese Situation bringen. Niemals.

»Da hast du wohl recht. Tut mir leid.«

»Keine Ursache. Aber du hast meine Frage nicht beantwortet.«

»Ich habe gehofft, ich hätte dich genug abgelenkt.«

Er grinste sie an. »Da musst du dir schon etwas anderes einfallen lassen.«

»Ach ja? Was denn zum Beispiel?«

Er schien tatsächlich ernsthaft darüber nachzudenken. »Indem du mir deine Kondomschublade zeigst.«

Sie riss die Augen auf. »Oh mein Gott. Das hast du nicht vergessen?«

Er grinste sie verschmitzt an. »Nein und ich würde sie wirklich gerne mal sehen.«

Langsam nickte sie. »Vielleicht zeige ich sie dir mal.«

»Also? Hast du ihn bestohlen?« Sie schloss kurz die Augen. Mist. Er ließ sich wirklich nicht ablenken. Emma musste wohl in den sauren Apfel beißen.

Einen Moment hielt sie inne und überlegte, was sie ihm sagen sollte. Aber dann entschied sie sich für die Wahrheit.

Seufzend atmete sie aus. »Nein. Ich habe ihn nicht bestohlen und ich bin auch nicht in den verdammten Laden eingebrochen.«

13

Er hatte nicht gedacht, dass er sie schon so bald wiedersehen würde.

Sie hatten sich erst am Abend zuvor gesehen und noch immer gingen ihm ihre Worte nicht mehr aus dem Kopf.

»Nein. Ich habe ihn nicht bestohlen und ich bin auch nicht in den verdammten Laden eingebrochen.«

Wie zum Teufel hatte sie das gemeint? Als er sie danach gefragt hatte, blockte Emma komplett ab. Es war fast so, als befürchtete sie, schon zu viel gesagt zu haben. Kurz darauf hatte sie eine Nachricht von Ben erhalten, sich für die Tasse Kaffee und den Kuchen bedankt und war dann ohne ein weiteres Wort gegangen. Dabei lagen ihm noch so viele Fragen auf der Zunge.

Als sie nun in sein Büro stürmte, müsste er lügen, wenn er sagen würde, dass es ihm nicht gefiel. Diesmal hatte sie die Hände wie eine Amazone in die Hüften gestemmt und funkelte ihn an. Er vermutete, dass sie auch die Liste mit den Wettbewerbsaufgaben bekommen hatte. Das würde erklären, warum sie aufgebracht in sein Büro stürmte.

»Hör zu, bevor du dich aufregst. Ich werde mit Miss Julie sprechen. Ich bin mir sicher, wir werden eine bessere Lösung finden.«

Sie runzelte die Stirn und sah ihn fragend an. »Worüber willst du mit ihr sprechen?«

Er deutete zwischen ihnen hin und her. »Über den Wettbewerb.« Da sie nicht reagierte, sprach er schnell weiter. »Das Baumstammrollen?«

Es dauerte einen Moment, dann wurden ihre Augen groß. »Was? Nein. Deshalb bin ich nicht hier.«

»Nicht?«

Sie schüttelte den Kopf und ließ sich in einen Sessel fallen. »Aber warum ist das ein Problem für dich?«

»Wie kommst du auf die Idee, dass es ein Problem sein könnte?«

Sie runzelte die Stirn. »Äh ... weil du mit dem Thema angefangen hast?«

Wenn man es so betrachtete, hatte sie wohl recht. Er stellte fest, dass er erleichtert war, dass sie nichts dagegen einzuwenden hatte. Er hatte schon befürchtet, dass sie es sich anders überlegt hatte.

»Warum bist du dann hier?«

»Ich brauche deine Hilfe.«

»Okay«, sagte er gedehnt. »Kann ich dir zuvor etwas anbieten? Kaffee? Tee? Meine Sekretärin hat momentan eine Vorliebe für Chai Latte.«

Emma verzog das Gesicht. »Nein, danke. Damit habe ich keine guten Erfahrungen gemacht. Ein einfacher Kaffee wäre toll. Nur Milch, kein Zucker.«

»Kommt sofort.« Er drückte den Knopf seiner Freisprechanlage und bat seine Sekretärin um zwei Tassen Kaffee.

Während sie warteten, nahm er sich einen Moment, um sie genauer anzusehen. Sie trug heute ein weinrot kariertes Baumwollhemd, das sie in den Bund ihrer Jeans gesteckt hatte, die an manchen Stellen schon ausgebleicht war, dazu graue Chucks. Das rostrote Haar hatte sie in einen lockeren französischen Zopf gebunden, der ihr über die Schulter hing. Im Gegensatz zu ihren letzten Begegnungen hatte sie heute etwas Make-up aufgelegt. Nicht viel, nur etwas Rouge und dazu einen hellen Lipgloss, der ihre Lippen allerdings voller wirken ließ.

»Was kann ich für dich tun?«, wiederholte er.

Sie verschränkte die Hände und legte den Kopf zur Seite. »Kennst du Ally Clark?«

Lian nickte und lehnte sich in seinem Stuhl nach hinten. »Natürlich. Ein nettes Mädchen. Lebt seit dem Tod ihrer Eltern bei ihrer Großmutter.« Er beugte sich über seinen Schreibtisch. »Warum willst du das wissen?«

»Sie hat Ben fünfhundert Dollar und die Telefonnummer eines Privatdetektivs gegeben, damit er sich auf die Suche nach seinem Vater machen kann.«

Er stieß einen leisen Pfiff aus. »Das ist eine Menge Geld. Glaubst du, dass der Detektiv ihm helfen kann?«

Sie presste die Lippen aufeinander und nickte. »Er hat es sogar schon getan.«

»Okay, dann ist er also keinem Betrüger zum Opfer gefallen. Was ist dann dein Problem?«

Jetzt war es an Emma, sich über den Schreibtisch näher zu Lian zu beugen.

»Woher hat das Mädchen so viel Geld? Wie kann sie die Medikamente und die Arztrechnungen für ihre kranke Großmutter bezahlen? Ganz zu schweigen davon, dass sie Essen kaufen muss. Alleine die Stromkosten ... Sie geht noch zur Schule.«

»Sie lebt von dem Geld aus der Lebensversicherung ihrer Eltern.«

»Und sie kümmert sich allein um eine alte Frau?«

»Soweit ich weiß, ja. Anscheinend kommt regelmäßig ein Arzt aus Vancouver bei ihnen vorbei, der sie seit dem Schlaganfall betreut.«

Emma zog eine Augenbraue nach oben. »Hast du ihn schon mal gesehen?«

»Nein.«

»Hat ihn irgendjemand aus dem Ort schon mal gesehen?«

»Woher soll ich das wissen?«

»Verdammt! Kommt dir das nicht seltsam vor?«

Er zog die Augen zu Schlitzen zusammen. »Was willst du damit sagen?«

Emma stand auf und tigerte in seinem Büro auf und ab. »Es kann doch nicht sein, dass ich die Einzige bin, der das verdächtig vorkommt.« Sie blieb stehen und deutete mit dem Zeigefinger auf ihn.

»Das Mädchen muss sich um eine alte, kranke Frau kümmern, Rechnungen bezahlen, zur Schule gehen. Von den alltäglichen Dingen mal ganz abgesehen. Warum glaube nur ich, dass da etwas nicht stimmen kann?«

»Vielleicht steigerst du dich da einfach in etwas hinein. Du bist noch nicht lange hier und in einem kleinen Ort läuft es anders ab als in der Großstadt, deshalb …«

»Genau deshalb«, rief Emma und sah ihn anklagend an. »In der Großstadt gehen Kinder unter, weil sie überfordert sind und sich niemand um sie kümmert. Aber das hier ist verdammt noch mal Golden Creek. Hier passen die Leute aufeinander auf. Hier gibt es kaum Geheimnisse. So was passiert hier nicht.«

»Aber wo liegt denn dann dein Problem?« Er verstand sie einfach nicht und er war sich ziemlich sicher, dass Emma sich nur in etwas hineinsteigerte. Vielleicht hatte sie einfach zu lange in der Großstadt gelebt.

»Du wirst mich für verrückt halten.«

Langsam zog er eine Augenbraue nach oben. »Nun, das könnte möglich sein. Aber lass dich davon nicht aufhalten.«

»Ich habe Ally an dem Tag gesehen, als wir Mr. Grabobwitz' Laden betreten haben. Sie hat mich fast umgerannt und konnte den Laden gar nicht schnell genug verlassen. Es war, als würde sie vor etwas davonrennen. Kurz danach hat Mr. Grabowitz Ben des Diebstahls bezichtigt.«

Er nickte. »Die Kondome.«

Emma schnaubte. »Richtig.«

»Okay, damit ich dich richtig verstehen. Du willst mir also sagen, du glaubst, dass sie stiehlt?«

»Ja.«

Lian atmete schwer ein. »Das sind ziemlich schwere Anschuldigungen, die du da von dir gibst.«

»Ich habe sie auch in der Schule beobachtet, wie sie etwas aus einem Rucksack entwendet hat.«

»Vielleicht war es ja ihr Rucksack?«

Sie verdrehte die Augen. »Glaubst du wirklich, dass ich solche Behauptungen grundlos aufstellen würde? Ich mache meinen Job schon eine Weile.«

»Ich glaube, dass du dich da in etwas hineinsteigerst.«

»Wieso fällt es dir so schwer, mir zu glauben?«

»Wieso sollte Ally Kondome und Geld stehlen, wenn sie es gar nötig hat? Du weißt selbst, dass solche Behauptungen schwerwiegende Folgen nach sich ziehen können. Aber ich gebe zu, dass es ungewöhnlich ist, dass sie Ben so viel Geld gegeben hat. Hast du ihn danach gefragt?«

»Natürlich, aber er wollte nicht mit der Sprache rausrücken. Deshalb bin ich hier. Ich dachte, du könntest mir helfen.« Sie atmete tief durch. »Ich bin nicht hier, um Ally der Polizei zu übergeben. Ich bin hier, weil ich davon überzeugt bin, dass sie Hilfe benötigt, und es ist mein verdammter Job, ihr diese auch zu gewähren.«

»Indem du ihr Dinge unterstellst, die nicht wahr sind?«

»Himmel noch mal, sei doch nicht verblendet. Ich weiß, dass du genauso wie Jamie der Meinung bist, dass keiner hier in Golden Creek wirkliche Hilfe benötigt und ich maßlos übertreibe, aber manchmal muss man einfach über seinen Schatten springen.«

»Ich will nur sagen, dass du dich da vielleicht in etwas verrennst.«

Sie atmete tief ein. »Ich habe da noch eine Vermutung. Ich denke, dass sie alleine lebt.«

»Alleine? Aber wo lebt dann ihre Großmutter?«

Emma schluckte. »Gar nicht mehr.«

Einen Moment lag eine bedrückende Stille im Raum, dann schüttelte Lian den Kopf.

»Ich wiederhole mich nur ungern, aber ich denke, dass du falsch liegst, Emma.«

Wütend funkelte Emma ihn an. »Du willst mir also nicht helfen?«

»Ich wüsste nicht, wie.«

Emma stand auf und schob ihren Stuhl nach hinten. In diesem Moment öffnete sich die Tür und Lians Sekretärin kam zur Tür herein. »Ihr Kaffee«, sagte sie lächelnd und stellte die Tassen auf dem Schreibtisch ab.

»Vielen Dank«, sagte Emma. »Ich muss schon wieder los. Auf Wiedersehen, Mr. Byron.« Er war sich nicht sicher, ob er sie so schnell wiedersehen würde.

14

Bei der Partnerauswahl des Wettbewerbs gehörte es zur Tradition, dass Miss Julie ihre Tarotkarten legte und damit die Wettbewerbsteilnehmer quasi ausloste. Zwar hatte die Auswahl bereits im Frühjahr stattgefunden, aber nachdem Claire sich kurzfristig dazu entschieden hatte, doch nicht teilzunehmen, hatte man sich dazu entschieden, die Paare neu zu wählen.

Am Tag von Emmas Ankunft hatte Miss Julie es für richtig empfunden, die Karten noch mal zu legen und die Wahl war auf Emma gefallen. Er hatte keine Ahnung, was Miss Julie damit bezweckte oder warum sie erst jetzt damit herausgerückt war, aber wenn er ehrlich war, spielte es auch keine Rolle.

Im Gegensatz zu den meisten Bewohnern von Golden Creek glaubte Lian nämlich nicht an die Magie der Karten. Er glaubte an eine alte Frau, die sich einen Spaß daraus machte, ihren Kopf mithilfe solcher Spielchen durchzusetzen.

Er fuhr sich mit einer Hand durch das Haar und beschloss, noch einen Abstecher in *Rosie's Bar* zu machen, um sich ein Pale Ale zu gönnen. Die letzten Tage waren anstrengend gewesen, ganz zu schweigen von dem gemeinsamen Abend mit Emma, Jamie und Claire. Nur ihr zuliebe hatte er gute Miene zum bösen Spiel gemacht. Die Tatsache, dass er bereits vor vier Monaten die Beziehung beendet hatte und trotzdem noch aller Welt vorspielte, Claire heiraten zu wollen, belastete ihn mehr, als er zugeben wollte. Aber er hatte es nicht über sich gebracht, Claire den Wunsch abzuschlagen, erst einmal niemandem von ihrer Trennung zu erzählen, um ihre Tante Candice zu schützen. Trotzdem verspürte er immer mehr den Wunsch, die Sache endlich hinter sich zu bringen. Vielleicht hätte er es Emma gegenüber nicht erwähnen sollen, aber er hatte es einfach nicht mehr für sich behalten können. Aus irgendeinem Grund wollte er, dass sie die Wahrheit erfuhr. Manchmal ertappte er sich dabei, wie er mit dem Gedanken spielte, Golden Creek zu verlassen. Die Renovierung des Hauses war aufwendiger als gedacht, die Beziehung zu Claire nach sechs gemeinsamen Jahren gescheitert und seine Karriereplanung hatte nicht vorgesehen, eine Ewigkeit in einer Kleinstadt mitten in den Rocky Mountains zu verbringen. Und vermutlich würde er Claire damit auch einen Gefallen tun, denn so konnte sie mit der ganzen Sache abschließen. Lian klappte den Bildschirm seines Laptops zu, stand auf und verließ sein Büro.

Das *Rosie's* war wie jeden Abend gut besucht. Lian wusste aber, dass das nur die Ruhe vor dem Sturm war. Zum Ende der Woche begann das Festival und er war sich ziemlich sicher, dass sie Cooper, dem Barkeeper und Golden Creeks Goldjunge, wie die Creeks ihn gerne nannten, die Bude einrennen würden. Nachdem er als Sechzehnjähriger eine Goldmedaille im Snowboarden bei den olympischen Spielen gewonnen hatte, galt er als Hoffnungsträger von ganz British Columbia. Allerdings beendete ein Sturz kurz darauf seine Karriere und Rosie, seine Tante, war diejenige, die ihm damals unter die Arme gegriffen hatte. Jeder hier im Ort kannte seine Geschichte, und auch wenn Cooper es nicht mehr so empfand, für die Creeks blieb er immer ihr Held.

Auf der Suche nach einem freien Platz ließ er seinen Blick durch die Bar gleiten. Jackson Smith, der im hinteren Bereich der Bar an der Jukebox saß, hob die Hand und zeigte auf den Stuhl neben ihm, aber Lian wusste, dass der alte Mann ihm nur ein Ohr abkauen und ihm von den Differenzen mit seiner zweiten Ehefrau erzählen würde. Er hatte wirklich keine Lust, sich mit fremdem Beziehungskram auseinanderzusetzen. Darauf konnte er heute Abend verzichten. Er entdeckte einen weiteren freien Platz an der Bar, direkt neben Rosies Büro. Noch ehe er sich setzen konnte, stand auch schon die alte Bardame vor ihm, die rot lackierten Fingernägel tippten auf den Bartresen und sie lächelte ihn an. Er freute sich, sie zu sehen. Nach ihrem Herzinfarkt vor zwei Jahren hatte sie sich zurückgezogen und Cooper zum Teilhaber gemacht.

»Lian, dich habe ich schon eine Weile nicht mehr gesehen.«

»Das liegt daran, dass du deine Zeit nicht hier, sondern in Vancouver verbringst. Wie geht es Hank?«

Rosie zuckte mit den Schultern und öffnete den Kühlschrank, um ein Pale Ale – seine übliche Bestellung, wenn er hierherkam – herauszuholen, das sie öffnete und Lian hinstellte.

»Er arbeitet viel und redet wenig. Wie alle Männer.«

Lian lachte auf und nahm einen tiefen Schluck von seinem Bier. Genau das hatte er jetzt gebraucht.

»Dann scheint es ihm ja gut zu gehen. Was ist mit dir?«

»Ich arbeite wenig und rede dafür umso mehr. Somit gleicht sich das gut aus.« Sie lächelte und tätschelte seine Hand. »Ich hab das von dir und Claire gehört.«

Überraschung machte sich in ihm breit, aber er spielte es herab. Er hatte Claire versprochen, es niemandem zu erzählen.

»Ich weiß nicht, wovon du sprichst.«

»Mir musst du nichts vorspielen. Miss Julie hat es erwähnt. Sie hat es in ihren Karten gesehen.«

Lian wusste nicht, wie er lachen oder weinen sollte. »Die alte Dame und ihre Tarotkarten sollen verdammt sein«, murmelte er. Bei jedem anderen wäre er wütend gewesen, aber Miss Julie konnte er nicht böse sein. Sie war die gute

Seele von Golden Creek und die einzige Person, die einem nie etwas Böses unterstellte. Miss Julie verurteilte nie jemanden, stellte sich nie auf eine Seite. Sie war wie die Schweiz – absolut neutral.

»Ehrlich gesagt habe ich es nicht glauben wollen. Du weißt, dass ich von diesem Humbug nichts halte«, lachte Rosie.

Zu Miss Julies Verteidigung musste er sagen, dass die alte Frau nie behauptete, die Zukunft sehen zu können, sondern dass ihre Karten nur eine Momentaufnahme boten. Er glaubte allerdings, dass die alte Frau einfach eine verdammte gute Menschenkenntnis besaß und eine gute Beobachterin war.

»Es ist noch nicht offiziell«, murmelte er.

Rosie zog eine Augenbraue nach oben, sagte aber nichts weiter. Lian seufzte.

»Sie möchte es ihrer Tante schonend beibringen. Und ich habe nichts dagegen.«

»Du hast ein schlechtes Gewissen.«

»Vielleicht.« Schließlich war er es, der die Beziehung beendet hatte. *Nachdem* er Claire einen Heiratsantrag gemacht hatte. Er hatte den Hochzeitstermin immer wieder hinausgeschoben, ohne genau zu wissen, warum. Aber dann war er mit Jamie drei Tage zum Lake Louise zum Angeln gefahren und dort war ihm klar geworden, dass er Claire keine einzige Sekunde vermisst hatte. So schmerzvoll die Erkenntnis auch war, das war der entscheidende Augenblick gewesen. Er hatte gemerkt, dass er Claire nicht heiraten konnte. Dass er ihr nicht die Zukunft schenken konnte, die sie sich wünschte. Und die er sich wünschte.

Trotzdem fühlte er sich wie ein Mistkerl. Claires schockierten Gesichtsausdruck würde er nie vergessen, anschließend war sie in Tränen ausgebrochen. Und dann hatte sie darum geben, erst einmal Stillschweigen über die Trennung zu bewahren, damit sie ihrer Tante in Ruhe alles beibringen konnte. Und auch den Bewohnern von Golden Creek. Aber wenn er ehrlich war, machte ihn die Situation wahnsinnig.

Rosie zuckte mit den Schultern. »Besser, du hast es jetzt beendet als nach der Hochzeit. Vielleicht sieht Claire es jetzt noch nicht, aber irgendwann wird sie dir dankbar sein.«

Lian nickte stumm. Aber so sicher war er sich dessen nicht.

»Nimm es mir nicht übel«, murmelte Rosie und griff nach ein paar Gläsern, die sie polierte. »Aber weißt du, was ich glaube? Das sie es ihrer Tante noch nicht sagen will? Das ist alles nur eine Taktik, um dich zurückzubekommen. Sie will Zeit schinden.«

Jamie vermutete das auch, aber Lian glaubte nicht daran. Langsam schüttelte er den Kopf. »Das würde sie nicht machen.«

»O doch, das würde sie. Ich glaube, sie würde alles dafür machen, um den Mann, den sie liebt, nicht zu verlieren. Oder warum hat sie es Candice noch nichts erzählt?«

»Du weißt doch, dass sie krank gewesen ist. Claire will sie schonen.«

Rosie zog eine Augenbraue nach oben. »Ich hätte nicht gedacht, dass ein so kluger Mann wie du so ein Dummkopf sein kann.«

Lian schloss die Augen und atmete tief ein. »Was soll ich deiner Meinung nach tun?«

»Sorg dafür, dass es alle erfahren. Natürlich vollkommen unbeabsichtigt.« Daraufhin drehte sie sich um und ging zu Cooper hinüber, um ihm beim Gläserspülen zu helfen.

Rosie hatte unrecht. Er kannte Claire besser als jeder andere und wusste, sie würde ihn niemals auf diese Art und Weise hintergehen. Claire wollte nur ihre Tante schützen. Aber je länger er darüber nachdachte, desto unsicherer wurde er. Was, wenn Rosie recht hatte? Wenn Claire tatsächlich versuchte, ihn mit dieser Taktik zurückzugewinnen?

Verdammt! Er trank den Rest seines Pale Ales und war gerade dabei, sich auf den Weg nach Hause zu machen, als er Emma entdeckte, die im hinteren Bereich der Bar stand und mit Ricky Sandler eine Partie Darts spielte. Sie lehnte an einem Billardtisch und lachte, als Ricky sich zu ihr hinüberbeugte und ihr etwas ins Ohr flüsterte. Und plötzlich hatte er eine Idee, wie er seine Situation mit einem Mal ändern konnte. Verdammt! Es war riskant und vermutlich eine dämliche Idee, aber sie ließ ihn nicht mehr los.

Er schlenderte zu Emma hinüber und fragte sich, was Ricky ihr wohl ins Ohr geflüstert hatte. Seltsamerweise machte ihn der Gedanke wütend und er verspürte den Drang, dem Kerl zu sagen, dass er von hier verschwinden sollte. Gerade als er bei ihnen war, drehte Ricky sich zu ihm um.

»Hey, Lian. Wie geht es dir? Hast du den Schmierfink schon gefunden?« Ricky schnappte sich einen Dartpfeil und ließ ihn zwischen seinen Fingern kreisen.

»Nein, noch nicht. Aber Officer Brown kümmert sich darum.«

»Ich bin ja immer noch der Meinung, dass es der alte Stan gewesen ist. Er war schon immer auf meine Tante scharf.«

»Ehrlich gesagt glaube ich nicht, dass er es war.«

Emma sah ihn fragend an. »Und wer, glaubst du, war es sonst?«

»Das weiß ich noch nicht. Vielleicht jemand, der bewusst den Verdacht auf Stan lenken wollte, um ihm zu schaden.«

»Wer sollte ihm denn schon schaden wollen?«, fragte Emma sarkastisch. »Der Mann ist doch die Freundlichkeit in Person.«

Er sah sie fragend an und Emma schüttelte den Kopf. »Schau mich nicht so an, ich war es nicht. Auch, wenn ich in deinen Augen ein Motiv dafür hätte.«

»Das habe ich gar nicht gedacht.«

»Du hattest mich also nicht in Verdacht?«

Wieder schüttelte er den Kopf. Das entsprach der Wahrheit. Keine Sekunde hatte er sie gedacht. Zumindest nicht in Verbindung mit Miss Alice. Nicht nur, weil die Sachbeschädigungen schon anfingen, als Emma noch in Calgary gewesen war, sondern weil er ihr ein solches Verhalten gar nicht zutraute.

»Nein. Die Aktionen haben schon angefangen, bevor du nach Golden Creek gekommen bist. Außerdem ist das nicht deine Art, mit Problemen umzugehen.«

»Wie kommst du darauf? Du kennst mich doch gar nicht.«

Er zuckte mit den Schultern. »Ich kann Menschen gut einschätzen. Außerdem kenne ich dich sehr wohl. Rache ist nicht dein Ding. Du würdest den direkten Weg wählen, um ein Problem aus der Welt zu schaffen. So wie du es mit Stan in seinem Laden getan hast.« Emma blinzelte.

»Was ist?«

Emma sah ihn einen Moment stumm an. »Danke.« Ihre Stimme zitterte ein wenig.

Er hörte die Verunsicherung, aber da war noch etwas anderes. Vielleicht Verblüffung?

Vielleicht war es Zeit, das Thema zu wechseln.

Er ließ seinen Blick durch die Bar gleiten. In der letzten Viertelstunde waren noch mehr Gäste gekommen und Cooper hatte hinter der Bar alle Hände voll zu tun.

»Hier ist es ziemlich voll. Lust auf einen Spaziergang?«

Emma blickte zu Ricky, der mit dem Rücken zu ihr stand und in ein Gespräch mit einem ihm unbekannten Mann vertieft war. Emma flüsterte ihm etwas ins Ohr, dann drehte sie sich wieder zu Lian um. »Ich hole nur schnell meine Jacke. Dann können wir los.«

Er wartete vor dem *Rosie's* auf sie, und als sie auf die Straße trat, erstarrte Lian. Es war nur ein kurzer Augenblick, als sich ihre Blicke trafen, doch es kam ihm wie eine Ewigkeit vor. Schon bei ihrer ersten Begegnung war ihm ihre natürliche Schönheit aufgefallen, aber jetzt haute ihn ihr Anblick regelrecht um. Er hatte noch nie eine Frau getroffen, die so uneitel war und dabei so umwerfend aussah. Ihr Haar schimmerte im Schein der Straßenlaterne in einem dunklen Rot und hatte dieselbe Farbe wie ihre Lippen. Fuck! Sein Blick blieb an ihrem Mund hängen und er verfluchte sich dafür, dass er nicht in der Lage war, wegzusehen. Emma lächelte zaghaft und strich sich eine Haarsträhne hinter das Ohr.

»Habe ich etwas im Gesicht?«

Verwirrt runzelte er die Stirn. »Was?«

»Na ja, du starrst mich so an. Da dachte ich, ich hätte vielleicht noch etwas Tomatensoße auf der Wange.« Sie schloss kurz die Augen und schüttelte dann den Kopf, als könnte sie nicht glauben, gerade etwas derart Peinliches gesagt zu haben. »Ben hat heute Abend gekocht«, fügte sie schnell hinzu, als würde das alles erklären.

»Er scheint ein toller Junge zu sein.«

»Der beste«, sagte sie stolz. »Vermutlich bin ich voreingenommen, aber ich bekomme jeden Tag mit, wie es anderen Kindern ergeht. Ich weiß, was geschehen kann, wenn die Familie auseinanderbricht, daher bin ich froh, dass wir so ein gutes Verhältnis zueinander haben.«

»Du kannst wirklich stolz sein.«

Sie zuckte mit den Schultern. »Anfangs war es echt hart. Ich war selbst noch ein Kind und plötzlich musste ich mich mit Geburtsvorbereitung, Rückbildungskursen und Babyernährung auseinandersetzen. Ohne meine Tante Elinor hätte ich das niemals geschafft.«

»Was ist mit deinen Eltern?«

»Meine Mom starb, als ich fünfzehn war. Danach bin ich in ein tiefes, dunkles Loch gefallen und über Nacht zum pubertierenden Zombie mutiert. Zumindest wenn man meinen Schwestern Glauben schenken mag.« Traurigkeit lag in ihrer Stimme und Lian verspürte den Drang, sie in den Arm zu nehmen.

»Ich fühlte mich vollkommen unverstanden und war allein mit meiner Trauer. Rita war schon neunzehn und musste plötzlich die Mutterrolle übernehmen und Lou, meine andere Schwester, war schon immer ein Wirbelwind. Sie hat einfach dort weitergemacht, wo sie aufgehört hat.«

»Dann hast du also über die Stränge geschlagen? Ist das nicht normal in einer solchen Situation?«

»Vielleicht. Aber die meisten Menschen haben nicht verstanden, warum ich so reagiert habe. Ich bin auf Partys gegangen und habe die Schule geschwänzt, mich mit Jungs getroffen geraucht und auch mal ein Glas zu viel getrunken. Für die Creeks passte ich nichts ins Bild. In ihren Augen habe ich nicht ›richtig‹ getrauert.«

»Ich denke, in diesem Fall gibt es kein richtig oder falsch.«

Emma nickte zustimmend und sah zu Boden. »Es war der Sommer, als ich Jonah getroffen habe. Zu diesem Zeitpunkt hatte ich die Nerven aller Bewohner schon überstrapaziert. Mein Dad war am Verzweifeln, aber es war mir egal. Ich habe nur mich und meine Trauer gesehen. Jonah war derjenige, der sie mir genommen hat.«

»Du hast ihn geliebt?«

Sie hob den Kopf und sah ihn einen Moment an. Dann lächelte sie. Traurigkeit stahl sich auf ihr Gesicht. »Nein. Er war nett und hat mich abgelenkt, aber Liebe war es nicht. Leider.«

»Warum?«

Sie zuckte mit den Schultern. »Weil ich dann vielleicht nach ihm gesucht hätte, nachdem er abgereist war. Aber so hat es mich nicht interessiert. Bis …«

»Bis du erfahren hast, dass du schwanger bist.«

»Genau. Da war es dann allerdings zu spät.«

Lian dachte über ihre Worte nach. Es wäre zwar nicht unbedingt einfach gewesen, diesen Jonah zu finden, aber die

Möglichkeit hätte bestanden. Mit einer Menge Geld, guten Nerven und viel Geduld hätten sie ihn ausfindig machen können.

»Und was hat es mit Stan auf sich? Dem Diebstahl?«

Die Anspannung, die mit einem Mal von ihr ausging, war regelrecht greifbar und Lian ärgerte sich, dass er es angesprochen hatte.

»Ich möchte nicht darüber sprechen.«

Er nickte nur, dann blieb er stehen und sah sie an.

Er trat noch einen Schritt nach vorne. Die Anziehungskraft, die von ihr ausging, war so stark, dass er glaubte, ihr nicht länger widerstehen zu können. Er hatte es bei Claires Abendessen schon gespürt.

Ihre Blicke trafen sich, da war etwas Verletzliches in ihren Augen. So stark wie sie sonst wirkte, so zerbrechlich sah sie jetzt aus. Er hätte ihr gerne den Schmerz genommen, auch wenn er natürlich wusste, dass das unmöglich war.

Langsam ging er noch näher heran. Dann trat sie einen Schritt vor, schloss die Augen und hob das Kinn. Verdammt. Er konnte ihren Atem auf seiner Haut spüren. Nur noch wenige Zentimeter, dann würden seine Lippen die ihren berühren.

Lian biss die Zähne zusammen und atmete tief ein. Verdammt! Das alles war ein verdammt großer Fehler. Als er sie vorhin mit Ricky gesehen hatte, war ihm sein Plan so leicht und durchdacht vorgekommen, aber jetzt bemerkte er, dass er aus vollkommen egoistischen Gründen dabei war, gleich zwei Menschen das Leben schwer zu machen. Nein, das konnte er nicht riskieren.

»Tut mir leid«, brachte er hervor und trat zurück. Sein Mund fühlte sich trocken an und er überlegte fieberhaft, was er als Nächstes sagen sollte, ohne wie ein Vollidiot zu klingen. Aber ihm fiel nichts ein.

Sie öffnete die Augen und sah ihn überrascht an. »Was ist denn los?« Er konnte Enttäuschung in ihrer Miene sehen und verfluchte sich dafür. Er war ein solcher Idiot!

Sie hatte die Anziehungskraft zwischen ihnen mit Sicherheit auch gespürt, und wenn er sich nicht komplett täuschte, hätte sie den Kuss erwidert. Dessen war er sich sogar verdammt sicher und der Gedanke machte ihn wahnsinnig.

Lian schüttelte den Kopf. Er musste so schnell wie möglich von hier verschwinden, sonst würde er etwas ungeheuer Unvernünftiges tun. Zum Beispiel Emma mit dem Rücken gegen die Wand zu drücken, ihr Gesicht in seine Hände zu nehmen und sie zu küssen. Leidenschaftlich. Entschlossen. Ohne Rücksicht auf Verluste.

Und das war eine ganz schlechte Idee.

Er räusperte sich und steckte seine Hände in die Hosentasche. »Hör zu, ich muss jetzt los.« Er deutete mit dem Daumen über seine Schulter. »Ich habe ganz vergessen, dass ich mit Barney noch nicht draußen war.«

Verwirrt sah sie ihn an. »Barney?« Dann verstand sie und riss die Augen auf. »Du willst gehen? Jetzt?«

»Es tut mir wirklich leid.« Er schaffte es nicht, mehr zu sagen, sonst wäre es mit seiner Selbstbeherrschung sofort vorbei gewesen. So gern er den Abend mit ihr verbracht hätte, er konnte nicht. Erst musste er die Angelegenheit mit Claire offiziell zuende bringen.

»Du lässt mich jetzt alleine?«

Emma blinzelte, dann runzelte sie die Stirn, was eine tiefe Falte zwischen ihren Augen entstehen ließ. Sie schien wütend zu sein. Wütend reckte sie das Kinn. Die Unsicherheit war verschwunden und die starke Emma stand vor ihm. Gott, wie er sie begehrte.

»Du bist ein Arschloch, Lian Byron.«

Er schüttelte den Kopf. Sie hatte ja keine Ahnung.

»Ich bemühe mich gerade, keines zu sein.«

15

Emma ließ das Telefon keine Sekunde aus den Augen. Sie und Jamie kümmerten sich um die Hotline, aber gespannt wartete Emma, dass sich jemand meldete. Wobei sie andererseits froh darüber war, dass niemand ihre Hilfe benötigte. Was wiederum hieß, dass es den Bewohnern von Golden Creek gut ging. Dieser Gedanke sollte sie eigentlich zum lächeln bringen.

Aber sie konnte sich nicht zu einem Lächeln durchringen. In solchen Moment zweifelte Emma an ihren Ideen. Jamie trat aus der Küche, stellte eine dampfende Tasse Kaffee auf den Tisch und zog sich seinen Hoodie über den Kopf. Emma hatte es nicht ernst genommen, als er in seinem Büro gesagt hatte, dass er die erste Schicht des Notfalltelefon-Dienstes mit ihr übernehmen wollte, aber jetzt war er tatsächlich aufgetaucht. Er ließ sich neben sie auf den Stuhl fallen.

»Nervös?«

»Ein bisschen.« Sie wusste selbst nicht, warum. Vielleicht weil sie Jamie beweisen wollte, dass in Golden Creek sehr wohl der Bedarf an einer Telefonseelsorge bestand.

Sie bückte sich und zog eine Dose mit frisch gebackenen Brownies aus ihrer Tasche, die sie Jamie vor die Nase stellte. Sie wusste, dass er eine Schwäche dafür hatte. Er sah sie einen Moment fragend an, dann schüttelte er den Kopf. Sie konnte Entschlossenheit in seinen Augen sehen – und Bedauern.

»Für mich lieber nicht.«

Emma lachte laut auf. »Im Ernst? Bist du krank?« Sie griff nach einem Brownie und biss hinein. Sie hatte eine Schwäche für Schokolade und eigentlich ging es Jamie genauso. Emma musterte ihn einen Moment, während Jamie den Blick anwandte, und fragte sich, warum er sich sträubte, davon zu essen.

Erst wollte sie nachhaken, entschied sich aber dann dagegen. Bevor sie länger darüber nachdenken konnte, klingelte das Telefon. Sie warf Jamie einen triumphierenden Blick zu und sah in seinen Augen vor allem eines: Erleichterung.

Sie griff nach dem Hörer und atmete tief durch, ehe sie zu sprechen begann. »Golden Creek Notfalltelefon. Hier ist Emma Thompson. Wie kann ich Ihnen helfen?«

Stille.

Emma warf Jamie einen fragenden Blick zu, den er mit einem Schulterzucken quittierte.

»Hallo? Ist da jemand?«

»Mom?«

»Ben?«, fragte Emma verwirrt. »Was ist los? Warum rufst du an?«

»Lian ist hier. Er hat gesagt, ich soll anrufen, um zu sehen, ob das Telefon überhaupt funktioniert.«

Jamie prustete los, sein Kopf lief rot an, während Emma ihn missbilligend ansah.

»Richte Mr. Byron aus, dass alles hervorragend läuft. Er muss sich keine Gedanken machen.«

»Oh, ich mache mir keine Gedanken, Miss Thompson. Jamie, alles klar bei dir?«

»Alles bestens«, murmelte dieser und klang dabei für Emmas Geschmack ein wenig zu belustigt.

»Habt ihr beiden euch abgesprochen?«, fragte sie und sah dabei Jamie strafend an.

Sofort hob er beschwichtigend die Hände. »Natürlich nicht«, sagte er, während Lian ein »Selbstverständlich« von sich gab.

»Verräter. Alle beide«, murmelte Emma und legte ohne ein weiteres Wort auf.

Während der nächsten Stunde klingelte das Telefon kein einziges Mal. Emma hatte sich ihre neue Ausgabe von *Sinn und Sinnlichkeit* mitgenommen und las darin, während Jamie etwas in sein Handy tippte. Neugierig blinzelte sie zu ihm hinüber, doch auf die Entfernung konnte sie nichts erkennen. Plötzlich ließ Jamie die Hand sinken und seufzte.

»Warum fragst du mich nicht einfach, wem ich schreibe.«

Sie zuckte gleichgültig mit den Schultern. »Weil es mich nicht interessiert.«

»Lügnerin.« Ein breites Lächeln umspielte seine Lippen. »Ich werde es dir verraten, wenn du mir im Gegenzug auch etwas verrätst. Gibt es momentan einen Mann in deinem Leben?«

Sie antwortete ohne zu zögern. »Ja.« Das entsprach ja auch der Wahrheit.

Überraschung lag in seinem Blick und Emma verkniff sich ein Lächeln. Es gab einen Mann in ihrem Leben – Ben. Und wenn man es genau nahm, sogar noch einen zweiten. Auch wenn dieser offiziell noch mit einer anderen Frau liiert war und sie eigentlich nicht zugeben wollte, dass sie etwas für ihn empfand. Vermutlich war es nur der Reiz des Verbotenem. Es war nur eine Frage der Zeit, bis sich ihre Gefühle für ihn in Luft auflösten.

»Ich kenne ihn schon eine Weile, aber es war Liebe auf den ersten Blick. Ich habe zuvor noch nie so empfunden und hätte auch nie gedacht, dass es diese Art von Liebe tatsächlich gibt.« Sie verstummte und biss sich auf die Unterlippe, um nicht laut loszulachen. Jamie hatte natürlich keinen blassen Schimmer, von wem sie sprach, doch seine Augen wurden immer größer.

»Ich spreche von Ben, du Idiot«, rief sie schließlich lachend und schlug Jamie auf den Arm. »Glaubst du, ich hätte einfach so dein Angebot angenommen und wäre mit Ben zurückgekommen, wenn es in Calgary einen Mann gäbe?«

Den Mann gab es in Golden Creek, aber das musste sie ihm ja nicht auf die Nase binden.

»Fernbeziehungen werden immer beliebter, habe ich gehört.«

»Für mich nicht.«

Jamie runzelte die Stirn. »Du willst mir sagen, du hast seit Ethan keinen Mann mehr gevögelt?«

Emma ließ sich mit ihrer Antwort mehr Zeit als nötig, um Jamie auf die Folter zu spannen. »Ich habe mit keinem Wort erwähnt, dass ich keinen Mann mehr in meinem Bett hatte. Ich sprach von Beziehungen.«

Jamie pfiff leise vor sich hin und beugte sich nach vorne. »Erzähl mir mehr.«

Emma schüttelte den Kopf. »Erst du. Wem schreibst du?«

»Niemandem.«

»Dann wirst du wohl unwissend sterben, mein Freund.«

»Ist es eigentlich wahr? Hast du eine Schublade voller Kondome?«

»Das wüsstest du wohl gern. Wer hat dir das überhaupt erzählt? Lass mich raten: Mr. Grabowitz.«

»Lian.«

Emma riss die Augen auf. »Tatsächlich?«

»Ja, und seltsamerweise schien ihn diese Tatsache sehr zu irritieren.«

»Warum? Weil er es mir nicht zutraut?« Wut überkam sie. Erst hatte er sie küssen wollen – das hatte sie genau gespürt – und dann hatte er einen Rückzieher gemacht. Noch immer schämte sich Emma, wenn sie an die Situation zurückdachte. Aber das würde sie ihm niemals sagen. Dass er sie einfach so stehen gelassen hatte, würde sie ihm nicht so schnell verzeihen. Dabei wusste Emma, dass der Kuss alles nur noch verkompliziert hätte. Insgeheim musste sie ihm wohl auch noch dankbar dafür sein, dass er sie nicht in solch eine peinliche Lage gebracht hatte.

»Nein, eher die Tatsache, dass es ihn gestört hat.«

Emma warf Jamie einen kurzen Blick zu, dann senkte sie den Kopf. Sie wüsste nur zu gern, was das zu bedeuten hatte.

Die letzten Vorbereitungen für das Festival liefen auf Hochtouren und Emma war froh, dass sie sich damit nicht herumschlagen musste. Stattdessen hatte sie in der Umgebung Flyer für die Beratungsstunden verteilt. Caroline Baker, eine Freundin von Claire und Verantwortliche für die Schulküche und den Verpflegungsbus, hatte sie angerufen und mit ihr die Uhrzeiten für die Bustouren vereinbart. Emma war sich nicht sicher, ob jemand die Angebote in Anspruch nehmen würde, aber sie war froh darüber, dass sich nun überhaupt die Möglichkeit dazu bot. Die heutige Sitzung am Notfalltelefon musste sie alleine über die Bühne bringen. Jamie hatte ihr abgesagt, da ihm ein Termin dazwischengekommen war.

Emma saß bei sich zu Hause am Esstisch und starrte seit über zwanzig Minuten auf das Telefon. Es lag vor ihr und hatte heute noch kein einziges Mal geklingelt. Irgendwie unheimlich. Später würde sie sich eine schöne Tasse Kaffee kochen und es sich mit einem Buch gemütlich machen.

Das plötzliche Klopfen an der Haustür ließ sie zusammenzucken. Himmel, wer konnte das denn jetzt sein? Sie hörte Bens Zimmertür zuschlagen und ihn die Treppe herunterkommen.

»Ich mach schon auf«, murmelte er und öffnete die Tür. Emma sah nicht, wer vor der Tür stand, aber als sie die raue Stimme hörte, begann ihr Herz schneller zu klopfen. Sie stand auf und sah Lian, der in legeren Jeans, einem dunkelblauen Hoodie und Sneakers vor ihr stand. Im Freizeitlook sah er verdammt gut aus.

»Lian? Kann ich dir helfen?«

»Ich bin für meine Schicht da.«

»Deine Schicht?«

»Ich bin für den Telefonnotdienst heute eingeteilt worden.«

»Für den Telefonnotdienst? Du?« Sie kam sich vor wie ein Papagei.

»Wiederholst du alles, was ich sage?«

»Entschuldige«, murmelte sie. »Ich bin nur so überrascht. Wen sollst du denn ersetzen?«

»Jamie. Er ist verhindert und hat mich angerufen.« Er runzelte die Stirn. »Oder hast du etwas dagegen?«

Ja. Nein. Sie wusste es nicht. In den letzten Tagen war sie ihm aus dem Weg gegangen. Aber das hatte nichts daran geändert, dass sie permanent an ihn gedacht hatte.

»Nein. Natürlich nicht.« Sie sah an sich herunter und starrte auf die graue Jogginghose und das weiße Shirt, auf dem ein handtellergroßer brauner Fleck zu sehen war. Mist!

Wieso sah sie so unzulänglich aus und er war so verdammt attraktiv?

»Ich bin dann mal weg«, rief Ben, der immer noch neben der Tür stand.

»In Ordnung. Aber komm nicht zu spät nach Hause.« Noch ehe sie zu Ende gesprochen hatte, fiel die Tür bereits ins Schloss. Seufzend strich sich Emma eine Strähne aus dem Gesicht.

Sie deutete Lian, am Tisch Platz zu nehmen. »Du musst nichts weiter tun, als hier zu sitzen und zu warten, bis die Zeit vorüber ist.«

»Meine Lieblingsbeschäftigung«, murmelte er und setzte sich.

Meine auch, dachte Emma.

16

Verstohlen blickte Emma sich um, als sie sich auf den Weg zu Ally machte. Die Schulsekretärin, Mrs. Lewis, hatte ihr die Adresse mitgeteilt und Emma hatte sich gleich auf den Weg gemacht. Sie hatte keine Ahnung, was genau sie sich davon erhoffte, dennoch wollte sie ein wenig mehr über Ally erfahren. Die ganze Stadt war kaum wiederzuerkennen, als sie durch die Straßen ging. Die Häuser waren durch Girlanden miteinander verbunden. Auf jeder stand in roten Buchstaben Blackcomb-Festival – Willkommen in Golden Creek. Emma legte den Kopf in den Nacken, um sie näher betrachten zu können. Sie wirkten wie eine Art Zelt, das sich über ihren Köpfen spannte. In den Gassen waren Tische und Stühle aufgestellt worden, sodass es jedem Gast möglich war, sich hinzusetzen und sich eine kleine Verschnaufpause zu gönnen. Zudem liefen Kellner mit roten Schürzen umher, um die Gäste zu bewirten. Das Rosie's hatte einen Bartresen auf dem Marktplatz platziert, Fässer mit Bier standen bereit und warteten nur darauf, angezapft zu werden. Sie entdeckte Cooper dahinter, der sich angeregt mit Rosie unterhielt. Nicht weit entfernt hatte man eine Bühne errichtet, auf der ein paar Musiker gerade dabei waren, ihre Instrumente zu stimmen. Sie hatte bereits die Veranstaltungsplakate gelesen und wusste, dass unzählige Künstler bereit waren, für wenig Geld hier aufzutreten. Es gab Bands, die spielten, aber auch Solokünstler und Stand-up-Comedians. Sogar Schauspieler und Schriftsteller hatten angefragt, Lesungen abhalten zu dürfen. Jamie war ganz begeistert von der diesjährigen Resonanz gewesen.

Der Blackcomb-Wettbewerb in Golden Creek war eine einzige große Showbühne und jeder im Umkreis von hundert Kilometern liebte diese zwei Wochen.

Der Wettbewerb galt unter den Creeks als Highlight des Jahres. Jeder von ihnen fieberte den zwei Wochen im Herbst entgegen, um sich vor Nachbargemeinden zum Affen zu machen und den alljährlichen Pokal zu gewinnen, der Gewinnergemeinde ein Jahr lang Ruhm zu schenken und dem Gewinnerpärchen kostenloses Frühstück in *Rosie's Bar.* Viele von ihnen kannten sich kaum und verbrachten die Wochenenden bis zum Festival gemeinsam, um sich auf die bevorstehenden Prüfungen vorzubereiten.

Emma bemerkte die Zeichnungen, die Kinder auf das Kopfsteinpflaster des Marktplatzes gemalt hatten. Es waren Bilder von all den Aktivitäten, für die Golden Creek bekannt war. Skifahren, klettern und Eisklettern, Kanu fahren, Heliskiing und noch so vieles mehr.

Als sie weiterging, sah sie verschiedene Imbisswagen, die Pulled Pork und Root Beer oder auch heiße Zwiebelsuppe oder Zuckerwatte und Eis verkauften. Hier war wirklich für jeden Geschmack etwas dabei.

Emma konnte sich noch gut an ihre Kindheit erinnern. Damals war das Festival kleiner gewesen, auf dem Marktplatz befanden sich ein paar Karusselle und ein Hot-Dog-Stand. Aber schon damals hatte sie es geliebt. Die Lichter, die vielen Menschen, den Trubel. Sie hatte Stunden auf dem Festival verbracht, bis ihr Vater sie irgendwann nach Hause getragen hatte. Und natürlich hatte es schon damals Miss Julies Wahrsagerzelt gegeben. Sie erinnerte sich sogar daran, dass Rosie Westerfield ihren Mann Hank nur deswegen geheiratet hatte, weil Miss Julie es in ihren Karten gesehen hatte. Bei dem Gedanken daran musste Emma lächeln. Man konnte über die Creeks sagen, was man wollte – verrückt waren sie auf jeden Fall.

Emma war so tief in Gedanken versunken, dass sie die Frau, die sich ihr in den Weg stellte, gar nicht beachtete.

»Hey, Emma!«

Emma blieb stehen und runzelte die Stirn. »Ja?«

Die Frau hatte die Arme in die Hüften gestemmt und funkelte sie wütend an. Emma wurde es mulmig zumute. Sie betrachtete die Frau, deren nachtschwarze Haare zu einem akkuraten Bob geschnitten waren. Sie war gut einen Kopf kleiner als Emma, mit ausgeprägten Kurven, und sah mit den Tattoos auf ihren Armen und dem roten Lippenstift wie ein Pin-up-Girl der Fünfzigerjahre aus. Fragend blickte Emma sie an.

»Kennen wir uns?«

Jetzt zog sie eine Augenbraue nach oben und schnalzte mit der Zunge. »Sag bloß, du erinnerst dich nicht mehr an mich?«

Langsam schüttelte Emma den Kopf, aber so recht stimmte das nicht. Die Stimme kam ihr so bekannt vor, sie konnte sie nur nicht zuordnen.

»Das ist echt schade. Ich hatte mir unser Wiedersehen anders vorgestellt.«

»Entschuldigen Sie, aber …«, sagte Emma, doch die fremde Frau unterbrach sie.

»Ich bin Betty.«

Emma runzelte die Stirn. »Was?« Dann blitzte Erkenntnis in ihr auf und sie riss die Augen auf.

»O mein Gott. Betty? Betty Graham?«

»Na endlich. Ich dachte schon, du kommst nie drauf.«

Sprachlos starrte Emma sie an. Betty hatte sich komplett verändert. Nichts von der Frau vor ihr erinnerte an das lebhafte Mädchen, das einst ihre Nachbarin und Sandkastenfreundin gewesen war.

Emma wusste noch genau, wann sie sich das letzte Mal gesehen hatten: Es war am Tag ihres Umzugs gewesen, Betty hatte dem Wagen hinterhergestarrt, bis dieser aus ihrem Blickfeld verschwunden war.

»Mein Gott«, murmelte Emma. »Es ist schon so lange her. Wie geht es dir?«

Insgeheim hatte Emma sich immer gefragt, was wohl aus Betty geworden war. Anfangs hatten sie noch sporadisch Kontakt gehalten, aber mit der Zeit hatten sie sich aus den Augen verloren.

»Mir geht es gut. Mir gehören jetzt fünfzig Prozent von Jimmy Bobs Autowerkstatt.« Sie deutete über ihre Schulter und zeigte auf die andere Straßenseite. »Hast du heute Abend schon was vor? Ein paar von uns treffen sich in *Jack's Diner.* Wir könnten uns ein wenig unterhalten.«

Entschuldigend presste Emma die Lippen zusammen. »Tut mir leid, aber ich kann leider nicht. Jamie hat mich zu einem Karaokeabend im *Rosie's* eingeladen.«

Etwas blitzte in Bettys Augen auf, aber Emma konnte nicht recht sagen, was es war. Und kurz darauf war es auch schon verschwunden. Betty runzelte die Stirn. »Du triffst dich mit Jamie?«

»Ja. Warum kommst du nicht auch? Wird bestimmt lustig.«

Einen Moment lang reagierte sie nicht, dann nickte sie langsam. »Das ist eine tolle Idee. Ich denke, das mache ich sogar.«

Ohne zu zögern, umarmte Emma sie. »Dann bis später. Ich muss los.«

Aber sie wurde das Gefühl nicht los, dass sie einen Fehler gemacht hatte.

»Manchmal muss man einfach den Kopf frei bekommen. Du hattest viel um die Ohren, da dachte ich mir, ein unbeschwerter Abend würde dir guttun.«

»Das war eine tolle Idee. Danke.« Emma lehnte sich gegen den Bartresen und betrachtete das Publikum. Bisher hatte sie nie viel für Karaoke übrig gehabt, mal von der Tatsache abgesehen, dass sie eine miserable Sängerin war. Aber es gefiel ihr hier. Cooper stand hinter dem Tresen und stellte frisches Popcorn her, während Rosie Getränke verteilte. Einmal im Monat fand der Karaokeabend statt und traditionell ging die erste Runde aufs Haus, was eine Menge Bestellungen und gut gelaunte Gäste mit sich brachte.

»Ich kann nicht glauben, dass du noch nie an so was teilgenommen hast.« Jamie lehnte sich locker neben sie und sah sie belustigt an.

Emma nippte an ihrem Pale Ale und zuckte mit den Schultern. »Hat sich bisher nie ergeben.«

»Das ist etwas, das auf jeder Bucket List stehen sollte.« Ihr fiel ihr Gespräch mit Lian ein und sie fragte sich, was wohl auf seiner stand. Wenn sie sich recht erinnerte, dann hatte er ihr diese Frage nie beantwortet.

Emma sah ihn skeptisch an. »Im Ernst? Im betrunkenen Zustand in einer Bar zu singen gehört zu den Dingen, die man in seinem Leben getan haben sollte?« Sie schüttelte den Kopf. »Dein Anspruch ist ja nicht besonders hoch.«

»Du hast ja keine Ahnung.« Cooper brachte ihm seinen Single Malt und stellte ihn vor ihnen auf den Tresen. Jamie nickte, dann trank er einen Schluck und sah sie dabei über den Rand seines Glases an.

»Es kann unglaublich befreiend sein. Was hältst du von einem Duett?«

Emma lachte laut auf. »Vergiss es.«

»Ach, komm schon. Das wird lustig.«

»Für die anderen, ja. Aber nicht für mich.«

Jamie beugte sich zu ihr herüber. »Ich kann mich nicht erinnern, dass du früher auch schon so ein Feigling warst«, neckte er sie.

»Ich habe es früher nur besser versteckt.«

»Dann habe ich keine Chance?« Sein Gesichtsausdruck veränderte sich, doch Emma konnte ihn nicht zuordnen. Er lächelte, aber Emma wurde das Gefühl nicht los, dass sie nicht mehr von derselben Sache sprachen.

»Mich zum Singen zu bringen?«, betonte sie deshalb ausdrücklich. »Nicht in diesem Leben.«

»Das ist bitter«, murmelte er.

Emma sah sich in der Bar um, wobei ihr Blick auf Lian fiel, der an einem der Tische saß und sich mit einem Mann unterhielt, den sie nicht kannte. Als sich ihre Blicke trafen, drehte sie sich hastig um und wäre fast mit Betty zusammengestoßen, die plötzlich neben ihr aufgetaucht war. Erstaunt riss Emma die Augen auf, als sie ihre frühere Freundin näher betrachtete. Betty sah fantastisch aus. Dazu war sie in hautenge Jeans geschlüpft, die ihre schmale Taille betonten, und in eine weiße Bluse, die sie am Bauchnabel zu einem Knoten gebunden hatte und die ihre Brüste perfekt betonte. Mit den dazu passenden roten High Heels war sie etwas größer als Emma.

»Betty! Wie schön, dass du gekommen bist.« Emma umarmte sie und schüttelte den Kopf. »Du siehst umwerfend aus.«

»Danke«, sagte sie mit einem breiten Grinsen und stellte ihre Tasche auf dem Tresen ab.

»Hey, Betts«, rief Cooper und beugte sich über die Theke. »Was kann ich dir bringen?«

»Ein Bier.«

»Wird gemacht.«

Emma warf einen Blick zu Lian hinüber, der sie immer noch anstarrte. Sein Blick wirkte plötzlich besorgt.

Betty lächelte, aber dann veränderte sich ihr Gesichtsausdruck, und als Emma ihrem Blick folgte, sah sie Jamie, der schräg vor ihr stand und Betty anstarrte, als stünde ein Geist vor ihm.

»Betty? Was machst du denn hier?«

Emma meinte, einen vorwurfsvollen Ton in seiner Stimme zu hören. Was sollte das denn?

»Ich habe sie eingeladen«, sagte Emma und blickte zwischen den beiden hin und her.

»Du?«

»Warum nicht? Ist das ein Problem?« Sie spürte seine Anspannung und konnte sich nicht erklären, warum sich seine Stimmung plötzlich so verändert hatte.

»An diesem Karaokeabend kann doch jeder teilnehmen, oder nicht?«

Betty hob ihr Kinn, starrte Jamie aber weiterhin an.

»Der Bürgermeister möchte nicht mit mir gesehen werden, Emma. Mach dir nichts daraus, ich bin das schon gewohnt.«

»Betty«, stieß Jamie mit zusammenpressten Kiefer hervor und Emma fragte sich, ob sie sich den drohenden Tonfall in seiner Stimme nur eingebildet hatte. So kannte sie ihn gar nicht.

Betty schlug langsam die Wimpern nieder. »Was ist denn, Herr Bürgermeister? Sage ich etwa nicht die Wahrheit?«

Was war denn hier los? Emma spürte die Spannung zwischen den beiden, aber sie wusste nicht, wie sie damit umgehen sollte. Warum war Jamie denn so wütend auf Betty?

»Es ist besser, wenn du gehst«, sagte Jamie schließlich und ließ sich wieder auf den Barhocker nieder.

Empört riss Emma die Augen auf. »Spinnst du? Ich habe sie eingeladen, sie wird ganz bestimmt nicht gehen.«

»Halte dich da raus, Emma. Das ist eine Sache zwischen Betty und mir.«

Überrascht hob Betty eine perfekt gezupfte Augenbraue. »Ach ja? Das ist unser Problem? Sind Sie sich da sicher, Herr Bürgermeister?«

»Nenn mich nicht so.«

Betty sah ihn einen Moment lang an, dann schenkte sie Emma ein trauriges Lächeln. »Es ist vielleicht wirklich besser, wenn ich gehe. Es ist nichts Neues für mich, nicht erwünscht zu sein.«

»Wir sehen uns bestimmt bald wieder.« Dann drehte sie sich um und drängte sich durch die Menge. Emma fuhr wütend zu Jamie herum, der immer noch in die Richtung starrte, in die Betty verschwunden war.

»Was zur Hölle war denn das? Was ist denn in dich gefahren?«

»Lass es sein, Emma. Das geht dich nichts an.«

»Was soll das? Betty war meine Freundin und sie ...«

»Genau, sie *war* deine Freundin. Also lass es gut sein.«

Ohne ein weiteres Wort trank er sein Glas in einem Zug aus, knallte es auf den Tresen, schob seinen Hocker nach hinten, der über den Steinboden kratzte und stand auf.

»Wo willst du hin?« Emma starrte ihn fragend an. Sie kam sich vor wie in einem falschen Film.

»Singen!« Daraufhin machte er sich auf den Weg nach vorne zur Bühne.

Wie gebannt starrte Emma ihm nach.

»O Mann, das wird eine lange Nacht«, hörte sie Coopers Stimme und drehte sich zu ihm um.

»Macht er das öfter?«

»Nur nach einem harten Tag.«

Emma fragte sich, was Jamie so zugesetzt hatte, und nahm sich vor, ihn danach zu fragen. Schließlich waren sie Freunde und es war ganz natürlich, sich beieinander den Frust von der Seele zu reden. Aber der Vorfall mit Betty war ihr seltsam vorgekommen.

Jamie richtete gerade das Mikrofon, bevor er etwas in den Laptop tippte, der auf einem Tisch direkt daneben stand. Zeitgleich zischte Nebel aus einer Maschine, die sich neben der provisorischen Bühne befand. Es dauerte einen Moment, dann erklang die Melodie von Oasis' »Wonderwall«.

Augenblicklich schossen Emma Erinnerungen durch den Kopf. Wie sie sich nachts aus dem Zimmer geschlichen hatte, während Jamie vor ihrer Haustür auf sie gewartet hatte, nur um mit ihr zusammen auf Luke Bransons Party zu gehen. Wie sie sich an diesem Abend übergeben und Jamie ihr die Haare gehalten hatte.

»Ich glaube, unser Herr Bürgermeister ist sehr unglücklich«, flüsterte Cooper ihr zu.

Erschrocken drehte sie sich zu ihm um. »Wie kommst du darauf?«

»Ist das nicht offensichtlich? Du bist doch ein kluger Kopf. Warst du schon immer. Im Gegensatz zu dem Kerl da vorne.« Er deutete mit seinem Kinn in Richtung Jamie. »Er kapiert es nur auf die harte Tour.«

Emma sah zu Cooper. »Du sprichst in Rätseln.«

»Wirklich? Ich dachte ihr Frauen hättet für sowas eine Intuition.«

»Manchmal stehen wir aber auch gewaltig auf den Schlauch. Ich bin mir sicher, du weißt, was hier los ist. Spucks schon aus, Coop.«

Cooper schüttelte den Kopf. »Ich unterliege der Schweigepflicht.«

Emma rollte genervt mit den Augen. »Das ist Unsinn.«

»Ist es nicht. Die meisten Menschen vertrauen ihrem Barkeeper mehr Dinge an als ihrem Finanzberater.«

»Dann weißt du also, was ihn so bedrückt?«

Einen Augenblick sagte Cooper nichts, dann presste er die Lippen zusammen. »Nicht was, sondern wer.«

Emma sah ihn neugierig an.

Cooper seufzte. »Du hast es nicht von mir.« Er sah sich verstohlen um, dann beugte er sich zu ihr vor. »Unsere Betty Boo liegt Jamie schwer im Magen.«

Emma brauchte einen Moment, bis sie seine Worte verstand.

»Moment mal. Betty? Aber was …?«

Cooper zuckte mit den Schultern. »Sie sind verlobt.«

Emma wich schockiert zurück. Verlobt? »Nein.«

»Doch. Heimlich. Unser Bürgermeister hat eine Leiche in Form von einer wunderschönen Frau im Keller, die ihm am liebsten den Hals umdrehen würde, wenn ich mich nicht täusche.«

Wie konnte das sein? Sie hatte noch nicht einmal gewusst, dass Jamie und Betty ein Paar waren, noch dazu, dass sie vorhatten zu heiraten. Sie spürte einen Stich in der Brust und schlug sich eine Hand vor den Mund. Warum hatte er es ihr nicht erzählt? Ausgerechnet Betty! Er hatte sie mit keinem Wort erwähnt. Nicht ein einziges Mal. Wann immer sie ihn nach einer Frau in seinem Leben gefragt hatte, war er ihr ausgewichen.

»Wie lange schon?«

»Drei Jahre, wenn ich mich nicht täusche. Auf Luke Bransons Hochzeit sind sie gemeinsam verschwunden. Da hat alles angefangen.« Cooper seufzte und rieb sich den Nacken. »Das ist ziemlich schräg zwischen den beiden. Offiziell sind die beiden gar kein Paar. Zumindest machen sie ein ziemlich großes Geheimnis um die Sache.« Das würde erklären, warum Jamie Betty gerade so behandelt hatte. Aber warum tat er das? Was zur Hölle war nur mit diesem Ort los? Lian verheimlichte seine Trennung, Jamie seine Verlobung. Was stimmte mit den beiden nicht?

Emma rutschte von ihrem Stuhl und sah zu Lian. Aber sein Platz war leer. Enttäuschung machte sich in ihr breit. Er war gegangen, ohne ein Wort mit ihr zu wechseln.

Jamie, der noch immer auf der Bühne stand, das Mikrofon in Händen, wirkte vollkommen verloren. Aber das war ihr jetzt egal. Sie wollte nur noch nach Hause. Jamie hatte ihr nichts von Betty erzählt und sie belogen. Oder es ihr verschwiegen. Sie hatte keine Ahnung, was schlimmer war.

17

Als Emma am Morgen des Wettbewerbs zusammen mit Ben das Haus verließ, spürte sie schon, dass etwas Besonderes in der Luft lag. Sie konnte es nur nicht genau definieren. Als sie in ihren Pick-up stiegen und die Mainstreet entlangfuhren, fielen ihr die vielen zufriedenen Gesichter der Creeks auf. Manche von ihnen winkten ihr zu und schenkten ihr ein Lächeln, Kinder liefen durch die Gegend und aus den Lautsprechern drang leise Musik.

Erinnerungen wirbelten ihr durch den Kopf und Wehmut überkam sie. Wie gerne hätte sie jetzt ihre Schwestern hier, um mit ihnen die Zeit zu verbringen. Emma war sich sicher, dass Lou hier ihre wahre Freude hätte. Aber ihre Schwestern waren vollkommen in Arbeit eingedeckt und würden sie so schnell nicht besuchen kommen können.

Emma parkte den Wagen vor Jacks Diner, dann sah sie zu Ben hinüber, der sie anlächelte.

»Glaubst du immer noch, dass es eine gute Idee gewesen ist, an dem Wettbewerb teilzunehmen?«

»Ehrlich gesagt weiß ich es nicht. Aber jetzt ist es dafür sowieso zu spät.«

Ben hielt sein Handy hoch und grinste sie an. »Was würdest du sagen, wenn ich dich während es Wettbewerbs Filme und das Video bei YouTube hochlade? Das würde einschlagen wie eine Bombe.«

»Ich denke, dann würde ich dir für den Rest des Jahres Hausarrest geben.«

»Hausarrest ist aber keine angemessene Strafe, Mom. Und pädagogisch überhaupt nicht wertvoll.«

Emma seufzte laut auf. Warum konterte ihr Sohn mit ihren Argumenten und schlug sie damit mit ihren eigenen Waffen?

»Nun, dann würde ich dir ein Jahr Gartenarbeit und den Spüldienst aufbrummen. Ich denke, dass wäre durchaus sinnvoll.«

»Weißt du was? Manchmal wünsche ich mir du hättest einen anderen Job.« Er öffnete die Tür ihres Pick-ups und stieg aus. »Automechanikerin wie Betty oder so.« Dann schlug er die Tür zu und ließ Emma vollkommen perplex zurück. Hatte er das ernst gemeint?

Wenn sie sich doch nur gegen diesen verdammten Wettbewerb entschieden hätte.

Vielleicht hätten sie trainieren, sich irgendwie vorbereiten sollen. Sie hatte das alles auf die leichte Schulter genommen und sich viel zu wenig Gedanken darüber gemacht. Und jetzt hatte sie den Salat. Oder den Schlamm. Wie man es nahm. Wenn der Wettbewerb weiterhin so verlief, wie er begonnen hatte, dann würden sie ihn haushoch verlieren. Dafür musste man keinen Blick in Miss Julies Karten werfen.

Emma saß im Schlamm und starrte Lian an, der mit verschränkten Armen vor der Brust und einem fast schon spöttischen Grinsen auf den Lippen auf dem Baumstamm über ihr stand und sie angrinste. Sie warf einen Blick auf die Besucher, die rundherum standen und sie beobachteten. In den Bäumen hatte man bunte Fähnchen angebracht, die im Wind flatterten und so den Standort markierten.

»Hatte ich nicht erwähnt, dass wir das Ganze vorsichtig angehen müssen?«

Emma blickte auf ihre dreckige Kleidung und spürte, wie Röte in ihre Wangen schoss. Sie machte sich hier vor aller Augen zum Gespött.

»Du hast mit keiner Silbe erwähnt, dass sich dieser Teil des Flusses in ein verdammtes Moor verwandelt hat. Vor fünfzehn Jahren war das jedenfalls noch nicht so.« Sie streckte ihren Arm aus. »Komm und hilf mir hier raus.«

»Nun, die Zeiten ändern sich. Das dürfte auch dir nicht entgangen sein.«

Lian bewegte sich allerdings nicht. Stattdessen legte er den Kopf zur Seite und schnalzte mit der Zunge.

Oh, sie würde ihm dieses selbstgefällige Grinsen schon noch austreiben. Ohne weiter darüber nachzudenken, griff Emma in den Schlamm, und bevor Lian ihre Absicht auch nur erahnen konnte, warf sie ihm einen grünbraunen Batzen ins Gesicht. Das Gelächter um sie herum wurde immer lauter. Ein zufriedenes Grinsen breitete sich auf ihrem Gesicht aus.

Lian erstarrte und blickte sie ohne mit der Wimper zu zucken an.

»Ich denke, jetzt sind wir quitt.«

Lian zog fragend eine Augenbraue nach oben, sagte aber nichts. Sie konnte seine Stimmung nicht recht einschätzen. War er wütend? Überrascht? Vielleicht sogar belustigt?

»Das denke ich nicht.«

Und dann, ohne Vorwarnung, sprang er von seinem Baumstamm, sodass Emma kaum Zeit zum Reagieren blieb. Sie drehte sich um und versuchte aus dem Schlamm zu waten, aber Lian war schneller als sie. Er packte sie und warf sie beide zusammen in den Schlamm.

»Ahhh, Lian. Nicht«, schrie Emma und versuchte sich noch an ihm festzuhalten, aber es half alles nichts. Gemeinsam fielen sie zu Boden. Emma keuchte und versuchte sich aus seinem Griff zu winden, aber es war schon zu spät. Sie war über und über mit Dreck überzogen. Sie sah aus wie ein Moormonster, aber es störte sie nicht. Zum ersten Mal nach langer Zeit löste sich der Druck in ihr und sie begann zu lachen. Gott, wie hatte sie das vermisst! Sie kam sich wie ein

Kind vor, das zum ersten Mal in einer Achterbahn fuhr. Beschwingt und losgelöst.

Lian ragte über ihr auf, ein spitzbübisches Grinsen auf den Lippen. Auch seine Kleidung war voller Schlamm und auf seiner Wange prangte der Klecks, den Emma ihm vor wenigen Minuten ins Gesicht geworfen hatte. Sie hob die Hand und versuchte ihn ihm aus dem Gesicht zu streichen, machte damit aber alles nur noch schlimmer.

Er betrachtete sie, ohne ein Wort zu sagen, und ihr wurde klar, dass sich sein Gesicht nur noch wenige Zentimeter von ihrem entfernt befand. Sie müsste nur noch ihre Hand um seinen Nacken schlingen, ihn zu sich ziehen und ihre Lippen auf die seinen pressen. Es wäre keine große Sache, aber es erschreckte sie, wie sehr sie den Drang danach verspürte. Was hatte dieser Mann nur an sich, dass sie dabei war, sich komplett fallen zu lassen?

Lian hatte sich immer noch nicht gerührt, sein Blick wanderte ständig zwischen ihren Augen und ihren Lippen hin und her. Als könnte er sich nicht entscheiden, ob er sie lieber ansehen oder lieber küssen wollte. Bei Letzterem spielten die Schmetterlinge in ihrem Bauch wieder verrückt und Emma hatte alle Mühe, sie im Zaum zu halten.

Lian Byron war der Good Man in Golden Creek – und das machte ihn gefährlich. Sie wusste schließlich aus eigener Erfahrung, wie schmal der Grad zwischen gut und böse war und wie leicht man die Schwelle übertreten konnte. Eine falsche Entscheidung und es konnte das Leben elementar verändern. Und dann musste man eine Menge Buße tun, um seine miesen Taten aufzuwiegen.

Auch wenn sich die Frauen in Liebesfilmen und -romanen zu den bösen Männern hingezogen fühlten, so waren es doch die Guten, die gefährlich waren. Das hatte Emma schon vor vielen Jahren gelernt. Lian hielt sie immer noch fest, und als er keinerlei Anstalten machte, sie loszulassen, schluckte Emma schwer. Er kam ihr sogar noch ein Stück näher. So nah, dass ihre Brüste seinen Oberkörper streiften. So verdammt nah, dass sie seinen Atem an ihrer Haut spürte. So nah ... sie konnte den Gedanken nicht zu Ende bringen, denn in diesem Moment berührten seine Lippen die ihren und alles um sie herum verblasste: die Besucher, die ihnen zusahen. Die Gedanken, ob sie hier gerade das Richtige tat. Sie nahm nur noch ihn wahr. Lian schlang die Arme um ihren Körper und zog sie näher an sich heran. Emma wusste nicht, wie ihr geschah. Sie drängte sich ihm entgegen und schlang die Arme um seinen Nacken. Sie wollte mehr. Immer mehr und doch war es niemals genug.

Ein Hitzeschauer jagte durch ihren Körper, als seine Zunge in ihren Mund eindrang, und ließ sie aufstöhnen. Himmel, sie wusste nicht, wann sie das letzte Mal so geküsst worden war. Lian keuchte, als sie ihm durch die Haare fuhr, dieses Geräusch erregte sie gleich noch mehr. Sie fühlte sich wie einer Luftblase, als ein Aufschrei sie auseinanderfahren ließ.

Lian runzelte die Stirn und hob fast entschuldigend den Kopf, als er an ihr vorbei blickte und dann scharf die Luft einzog. Er erstarrte und Emma folgte seinem Blick, um den Grund dafür zu erfahren.

Sie schluckte, als sie Claire und Jamie sah, die nur wenige Meter von ihnen entfernt standen. Und nicht nur das – unzählige Creeks scharrten sich hinter ihnen und starrten sie an.

»Scheiße«, murmelte Emma und blickte zu Lian, der immer noch geradeaus sah. Er hatte die Lippen zusammengepresst und rührte sich nicht, aber seltsamerweise wirkte er nicht so überrascht, wie sie gedacht hatte. Dann senkte er den Blick und Emma nahm ein zufriedenes Lächeln auf seinen Lippen wahr. Was hatte das zu bedeuten?

18

»Könntest du mir sagen, was das zu bedeuten hatte?« Emma stapfte durch den Wald und folgte Lian, der nur wenige Meter vor ihr ging. Sie war immer noch voller Schlamm, der mittlerweile getrocknet war und überall an ihr klebte.

Er warf ihr einen kurzen Blick zu. »Ich habe dich geküsst.«

»Ja, aber musste das sein? Vor Claire und den anderen?«

Er hielt inne und sah sie verwundert an. »Ich habe nicht darüber nachgedacht, Emma. Es ist einfach so passiert.«

Es ist einfach so passiert. Diese fünf Worte trafen es ziemlich gut und nahmen Emma den Wind aus den Segeln.

Der Kuss war gut gewesen. Wenn nicht sogar fantastisch. Warum sollte sie ihn bereuen?

Aber sie hätte gerne auf die Zuschauer verzichtet.

Emma lief weiter durch den Wald und konnte schon von Weitem eine Querstraße erkennen, die direkt an die Mainstreet grenzte. Sie konnte von Glück sagen, dass die meisten Besucher hier unterwegs waren. So hatten vielleicht nicht allzu viele ihre kleine persönliche Peepshow miterlebt. Dennoch glaubte sie die Blicke der Creeks auf sich zu spüren. Was natürlich Unsinn war! So schnell funktionierte die Gerüchteküche in Golden Creek nun auch wieder nicht. Dennoch spürte sie eine gewisse Paranoia in sich aufsteigen.

Wenn man es genau nahm, waren es ja gar keine Gerüchte. Leider. Seufzend strich sie sich eine Haarsträhne aus dem Gesicht und stöhnte auf, als sie ihre schlammbeschmierten Hände sah. Sogar in ihrem Gesicht spürte sie ihn. Vielleicht starrten die Leute sie deswegen so an? Sie lief schneller, an Lian vorbei und versuchte ihre Gedanken zu sortieren. Sie bereute den Kuss nicht. Auf keinen Fall. Aber vielleicht hatte er am falschen Ort zur falschen Zeit stattgefunden?

Emma lief weiter und hörte, wie Lian hinter ihr nach ihr rief. Aber sie würde nicht stehen bleiben. Sie musste einen klaren Kopf bekommen und nach diesem Kuss würde das eine Weile dauern.

Mit einem Mal fiel ihr Claires Gesichtsausdruck wieder ein und Emmas Schritt verlangsamte sich. Sie hatte sie verletzt. Was hatten sie sich nur dabei gedacht?

Gar nichts. Genau, das war ja das Problem.

Das alles war so falsch und dennoch hatte sich der Kuss so gut angefühlt. Viel besser als alle Küsse, die sie in der Vergangenheit von anderen Männern bekommen hatte.

»Emma, bleib bitte stehen.«

Sie warf einen Blick über ihre Schulter. Lian ging nur wenige Schritte hinter ihr, doch dann blieb er stehen und schüttelte den Kopf.

»Wir müssen darüber reden.«

»Müssen wir nicht«, sagte sie und ging weiter. Sie wollte nicht darüber nachdenken, was das alles zu bedeuten hatte. Das war nicht ihr Plan gewesen, als sie nach Golden Creek zurückgekehrt war.

Ihr schwirrten so viele Gedanken durch den Kopf. Dieser Kuss ...

»Bleib verdammt noch mal stehen!« Lian packte sie am Arm und hielt sie zurück.

»Lass mich in Ruhe!«, fauchte sie und schüttelte ihn ab. Sie spürte die Blicke der Creeks auf sich und stöhnte auf. Perfekt! Als könnte sie noch mehr Drama vertragen.

Sie war nicht einmal wütend. Nur verwirrt. Und auf eine seltsam verdrehte Weise fühlte sie sich entblößt.

Lian wiederum trat einen Schritt zurück, um ihr Raum zu geben, und dafür war sie ihm dankbar. Er sagte kein Wort und das verunsicherte sie noch mehr. Seine permanente Selbstbeherrschung machte sie wahnsinnig.

Wie konnte er nur so ruhig bleiben! Lian hatte nicht nur ihre Lippen geküsst oder ihre Haut. Nein, er war viel tiefer gegangen. Er hatte ihr Herz berührt.

Als er sie berühren wollte, hob sie abwehrend die Hand. »Nicht jetzt. Ich brauche Abstand.«

»Von mir?« Er klang ernsthaft verletzt und Emma hätte die Worte gerne zurückgenommen.

Emma breitete ihre Arme aus. »Von allem hier.«

Lian sah sie einen Moment an, dann nickte er. Langsam. Als würde er verstehen.

Er steckte die Hände in die Hosentaschen und trat einen Schritt zurück. Dann noch einen. Er schluckte und schloss kurz die Augen.

»In Ordnung. Ich …«

Irgendetwas zog Emmas Aufmerksamkeit auf sich, sodass sie ihm nicht richtig zuhörte. Sie hob den Kopf und sah Ally hinter Lian stehen, die gerade von einem der Marktstände auf der Mainstreet kam.

Emma ging langsam auf Ally zu und ließ sie dabei nicht aus den Augen.

»Emma?« Lian berührte ihre Hand, sie sah ihn an, dann schüttelte sie den Kopf.

»Nicht jetzt.« Sie nickte in Allys Richtung und Lian drehte sich um. Genau in diesem Moment zog das Mädchen etwas aus einer Tasche und verstaute es in der hinteren Hosentasche.

»Ally?«, rief Emma und trat einen Schritt nach vorne. Erschrocken riss Ally den Kopf nach oben, und als sie Emma erkannte, ließ sie die Tasche fallen und lief davon.

Schon wieder.

Ohne zu zögern, folge Emma ihr. Aber Ally war schnell und sprintete über den Marktplatz, sodass Emma schon nach kurzer Zeit merkte, dass es keinen Sinn machte. Sie blieb stehen und hörte Lian hinter ihr keuchen.

»Was ist los? Warum bleibst du stehen?«

»Es hat keinen Sinn. Sie ist viel zu schnell. Ich mache definitiv zu wenig Sport.«

Sie schüttelte den Kopf und sah, wie Ally auf eine Straße zu rannte. Sie schien nicht bemerkt zu haben, dass Emma sie nicht mehr verfolgte.

»Lass sie laufen. Sie kann ja nicht verschwinden. Irgendwann werden wir sie schon finden.«

In genau diesen Moment hörte Emma Reifen quietschen und sah, wie Ally über die Motorhaube eines Pick-ups geschleudert wurde und reglos auf der Straße liegen blieb.

19

»Setz dich bitte. Du machst mich nervös.«

Lian saß auf einem der Plastikstühle des Squamish General Hospital, die sich vor Allys Krankenzimmer befanden, und starrte Emma an, die unruhig auf- und abging. Sie hatte sich gerade mit dem behandelnden Arzt unterhalten, der ihr nur bedingt Auskunft geben wollte. Aber immerhin hatte sie herausgefunden, dass Ally keine lebensbedrohlichen Verletzungen hatte und schon bald wieder gesund werden würde.

»Ich habe es gewusst.« Emma schüttelte den Kopf. »Die ganze Zeit habe ich es gewusst, verdammt noch mal.« Sie sah zu Lian, der sie nur stumm ansah. »Ich frage mich, wie es überhaupt so weit kommen konnte. Das Mädchen hat solange allein in diesem Haus gelebt und niemandem ist es aufgefallen. Wie zum Teufel kann das sein?«

Dass sie fluchte, gefiel ihm. Claire hatte es immer vermieden, Schimpfwörter in den Mund zu nehmen. Vielleicht lag es daran, dass sie Lehrerin an einer Highschool war und ein Vorbild für die Schüler sein musste.

Nach dem Unfall hatten sie versucht, Allys Großmutter zu kontaktierten, aber zu ihrer Überraschung war niemand zu Hause gewesen. Officer Brown war zufällig vorbeigekommen, als Lian und Emma vor Allys Zuhause standen, und hatte versprochen, herauszufinden, wo sich die Großmutter gerade aufhielt.

Vor einer halben Stunde hatte Emma die Information erhalten, dass Allys Grandma vor zehn Monaten verstorben war.

Vor lauter Schreck hatte Emma ihr Handy fallen lassen.

»Ich sage es nicht gerne, aber sie hat es geschickt angestellt.«

Emma blieb stehen und warf ihm einen missbilligenden Blick zu. »Soll das eine Entschuldigung sein?«

»Nein, aber eine Erklärung.«

Seufzend ließ sie sich neben ihn auf einen Stuhl fallen. »Ich verstehe das einfach nicht. In Golden Creek steckt jeder seine Nase in die Angelegenheiten der anderen, wieso zur Hölle ist niemandem aufgefallen, dass das Mädchen ganz alleine ist?«

»Vielleicht wollten sie sie schützen.«

»Wie bitte?!«

»Na ja, überleg doch mal, was jetzt mit Ally geschieht. Das Jugendamt wird auf sie aufmerksam und sie kommt zu einer Pflegefamilie. Mit ein wenig Glück bleibt sie dort, bis sie volljährig ist, aber wenn nicht? Dann wird sie die nächsten drei Jahre herumgereicht und muss sich alleine durchschlagen. In Golden Creek hingegen hat sie Anschluss. Sie hat Freunde und eine Schule, die sie besuchen kann.«

»Das ist eine sehr seltsame Art ihr zu helfen, findest du nicht.«

Er zuckte mit den Schultern. »So gehen die Creeks nun mal damit um.«

Entsetzt starrte Emma ihn an. »Und damit rechtfertigst du ihr Verhalten?«

»Wie ich schon sagte, es ist eine Erklärung. Sie hatte ihre Ruhe, bis …«

»Bis?«

Er verzog das Gesicht. »Du dich eingemischt hast.«

»Hab ich dir schon mal gesagt, dass ich Anwälte nicht ausstehen kann? Ihr seid nichts weiter als Paragrafenreiter, die sich in der Theorie bestens auskennen, aber keine Ahnung von der Realität haben.«

»Nein, aber es ist nett, dass du es erwähnst. Es ist interessant, welche Meinung du von mir hast«, murmelte er trocken. Emma ging gar nicht auf seinen Kommentar ein.

»Hast du eine Ahnung, was dieses Mädchen durchmachen musste? Sie ist fünfzehn! Kannst du dir die Angst vorstellen, der sie ausgesetzt war? Allein in diesem gottverdammten Haus? Immer davon ausgehend, dass man ihr auf die Schliche kommen könnte? Ganz zu schweigen davon, dass niemand da war, der sich um sie gekümmert hat. Ihr zugehört, sie getröstet hat.«

Officer Brown hatte außerdem noch herausgefunden, dass besagter Arzt in Vancouver wohl von alldem gewusst haben musste. Denn er war es gewesen, der den Totenschein ausgestellt und alles für die Einäscherung veranlasst hatte. Emma wurde wütend bei dem Gedanken daran, dass der Arzt Ally allein zurückgelassen hatte. Dafür würde sie ihn noch zur Verantwortung ziehen.

»Weißt du, Ally musste sich ständig Sorgen darüber machen, wie sie ihr Leben finanzieren sollte. Und dass sie dadurch in die Kriminalität abgerutscht ist, die ...«

»Jetzt übertreib mal nicht. Du weißt doch gar nicht, ob sie tatsächlich geklaut hat. Es könnte sich auch um ein Missverständnis handeln.«

Emma verschränkte die Arme vor der Brust. »Da spricht natürlich der Verteidiger aus dir. Aber ich habe sie gesehen, Lian. Mehr Beweise brauche ich nicht.«

»Und was willst du jetzt tun?«

Emma sagte einen Moment nichts, dann reckte sie das Kinn.

»Mich um sie kümmern.«

Lian zog eine Augenbraue nach oben. »Okay, Samariterin. Wie stellst du dir das vor?«

»Dr. Jones hat mir versprochen, dass er die Angelegenheit vorerst noch nicht melden wird, somit kann ich Ally heute Nacht mit zu mir nach Hause nehmen, sobald sie grünes

Licht bekommt. Morgen werde ich mich dann mit dem Jugendamt in Verbindung setzen, es über den Sachverhalt informieren und darum bitten, Ally, bis sie eine Pflegefamilie gefunden haben, in meiner Obhut zu lassen.«

Eine Furche bildete sich auf seiner Stirn. »Du glaubst, dass das funktioniert?«

Überrascht sah Emma ihn an. »Natürlich. Ich arbeite seit Jahren mit Jugendlichen und den Behörden zusammen. Warum sollten sie Ally nicht bei mir lassen?«

»Das meinte ich nicht. Es ging mir eher darum, dass du dann noch einen Teenager bei dir zu Hause hast. Zudem habe ich den Eindruck, dass Ben und Ally sich recht gut verstehen.« Er zuckte mit den Schultern. »Könnte Gefahr für deine Kondomschublade bedeuten.«

Emma sah ihn einen Moment überrascht an, dann brach sie in schallendes Gelächter aus. Sie legte den Kopf in den Nacken und ihr Lachen hallte den gesamten Flur entlang.

»Du brauchst dir keine Gedanken zu machen, die Schublade ist nicht in Gefahr.«

»Weil du sie für dich alleine benötigst?«

Sie schnappte nach Luft und ihren Wangen röteten sich. Allein der Gedanke an ihn und besagte Schublade stellten ziemlich heiße Dinge mit ihr an.

»Das habe ich nicht gesagt.«

Er lächelte und zwinkerte er ihr zu. »Das Lachen steht dir. Solltest du öfter tun.«

»Danke«, flüsterte sie. »Ich werde es mir merken.«

Lian warf einen Blick auf sein Handy. »Fünfundzwanzig entgangene Anrufe«, murmelte er.

»Die Creeks werden ziemlich wütend auf uns sein und den Wettbewerb können wir jetzt sowieso vergessen«, stellte Emma fest.

Er schüttelte den Kopf und stand auf. »Und wenn schon. Baumstammrollen war sowieso nie mein Ding.«

20

Als sie in Golden Creek ankamen, war es schon spät. Emma hatte Ben eine Nachricht geschrieben und ihn gebeten, in *Jack's Diner* vier Pizzen zu bestellen und nach Hause liefern zu lassen. Sie hatte keine Lust, jetzt noch etwas zu kochen, und dem Knurren von Allys Magens nach hatte sie schon eine Weile nichts mehr gegessen. Gott sei Dank war der Unfall glimpflich ausgegangen und sie hatte sich nur ein paar Prellungen zugezogen. Der behandelnde Arzt hatte Ally an Emma übergeben, damit diese sie mit nach Hause nahm. In Squamish tickten die Uhren eindeutig anders. In Calgary hätte man sie ohne Zögern dem Jugendamt übergeben.

Lian parkte den Wagen vor dem Haus und Ally stieg sofort aus, während Lian sitzen blieb. Emma drehte sich zu ihm um.

»Kommst du noch mit rein?«

Lian sah sie mit einem seltsamen Blick an. »Nein, ich denke nicht.«

Enttäuschung machte sich in ihr breit. Sie hätte gerne noch den Abend mit ihm verbracht.

Lian lächelte ihr zu. »Ich denke, dass ihr ein wenig Zeit für euch braucht, und ich muss nach Hause zu Barney.«

Da kam ihr ein Gedanke und sie verschränkte die Arme vor der Brust. »Warum hast du mir eigentlich gesagt, er heißt Geröllheimer?«

»So nenne ich ihn, wenn ich wütend auf ihn bin.«

Sie zog eine Augenbraue nach oben. »Ach, und als du meine offene Haustür entdeckt hast, warst du wütend auf ihn? Warum?«

»Weil er mir keine Ruhe gelassen hat und direkt zu dir gelaufen ist.«

»Du wolltest also nicht, dass er zu mir kommt.«

»Nein.«

»Warum nicht?«

»Weil ich wusste, dass das alles komplizierter machen würde.« Er holte tief Luft. »Emma, der Kuss ...«

Abwehrend hob sie die Hand. »Sag nichts. Mach es nicht kaputt. Er war perfekt. Vielleicht zeitlich etwas unpassend, aber der Kuss an sich war perfekt, okay? Zerstör ihn nicht, indem du mir sagst, wie sehr du es bereust.«

Er sah sie wortlos an. Emma kam es vor wie eine Ewigkeit. »Das war nicht meine Absicht.«

»Nicht?«, fragte sie verunsichert.

Er schüttelte langsam den Kopf »Nein.«

»Okay. Was wolltest du dann sagen?« Sie lehnte sich ein wenig nach vorne und kam ihm damit unweigerlich näher.

Lian hob die Hand und streichelte ihre Wange. Sofort stoben wieder unzählige Schmetterlinge in ihrem Bauch auf.

Sein Blick blieb an ihren Lippen hängen. »Ich wollte dir sagen, dass der Kuss umwerfend gewesen ist, und vorschlagen, ihn auf jeden Fall zu wiederholen.«

»Obwohl es alles komplizierter macht?«

Er näherte sich ihr, dann presste er seine Lippen auf ihre. Diesmal war der Kuss nicht leicht und sanft. Lian griff in ihr Haar und zog sie näher an sich heran. Der Kuss wurde intensiver, leidenschaftlicher, umwerfender. Emma hielt sich an ihm fest und hatte das Gefühl, von ihm verschlungen zu werden. Und das war genau das, was sie brauchte. Als er sich von ihr löste, waren ihre Lippen geschwollen und ihr Herz polterte wild in ihrer Brust. Seine Haare waren zerwühlt und seine Lippen sahen so aus, wie sie sich fühlte.

»Gerade, weil es alles komplizierter macht. Das ist es verdammt noch mal wert.«

21

Als Emma am nächsten Morgen aufwachte, graute ihr vor dem Tag. Sie war sich sicher, dass sie sich vor den Creeks dafür würde rechtfertigen müssen, dass sie den Wettbewerb abgebrochen hatten und warum es zu dem Kuss gekommen war. Sie hatte sich den Zorn der Bewohner zugezogen, das würde ihr sowieso schon angeschlagenes Image noch mehr schädigen. Aber sie bereute nicht, Ally nachgelaufen zu sein.

Denn so wäre sie ihr vielleicht nie auf die Schliche gekommen. Sie konnte sich immer noch nicht vorstellen, was in dem Mädchen vorgegangen sein musste, um sich solch eine Geschichte auszudenken. Zudem verspürte sie unendlich viel Wut. Wie war es nur möglich, dass ihr Schicksal niemandem aufgefallen war? Emma schloss die Augen und verdrängte den Gedanken daran, wie es dem Mädchen in dieser Zeit wohl ergangen war. Allein die Vorstellung verursachte ihr Übelkeit.

Sie schlüpfte in ihren Hoodie und eine abgetragene Jogginghose und ging die Treppe nach unten. Sie hatte noch ein paar Minuten, bis sie Ben für die Schule wecken musste. Der Arzt hatte Ally noch ein paar Tage strikte Bettruhe verordnet und Emma würde sich darum kümmern, dass das Mädchen diese auch einhielt. Ihre Arbeit konnte sie diese Woche auch von zu Hause erledigten und für den Rest der Woche standen keine Beratungsstunden in der Schule mehr an. Sie band sich ihre Haare im Nacken zu einem Zopf und schnappte sich einen Muffin, der auf der Arbeitsfläche stand.

Frischer Kaffee und ein paar Sonnenstrahlen sollten genügen, um wach zu werden. Während sie sich eine Tasse Kaffee aufbrühte, warf sie einen Blick auf ihr Handy. Keine neuen Nachrichten. Weder Lian noch Jamie hatten sich bei ihr gemeldet. Sie wusste nicht, wie sie das finden sollte.

Mit der Tasse in der Hand schnappte Emma sich eine Decke und setzte sich auf die Veranda, um den Sonnenaufgang zu genießen. Der Tag würde so anstrengend werden.

Während des gesamten Tages sah Emma immer wieder nach Ally, die allerdings den Tag fast vollständig verschlief und immer nur kurz aufwachte, um einen Schluck zu trinken oder die Toilette zu besuchen.

Der Teller Hühnersuppe, die Emma für sie gekocht hatte, stand immer noch unberührt neben ihrem Bett. Als Ben von der Schule nach Hause kam, kümmerte er sich um sie. Er wischte ihr mit einem nassen Lappen den Schweiß von der Stirn, las ihr aus einem Lieblingscomic vor oder die beiden saßen in Allys Bett und sahen sich einen Film auf Bens iPad an.

Seine Fürsorglichkeit rührte Emma zutiefst, und als Ally zwischendurch für kurze Zeit aufwachte, ließ sie die beiden alleine. Sie würde früh genug Gelegenheit bekommen, mit dem Mädchen zu sprechen.

Gerade als Emma am späten Nachmittag dabei war, den Müll rauszubringen, entdeckte sie Jamie auf ihrer Veranda.

»Hey«, murmelte Emma und lächelte ihn an. Es brannte ihr unter den Nägeln, ihn nach seiner Beziehung mit Betty auszufragen, aber sie hielt sich zurück. Es war genauso, wie sie zu Lian gesagt hatte: Wenn Jamie bereit dazu wäre, ihr alles zu erzählen, dann würde er es schon tun.

Dennoch konnte sie den Stich in ihrem Herzen nicht ignorieren.

»Hey«, sagte er. »Kann ich reinkommen?«

»Aber sicher.« Emma trat zur Seite und ließ ihn herein, dann schloss sie die Tür hinter ihm. »Setzt dich doch. Möchtest du ein Bier?«

»Gerne.« Jamie ließ sich auf das Sofa fallen. Emma holte zwei Flaschen Pale Ale aus dem Kühlschrank, öffnete sie und hielt Jamie eine Flasche hin, während sie wieder in ihrem Ledersessel Platz nahm.

Sie deutete auf das Geschenk in seiner Hand.

»Für wen ist das?«

Verwirrt folgte Jamie ihrem Blick. Es schien ihm erst jetzt wieder einzufallen, dass er es in Händen hielt.

Er streckte es ihr entgegen.

»Für dich.«

Überrascht zog Emma eine Augenbraue nach oben. Sie hatten sich noch nie Geschenke gemacht. Weder zu Geburtstagen noch zu Weihnachten. Als Kind hatte weder er noch sie genug Geld gehabt, um sich Geschenke leisten zu können, und so hatten sie irgendwann beschlossen, dass ihre Freundschaft Geschenk genug für sie beide war. Im Laufe der Jahre war es zu einem Running Gag zwischen ihnen geworden, wenn sie Freunde danach gefragt hatten.

Was hast du Emma zum Geburtstag geschenkt, Jamie?

Mich und meine Freundschaft. Das ist doch genug, oder nicht?

»Für mich?«, wiederholte sie verdattert und griff nach dem Päckchen.

Jamies Wangen färbten sich rosig und er zuckte mit den Schultern. »Ich dachte mir, es könnte dir gefallen.«

Sie sah ihn einen Moment überrascht an. Was auch immer dahintersteckte, sie konnte sich den Grund dafür nicht erklären.

»Danke«, murmelte sie und öffnete zögerlich das Papier. Im nächsten Moment schnappte sie nach Luft. Es war eine Ausgabe von *Emma*, dem Roman von Jane Austen, den sie bisher nicht gelesen hatte.

»Wow. Ich weiß gar nicht, was ich sagen soll. Danke.« Emma beugte sich nach vorne und legte ihm eine Hand aufs Knie. »Das ist wundervoll, aber warum schenkst du mir das?«

Wieder zuckte er mit den Schultern. »Ein verspätetes Willkommensgeschenk sozusagen.«

Emma fuhr mit den Fingern über den Einband. Es handelte sich um eine hübsch gestaltete Sonderausgabe mit einem farbigen Buchschnitt. Es war das einzige Buch von Jane Austen, das sie bisher noch nicht gelesen hatte.

»Diese Ausgabe ist nicht mehr erhältlich. Wie bist du daran gekommen?«

»Ich hatte es noch im Regal stehen und dachte mir, es wäre etwas für dich. Ist keine große Sache.«

»Vielen Dank, Jamie. Das bedeutet mir unheimlich viel.«

Jamie nippte an seinem Bier, dann sah er zur Treppe, die nach oben führte.

»Ist Ben zu Hause?«

Emma nickte. »Ja, er ist bei Ally im Zimmer und telefoniert mit seinen Freunden aus Calgary.«

»Vermisst er sie?«

»Natürlich. Er gibt es nicht zu, aber manchmal, wenn er die Tür nicht geschlossen hat, höre ich, was er seinen Freunden erzählt. Dabei ist nicht ausschlaggebend, was er ihnen erzählt, sondern wie er es tut.« Sie seufzte. »Ich weiß, dass ich seine Gespräche nicht belauschen sollte, aber zu meiner Verteidigung muss ich sagen, dass es meistens zufällig geschieht.«

Jamie zuckte mit den Schultern. »Ich mache dir keinen Vorwurf.«

Emma zupfte am Etikett ihrer Bierflasche. »Es liegt so viel Sehnsucht in seiner Stimme, dass ich manchmal keine Luft mehr bekomme. Es ist meine Schuld, dass er hier gelandet ist.«

»Ihr seid doch gerade erst angekommen. Gib ihm Zeit. Er gewöhnt sich schon daran.«

»Meinst du?«

»Ganz bestimmt. Golden Creek ist zwar nicht Calgary, aber wir haben auch eine Menge zu bieten. Außerdem scheint er in Ally eine Freundin gefunden zu haben.«

Emma nickte nur, sagte aber nichts mehr. Sie wusste nur zu gut, dass Jamie recht hatte. Trotzdem war es etwas anderes, wenn es das eigene Kind betraf.

»Ich muss wieder los«, meinte Jamie, stellte seine Flasche auf den Tisch und stand auf. Emma folgte ihm zur Tür, wo Jamie stehen blieb und ihr plötzlich einen Kuss auf die Stirn drückte. Emma erstarrte. Das war auch etwas, was er bisher nie getan hatte. Er strich mit dem Daumen über ihre Wange und ein trauriges Lächeln erschien auf seinem Gesicht. Irgendetwas fühlte sich heute anders an. Sie konnte nur nicht sagen, was es war.

»Was ist los, Jamie?«

»Nichts. Es ist alles in Ordnung, Emma!«

Dann drehte er sich um und lief die Verandatreppe hinab zu seinem Wagen. Emma sah ihm nach und wurde das Gefühl nicht los, dass gar nichts in Ordnung war.

22

Lian aus dem Weg zu gehen stellte sich als schwieriger heraus, als Emma gedacht hatte. Sie wusste nicht einmal, warum sie es tat, aber es kam ihr einfacher vor. Sie hatte so viel um die Ohren, dass sie sich nicht auch noch damit auseinandersetzen wollte. Mit ihren Gefühlen und den Komplikationen, die der Kuss und der Mann mit sich brachte.

Drei Tage waren seitdem vergangen, in denen sie nicht miteinander gesprochen hatten. Seltsamerweise hatte sie auch Claire in dieser Zeit kein einziges Mal gesehen, weder in der Schule noch im Buchladen ihrer Tante.

Sie war gerade dabei, einen Stapel alter Zeitungen in ihren Pick-up zu wuchten, als Lians Land Rover neben ihr stehen blieb. Sie ignorierte ihn, kam sich dabei aber ziemlich lächerlich vor.

»Steig bitte ein.«

Verwundert über seine Worte, drehte sie sich zu ihm um. »Wie bitte?«

Er beugte sich über den Beifahrersitz und öffnete ihr die Tür. »Geh ins Haus, pack eine Tasche und steig ein. Ben und Ally wissen Bescheid. Miss Julie schaut später nach Ihnen.«

»Das geht nicht. Du kannst nicht einfach hier aufkreuzen und von mir verlangen, mit dir zu kommen.«

»Bitte.«

Dieses eine Wort ließ sie kapitulieren. Und der Blick, den er ihr zuwarf, sagte mehr als tausend Worte.

Misstrauisch sah sie ihn an. »Warum muss ich dafür eine Tasche packen?«

»Weil wir übernachten werden.«

»Aber ich habe Termine.«

»Hast du nicht. Jamie wird sich darum kümmern. Los, ich warte hier auf dich.«

Er sagte es in einem neutralen Ton, dennoch schlug ihr Herz sogleich schneller. Das war ein großer Fehler, dachte sie. Trotzdem drehte sie sich um und lief ins Haus, um ihre Sachen zu packen.

Sie musste unbedingt einen Schritt zurücktreten und dem Ganzen ein Ende setzen. Schließlich war sie mit dem Gedanken nach Golden Creek zurückgekommen, hier noch einmal neu durchzustarten und den Creeks ihre Vorurteile auszutreiben. Eine romantische Affäre mit Lian würde zum absoluten Gegenteil führen. Außerdem besaß sie noch einen Funken Selbstachtung und einen gesunden Selbsterhaltungstrieb. Ja, Lian war ein unglaublich attraktiver Mann. Nein, falsch. Heiß. Das war das richtige Wort für ihn. Lian Byron war ausgesprochen *heiß*. Und anziehend. Und unwiderstehlich. Allein sein Geruch sorgte dafür, dass sie fast den Verstand verlor. Dennoch würde sie sich nicht auf eine Affäre mit ihm einlassen, denn mehr würde es letztendlich nicht sein. Er hatte seine Beziehung zu Claire beendet, das sagte schließlich schon alles, oder nicht? Claire, mit deren Bild im Wörterbuch der Eintrag Perfektionsmuss beschrieben wurde, war genau das: perfekt. So jemanden gab man nicht auf, um sich dann mit einer alleinerziehenden Mutter einzulassen, die morgens mit Kaffeeflecken auf dem Shirt aus dem Haus ging und bei der es Avocado-Schinken-Sandwiches vor dem Fernseher gab. Und doch saß sie nun hier.

Emma drehte den Kopf und beobachtete Lian, während dieser seinen Land Rover auf die Straße Richtung Squamish lenkte. Alles an ihm strahlte Souveränität aus. Während sie damals nachts auf dem Badezimmerfußboden ihre Bücher ausgebreitet hatte, um ihre Hausarbeiten fertig zu schreiben, und immer wieder daran zweifelte, dass sie Kind, Job und

Studium unter einen Hut bringen konnte, hatte er sein Jurastudium mit einem Leistungsstipendium finanziert und sich mit Canadian Football und wilden Partys bei Laune gehalten. Jamie hatte ihr davon erzählt und Emma hatte keine Sekunden lang an seinen Aussagen gezweifelt. Sie waren grundverschieden, deshalb erschien es Emma wie das Beste, ihre Gefühle für ihn auf Eis zu legen.

»Ein bisschen leiser, bitte.« Lian steuerte den Wagen auf die Interstate Richtung Squamish.

Verwirrt blickte Emma ihn an. »Ich habe doch gar nichts gesagt.« Oder hatte sie doch? Sie war so tief in Gedanken versunken gewesen, dass sie sich nicht sicher war.

»Das war auch nicht nötig. Man kann dich denken hören.«

Emma verschränkte die Arme vor der Brust. »Jetzt bin ich aber neugierig, Sherlock. Was habe ich denn gedacht?«

»Wie du am schnellsten von hier abhauen und jeden Kontakt zu mir abbrechen kannst.«

Überrascht sah Emma ihn an. Das stimmte zwar nicht haargenau, aber das Ergebnis war dasselbe.

Lian seufzte und schüttelte den Kopf. »Du vergisst, dass es mein Job ist, in den Gesichtern anderer Menschen zu lesen, ob sie die Wahrheit sagen oder mir einen Bären aufbinden wollen. Dein Gesicht hat eindeutig nach Flucht ausgesehen.«

»Tut mir leid«, murmelte sie und wandte den Blick von ihm ab. Sie war eine erbärmliche Schauspielerin, aber wenn sie ehrlich war, wollte sie ihm reinen Wein einschenken.

»Ich will nicht, dass sie etwas gegen mich haben, Lian. Diesmal geht es nicht nur um mich, sondern auch um Ben. Ich möchte, dass er sich hier zu Hause fühlt, aber das funktioniert nicht, wenn mir die halbe Stadt die Schuld an dem Ende deiner Beziehung zu Claire gibt.«

»Niemand wird dir die Schuld daran geben. Warum zur Hölle habe ich Claire nicht schon längst geheiratet, wenn alles perfekt gelaufen wäre, mhm? Ich habe mir in den letzten vier Monaten so oft den Kopf darüber zerbrochen, ob Claire die Richtige für mich ist. Und ich für sie. Auch, wenn sie es jetzt nicht sieht, sie wäre mit mir auf Dauer nicht glücklich geworden. Eigentlich müsste mir diese verdammte Stadt einen Orden dafür verleihen, dass ich rechtzeitig die Notbremse gezogen habe, anstatt mich anzuklagen, weil ich sie verlassen habe.«

Emma sah aus dem Fenster. Das war genau das Problem mit den Creeks. Sie sahen nur die Verpackung, das seidige Geschenkpapier, die glitzernde Schleife. Aber keiner von ihnen machte sich die Mühe, das verdammte Präsent auszupacken und hineinzuschauen.

Warum strengte sie sich eigentlich so an, um ihnen gerecht zu werden? Warum konnte es ihr nicht einfach egal sein, was sie von ihr hielten? Diese Gedanken beschäftigten sie nicht zum ersten Mal, aber bisher hatte sie die Zweifel immer verdrängt. Aber sie wurde das Gefühl nicht los, dass das jetzt nicht mehr ging.

Der Wagen rumpelte jetzt über einen Kiesweg. Sie war sich nicht sicher, wo sie sich befanden. Obwohl sie hier aufgewachsen war, kannte sie die Gegend nicht. Sie mussten sich irgendwo in den Wäldern der Rocky Mountains befinden.

Sie konnte Lians Duft riechen – ein herbes Eau de Toilette vermischt mit frischer Seife – und spürte seine Gegenwart ganz deutlich. Sie müsste sich nur über die Mittelkonsole beugen, um ihn näher zu sein, aber sie zwang sich, weiterhin aus dem Fenster zu sehen.

Es dauerte nicht lange, dann hielt Lian den Wagen an. Er stellte das Automatikgetriebe seines Land Rovers auf Parken, öffnete die Tür und stieg aus.

Emma starrte ihm nach und betrachtete die Umgebung. Wo zum Teufel waren sie?

»Ist es noch weit? Ich habe schon Blasen an den Füßen.« Emma keuchte und wischte sich den Schweiß von der Stirn. Vielleicht hätte sich der Zwiebellook doch bewährt, dachte sie und bereute es, nicht zumindest ein T-Shirt unter ihr Fleeceshirt gezogen zu haben.

Für einen Tag im Herbst war es ungewöhnlich warm, außerdem konnte sie sich nicht erinnern, dass der Weg in die Blackcomb Mountains damals auch schon so anstrengend und beschwerlich gewesen war. Das lag zum einen natürlich daran, dass sie schon eine geraume Zeit nicht mehr gewandert war, zum anderen an der Tatsache, dass sie nur Chucks trug und keine Wanderschuhe. Sie verfluchte sich dafür, dass sie wie eine Touristin durch die Wälder stampfte. Dabei wusste sie es besser. Ihr Blick fiel auf Lian, der nur gut einen Meter von ihr entfernt stand und sie angrinste.

»Du musst an deiner Kondition arbeiten.«

»Die ist hervorragend«, schmollte Emma und ging ein wenig schneller, um neben ihm her gehen zu können.

»Durch die Straßen einer Großstadt zu hetzen ist etwas anderes, als durch die Wildnis zu marschieren.«

»Ich bin keine Großstadtpflanze. Ich habe schon Touren durch diesen Wald gemacht, da wusstest du noch nicht einmal, was ein Wald überhaupt ist.«

Er lachte laut auf. »Da könntest du sogar recht haben. Ich bin in Toronto groß geworden. Wälder gibt es da eher weniger.«

»Toronto? Wie bist du denn dann nach Golden Creek gekommen?«

Erstaunt sah er sie an. »Hat Jamie dir das nicht erzählt?«

Missmutig presste Emma die Lippen zusammen und schüttelte den Kopf. »Wie es scheint, hat er mir eine ganze Menge nicht erzählt.« Sie dachte an die Sache mit Betty.

»Nach unserem bestandenen Examen sind wir in einer Bar gelandet. Während des ganzen Studiums haben wir darüber nachgedacht, was wir danach machen werden, aber ich habe mich nirgends gesehen. Jamie dagegen war der festen Überzeugung, er würde zurück in seine Heimatstadt gehen und dort eine Kanzlei eröffnen. An diesem Tag zog er sein Handy aus der Hosentasche und wählte eine Nummer. Dann meinte er, in seiner Heimatstadt würden die Menschen solche lebensbedeutenden Probleme ausschließlich auf eine bestimmte Weise lösen.«

Entsetzt riss Emma die Augen auf. »Nicht dein Ernst! Er hat Miss Julie angerufen?«

Lian nickte und kletterte über einen Baumstamm, der auf dem Waldboden lag.

»Ich wusste nicht, was er vorhatte, aber als diese alte Frau mir dann am Telefon sagte, dass sie meine Zukunft in Golden Creek sieht, war ich so überrumpelt, dass ich zugesagt habe.«

»Und hast du es bereut?«

»Das hast du mich schon mal gefragt.«

»Und wie lautet deine Antwort diesmal?«

Er warf ihr einen langen Blick zu. »Es ist dieselbe: kein einziges Mal.«

»Obwohl die Creeks so nervig sind?«

»Ja.«

Emma schluckte, hüpfte über Steine und Wurzeln und blieb schließlich stehen, als sie die Sonne sah, deren Strahlen durch die Bäume brachen.

»Es ist wunderschön.«

Sie spürte Lians Blick auf sich. »Das ist es.« Ein seltsames Gefühl machte sich in ihrem Bauch bemerkbar. Sie konnte nicht genau sagen, was es war, aber es hatte mit all dem zu tun: mit Lian, mit seinem Blick, den sie nicht deuten konnte, der Wärme, dem Duft des Waldes, dem Gefühl von Freiheit, das sie umfing. Am liebsten hätte sie vor lauter Übermut laut losgeschrien. War das nicht verrückt?

»Es ist nicht mehr weit. Möchtest du kurz Rast machen?«

»Haben wir denn noch Zeit?«

»Ich habe den Tisch für acht Uhr bestellt und das Theater beginnt um zehn. Es könnte knapp werden.« Seine Stimme triefte nur so vor Sarkasmus. Emma griff nach etwas Moos und bewarf ihn damit.

»Du sollst dich nicht über mich lustig machen.«

»Auf die Idee käme ich niemals.« Er setzte sich auf den Boden. »Wir haben noch fünfzehn Minuten, dann sind wir an der Hütte. Wir haben also genug Zeit. Den ganzen Tag und ganze Nacht.«

Sie schluckte und warf ihn einen kurzen Blick zu. »Warum hast du mich hierhergebracht?«

Die Frage lag ihr schon die ganze Zeit auf der Zunge. Natürlich hatten sie schon Zeit miteinander verbracht und Emma konnte nicht leugnen, dass sie sich zu ihm hingezogen fühlte. Aber was war sein Beweggrund? Ging es ihm genauso? Himmel, Lian Byron war verdammt schwer zu durchschauen, in seiner Gegenwart kam sie sich wie ein Schulmädchen vor. Dabei war er gerade mal fünf Jahre älter als sie. Aber er strahlte eine Souveränität und ein Selbstbewusstsein aus, die Emma aus der Bahn warfen.

»Das habe ich dir schon gesagt. Weil wir reden müssen. Ungestört.«

»Was sagt Claire dazu? Dass du mit mir hier bist?« Sie hasste es, dass sie diese Frage stellte, aber auch das nagte an ihr. Sie hatte nicht vor, Claire den Mann auszuspannen. Sie hatte sich geschworen, niemals mehr die andere Frau zu sein, und daran würde sie sich halten. Ein fader Beigeschmack begleitete diese Gedanken, als sie an Claires Blick nach dem Kuss dachte. Und an die Worte der Creeks, die sie nach dem Kuss im Ort aufgeschnappt hatte.

Das ist nur eine Phase. Eine Laune der Natur. Lian hat nur gerade viel um die Ohren. Claire wird schon bald merken, wie er zu ihr zurückgekrochen kommt. Ich hoffe, sie wird ihn dann ein wenig zappeln lassen. Eine Frau wie Claire verlässt man nicht.

Er hat sie doch nicht verlassen. Das war nur ein alberner Scherz von den beiden. Du kannst mir glauben, Lian liebt - Claire – die beiden sind füreinander geschaffen.

»Claire spielt keine Rolle.«

Für einen Moment überlegte Emma, ob sich seine Stimme verändert hatte. Wirkte sie hart? Genervt? Wütend? Aber egal, wie lange sie darüber nachdachte, sie kam zu dem Entschluss, dass dem nicht so war.

Seine Stimme klang genauso freundlich wie immer.

»Für wen? Dich, mich oder Claire?«

»Für uns.« Langsam rieb sich über das Gesicht. Es wirkte, als wollte er damit seine Sorgen wegwischen.

»Hör zu, Emma. Ich weiß nicht, was das hier ist. Ich weiß nicht, was es bedeutet, wie es weitergeht oder wohin es führt. Aber ich weiß, dass ich gerne mit dir zusammen bin und dass ich seit Tagen an nichts anderes mehr denken kann, als mit dir einen Tag in dieser Hütte zu verbringen. Nur wir beide. Ungestört. Mit Essen aus der Mikrowelle und Wein aus dem Tetrapak. Ohne Jamie. Ohne Claire. Oder Ben. Ohne die Creeks. Nur du und ich. Reicht das?«

Emma schluckte und sah ihn an. Sie müsste nur die Hand ausstrecken, um ihn zu berühren, aber sie tat es nicht. Stattdessen schluckte sie. Das war der perfekte Grund. Mehr brauchte es nicht.

»Ja. Das reicht vollkommen.«

»Wow«, staunte Emma, als sie die Hütte betrat. Lian legte den Schlüssel auf der Kommode neben der Eingangstür ab und stellte den Rucksack auf den Boden. Er hatte sie größer in Erinnerung, allerdings war er auch schon eine Weile nicht mehr hier hochgekommen. Das letzte Mal vor zwei Jahren mit Claire. Der Gedanke an sie ließ ihn zusammenzucken. Verdammt! Er hatte nicht vor, sich den Abend mit Emma durch Erinnerungen an seine Ex-Freundin kaputt machen zu lassen. Die Beziehung zu Claire war von Anfang an gemütlich gewesen. Sie harmonierten, ergänzten sich und auch der Sex war gut gewesen. Sie hatten einander respektiert und sich unterstützt. Und er konnte nicht leugnen, dass er Claire geliebt hatte. Er hatte kein einziges Mal an dieser Beziehung gezweifelt. Dennoch hatte der Gedanke, sie zu heiraten, ihn in Panik versetzt. Er hatte sich eine gemeinsame Zukunft mit ihr einfach nicht vorstellen können. Und da war ihm bewusst geworden, dass seine Liebe für Claire nicht ausreichte, um ein ganzes Leben an ihrer Seite zu verbringen.

Aber dann hatte sich etwas geändert. Nach einem Besuch im *Rosie's* hatte er sich von Miss Julie die Karten legen lassen. Er wusste, wie verrückt das klang. Er hatte Miss Julie angefleht, das alles für sich zu behalten, und die alte Dame hatte es ihm versprochen. Natürlich konnte er sich auf das Wort der alten Dame verlassen, aber noch immer erschauderte er, wenn er an Miss Julies Worte dachte. Sie hatte eine ganze Weile auf ihre Karten gestarrt, und eine beängstigende Stille hatte in der Luft gehangen.

»Emma Thompson«, sagte sie schließlich mit klarer Stimme.

Lian starrte auf die Karte, die kopfüber vor ihm lag. Er konnte sie nicht genau erkennen. »Was bedeutet diese Karte?«

»Sie zeigt mir deine zukünftige Frau.«

Ihm war mulmig zumute gewesen. Miss Julie hatte es mit einer Inbrunst verkündet, dass er keinerlei Zweifel an ihren Worten hatte. Aber er kannte keine Emma Thompson.

»Der Name sagt mir nichts.«

»Noch nicht«, sagte sie verheißungsvoll. »Gedulde dich, - Lian. Du wirst ihr schon bald begegnen.«

Zwei Tage später hatte er in Mr. Grabowitz' Gemischtwarenhandel ausgerechnet Emma Thompson gegenübergestanden. Nur gut, dass er ein so gutes Pokerface hatte – eine Tatsache, die ihm vor Gericht schon oft geholfen hatte. Denn in dem Moment, als er Emma zum ersten Mal gesehen hatte, war etwas in ihm zum Leben erwacht.

Lian tastete nach dem Lichtschalter. Er war froh, dass sie es letztendlich doch so schnell zur Hütte geschafft hatten. Die Sonne würde jeden Moment untergehen und nur zu zweit und im Dunkeln in den Wäldern unterwegs zu sein, ohne dass jemand wusste, wo sie waren, konnte gefährlich werden.

Emma drehte sich zu ihm um. »Hast du Ben gesagt, wo wir sind?«

»Ja. Aber er wird uns nicht verraten.« Er runzelte die Stirn. »Bist du mir böse, dass ich dich entführt habe?«

Sie schüttelte den Kopf. »Nein, warum sollte ich. Entpuppst du dich vielleicht als Serienkiller?«

Er zwinkerte ihr zu. »Wer weiß? Hast du denn Angst vor mir?«

»Nein. Ich weiß mich zu wehren.«

Langsam schlenderte er auf sie zu, aber sie wich zurück. »Tatsächlich?«

»Ja. Ich habe in Calgary mehrere Selbstverteidigungskurse besucht.«

»Warum wundert mich das nicht?«

Sie zuckte mit den Schultern. »Du scheinst mich schon recht gut zu kennen.« Obwohl es in der Hütte kühl war, spürte sie Hitze in sich aufsteigen. Himmel, warum war es denn hier plötzlich so heiß? Lian stand ihr nun ganz nah und sie musste den Kopf in den Nacken legen, um ihm ins Gesicht sehen zu können.

»Noch nicht annähernd gut genug.«

Emma schluckte, dann lachte sie nervös auf. »Aber es ist gut, dass Ben Bescheid weiß. Also nur für den Fall, dass du dich doch als Serienkiller entpuppst. Was ist mit Jamie?«

Er zog die Augen zu schmalen Schlitzen zusammen »Warum hätte ich es Jamie erzählen sollen?«

»Er ist dein Freund. Vielleicht hast du ihm von uns erzählt?«

»Von uns? Gibt es das überhaupt?«

Unsicher biss sie sich auf die Unterlippe.

»Wir haben die ganze Nacht, um das klären.«

Emma legte den Kopf zur Seite. »Du willst die ganze Nacht reden?«

Ihre Wangen röteten sich und er musste zugeben, dass es ihm gefiel, der Auslöser dafür zu sein.

Langsam ging er auf sie zu, dem Drang widerstehend, ihr Gesicht in seine Hände zu nehmen und sie zu küssen. Obwohl er an nichts anderes denken konnte.

»Ja, ich denke, das wäre eine gute Idee.«

»Schade.« Sie zog einen Schmollmund und er konnte sich ein Lächeln nicht verkneifen.

»An was hattest du denn gedacht?« Seine Stimme klang rau.

»Ach«, flüsterte sie und es klang wie ein Stöhnen. Erschrocken riss sie die Augen auf. Lian zog eine Augenbraue nach oben, sagte aber nichts weiter dazu.

»Ich weiß nicht. Es ist eine Weile her, dass ich mit einem Mann alleine war. Wenn ich es mir recht überlege, ist es schon verdammt lange her. Wir könnten gemeinsam etwas kochen oder ...«

»Ich würde dich viel lieber küssen.«

Emma blinzelte, dann nickte sie und trat noch einen Schritt näher an ihn heran. Das war ihm Aufforderung genug.

Lian wollte diese Nacht mit ihr und alles um sich herum vergessen.

Er wollte alles.

Langsam zog er sie an sich heran, nahm ihr Gesicht in seine großen Hände und dann küsste er sie.

23

Lian küsste sie, als gäbe es kein Morgen. Sie war noch nie so geküsst worden und es fühlte sich unglaublich an. Sein Mund öffnete sich und seine Zunge suchte die ihre. Stürmisch drängte er sich ihr entgegen. Sie legte die Hand um seinen Nacken und zog ihn näher zu sich heran. Sie wollte nicht, dass er aufhörte. Niemals.

Für einen Augenblick gelang es ihr, alles andere auszublenden. Claire, Jamie, die Creeks. Jetzt gab es nur sie und ihn und sie würde alles nehmen, was sie kriegen konnte.

Stöhnend drückte sie sich ihm entgegen und schlang die Arme um seinen Hals. Lian vertiefte den leidenschaftlichen Kuss noch ein wenig mehr, trat einen Schritt vor und dränge Emma mit dem Rücken zur Wand. Dann schob er die Hände unter ihren Hintern und hob sie hoch. Ihr kam ein erschrockener Laut über die Lippen, die Lian mit einem Kuss erstickte, während seine Finger langsam unter den Saum ihres Shirts strichen. Wie kleine Elektrostöße durchzuckten die Berührungen ihren Körper.

Lian stöhnte laut auf, dann spürte sie seine Erektion, die gegen ihren Bauch drückte. Sie keuchte, als sie seine Lippen auf ihrem Schlüsselbein spürte.

Sanft und unglaublich heiß.

Lian löste sich von ihr und drückte seine Stirn an seine.

»Ich glaube, dich hierher zu entführen, gehört zu den besten Ideen, die ich je hatte.«

»Da kann ich dir nicht widersprechen.«

Sanft zog er am Bund ihres Shirts und zog es ihr über den Kopf. Dabei strichen seine Fingerspitzen über ihre Haut und sie sah die Lust in seinen Augen. Ein teuflisches Lächeln umspielte seine Lippen, dann drückte er langsam, Kuss für Kuss, ihre Beine auseinander, hob sie hoch und trug sie zum Bett.

Sie würde diese Nacht genießen. Mit allem, was er ihr zu geben bereit war. Sie wollte alles von ihm und wäre auch nicht bereit, ihm irgendetwas davon zurückzugeben.

Als sie in seinem Schlafzimmer ankamen, legte er sie auf dem Bett ab und betrachtete sie einen Augenblick. Es kam Emma vor, als wiege er Für und Wider ab, aber dann schien das Für gewonnen zu haben, denn er beugte sich über sie und stützte seine Hand neben ihrem Kopf ab.

»Zieh dich aus. Ganz langsam«, flüsterte er, während er mit seinem Zeigefinger Kreise auf ihren Bauch malte. Die Berührung jagte ihr einen Schauer über den Rücken.

Ihre Finger glitten über ihren Körper, bis sie am Bund ihrer Jeans angekommen waren und den Knopf lösten. Ganz langsam begann sie, die Hose zurückzuziehen, und ließ Lian dabei nicht aus den Augen.

»Nicht so schnell«, murmelte er, als sie gerade dabei war, sich aus ihrer Hose zu schälen. »Warum?«

»Weil ich es genießen möchte. Wer weiß, wann ich wieder in den Genuss dieses Anblicks komme.«

Sie tat ihm den Gefallen und bemühte sich darum, sich ganz langsam auszuziehen. Stück für Stück und unter seinem Blick hatte sie sich noch nie so begehrenswert gefühlt.

Er sah aus, als wollte er sie auffressen und Emma genoss jede Sekunde.

Ganz langsam begann er Küsse auf ihrem Hals zu verteilen, dabei flüsterte er immer wieder ihren Namen, als sei er ein Gebet. Hitze breitete sich in ihr aus und sie schloss die Augen und genoss einfach den Augenblick.

Später wickelte sie sich die Wolldecke um ihren nackten Körper und kuschelte sich an Lian, der die Arme hinter dem Kopf verschränkt dalag und sie angrinste. Er legte einen Arm um sie und zog sie noch enger an seine Brust. Sie schloss kurz die Augen, atmete seinen Geruch ein, eine Mischung aus Zitrone und Rosmarin und seinem eigenen persönlichen Duft. Sie hatte sich schon lange nicht mehr so wohlgefühlt. Mit Ethan war es nie so gewesen. Die Beziehung zwischen ihnen basierte auf ihrer gemeinsamen Arbeit und der Tatsache, dass sie eine nette Abwechslung zu seinem Eheleben gewesen war. Sie hatte die Anzeichen dafür allerdings immer ignoriert. Vielleicht war sie auch einfach nur blind gewesen. Es spielte keine Rolle mehr.

Ethan hatte sich als Betreuer in ein anderes Stadtviertel versetzen lassen, seitdem hatten sie sich nicht wiedergesehen. Worüber sie wirklich froh war.

»Darf ich dich etwas fragen?« Lian strich mit den Fingerspitzen über ihren nackten Oberarm und Emma erschauderte.

»Natürlich.«

»Auch, wenn es sehr persönlich ist?« Seine Finger malten Kreise auf ihre Haut und sie konnte sich kaum auf das Gespräch konzentrieren.

»Was willst du wissen?«

»Was ist damals passiert? Warum hat dein Dad mit euch Golden Creek verlassen?«

Emma versteifte sich und wählte ihre Worte mit Bedacht.

»Weil ich schwanger wurde.«

Lian sah sie einen Moment lang an, sie hatte das Gefühl, dass er in sie hineinsehen und damit jede Lüge entlarven konnte. Schließlich war er Anwalt und hatte ein Gespür für so was. Und sie hatte sich nicht getäuscht.

»Und jetzt bitte die inoffizielle Version.«

»Wieso glaubst du, dass es dafür noch einen anderen Grund gab?«

»Das sagt mir mein Instinkt.« Ein Lächeln umspielte seine Lippen.

Emma schloss die Augen und dachte einen Moment über seine Worte nach, während seine Fingerspitzen immer weiter Kreise auf ihre Haut malten. Vielleicht war es wirklich an der Zeit, darüber zu reden. Sie musste ja nicht ins Detail gehen, das würde sie auf gar keinen Fall, aber es würde niemandem schaden, wenn Lian zumindest einen Teil der Wahrheit erfuhr. Dann war zumindest nicht alles gelogen. Das erschien ihr wie ein Trost.

»Als meine Mutter starb, brach für mich und meine Schwestern eine Welt zusammen. Sie war unser Anker gewesen. Unser Hafen. Sie war der Inbegriff unseres Zuhauses und plötzlich waren nur noch wir vier übrig. Dad hatte sich so sehr in sich zurückgezogen, um mit seiner Trauer klarzukommen, dass ich manchmal das Gefühl hatte, er hätte uns vergessen. Es war, als existierte seine Welt ohne sie nicht. Er ist regelrecht zusammengebrochen. Wir mussten uns um uns selbst kümmern.«

»Wie alt warst du damals?«, flüsterte er.

»Fünfzehn. Ich wollte stark sein, aber ich hätte meinen Dad gebraucht. Wir alle hätten ihn gebraucht.« Sie drehte sich zu ihm. »Rita hat angefangen, die Rolle meiner Mutter zu übernehmen. Sie hat gekocht, sich um den Haushalt gekümmert. Ich kann mich nicht erinnern, dass sie sich jemals darüber beschwert hätte, und mein Dad hat nie etwas dagegen gesagt. Das war vielleicht sein größter Fehler. Rita gehört nicht zu den Menschen, die über ihren Kummer sprechen. Ich glaube, sie war diejenige, die übersehen wurde.«

»Und deine andere Schwester?«

»Lou war ein regelrechter Wirbelsturm. Kein Pferd konnte ihr zu schnell, keine Musik zu laut, keine Party zu voll sein. Sie hat getrauert – auf ihre Art.«

»Und du?«

»Ich war Moms Lieblingskind. Zumindest hat sie mir das immer gesagt.« Sie lachte und strich sich eine Strähne aus dem Gesicht. »Ich war unglaublich stolz darauf. Sie hat immer gesagt, es wäre unser Geheimnis, sie bat mich, es für mich zu behalten, um Rita und Lou nicht zu verletzen.«

»Sie hat zu ihnen dasselbe gesagt«, stellte Lian fest und Emma lächelte.

»Ja. Ich habe später mal mit ihnen darüber gesprochen. Sie hat sogar denselben Wortlaut benutzt.«

»Dein Mom war eine kluge Frau.«

Emma seufzte. »Das war sie. Niemand wäre auf die Idee gekommen, dass sie uns ungewollt verlassen könnte.« Sie schüttelte leicht benommen den Kopf. »Aber dann war sie einfach weg. Ich habe sie damals gefunden. Ich kam gerade von der Schule nach Hause und sie lag auf dem Küchenfußboden. Als Dr. Maverick kam, konnte er nur noch ihren Tod feststellen. Akuter Herzinfarkt. Das hat mir den Boden unter den Füßen weggezogen. Danach wurde alles kompliziert.«

»Du hast dich verändert.«

»Alles hatte sich verändert. Ich fing an zu stehlen, schwänzte die Schule und hing mit Kerlen ab, die keinen guten Einfluss auf mich hatten. Mein Dad, Lou und Rita bemerkten erst im Laufe der Zeit, dass irgendwas mit mir nicht stimmte. Aber sie ließen mich in Ruhe. Dad vertraute mir einfach blind. Dann lernte ich Jonah kennen und verbrachte jede freie Minute mit ihm. Zum ersten Mal nach Moms Tod hatte ich das Gefühl, dass in mir noch etwas anderes existiert als Trauer, Schmerz und Wut. Bei ihm konnte ich endlich vergessen. Aber dann reiste er ab und wenige Wochen später erfuhr ich, dass ich schwanger war. Und plötzlich war da wieder diese Leere in mir. Jonah und ich hatten nur ein paar Wochen im Sommer miteinander verbracht und ich kannte noch nicht einmal seinen Nachnamen. Verrückt, ich weiß, aber ich habe mir darüber keine Gedanken gemacht. Ich wusste, dass er aus Montreal kommt und zusammen mit seinen Eltern hier Urlaub macht, aber mehr auch nicht. Ich habe kein einziges Mal nachgefragt, es erschien mir einfach nicht wichtig. Für mich zählte nur, dass er mir das Gefühl gab, wieder am Leben zu sein. Er war wie eine Droge, die mich vergessen ließ.«

Emma löste sich aus seiner Umarmung und richtete sich auf. Mit einem Mal fühlte sie sich entblößt. Sie hatte Lian so viele vertrauliche Dinge preisgegeben, dass sie sich vollkommen nackt vorkam. Sie presste sich die Wolldecke gegen die Brust und setzte sich auf. Sie hatte schon viel zu viel von sich erzählt, allerdings vertraute sie Lian. Außerdem tat es gut, sich alles von der Seele zu reden.

Lou und Rita kannten ein paar Details, aber nur Jamie war derjenige, der alles wusste.

»Mein Dad ist aus allen Wolken gefallen und war mit der Situation – meiner Schwangerschaft – vollkommen überfordert. Danach ließ er mich nicht mehr aus den Augen. Er sperrte mich nachts sogar in meinem Zimmer ein. Bis ...«

Lian sah sie weiterhin stumm an, wartete einfach ab, dafür war sie ihm dankbar. Sie wusste nicht, ob sie den Mut gefunden hätte, weiterzusprechen, wenn er sie unterbrochen hätte.

»Eines Abend bekam ich eine SMS von einer unbekannten Nummer. Er meinte, ich solle zu Mr. Grabowitz' Gemischtwarenhandel kommen, er würde dort auf mich warten. Ich dachte, es wäre Jonah gewesen. Er hatte mir vor seiner Abfahrt erzählt, dass er sein Handy verloren hatte und ich dachte mir, die Nachricht wäre vielleicht von dem Telefon seiner Mutter. Ich bin überhaupt nicht auf die Idee gekommen, dass die Nachricht von jemand anderen kommen könnte und ich habe sie auch nicht hinterfragt.

Ich habe gewartet, bis Dad mein Zimmer abgeschlossen hatte, danach ging er immer zu Bett. Also bin ich aus dem Fenster geklettert und dorthin gelaufen, aber als ich ankam, war Jamie nicht da. Stattdessen war ein Fenster eingeschlagen und ich hörte aus dem Laden seltsame Geräusche. Es war ein seltsames Keuchen. Also bin ich durch das Fenster geklettert und da sah ich Mrs. Grabowitz am Boden liegen. Sie war blass und bekam keine Luft. Ich konnte mich kaum noch rühren. Plötzlich kam die Erinnerung an meine Mom wieder hoch, wie sie dort in der Küche gelegen hatte. Ich blieb einfach nur stehen und starrte sie an, bis ich irgendwann einen lauten Knall hörte. Jemand lief an mir vorbei und schubste mich, sodass ich hinfiel. Als ich mich umdrehte, war er schon verschwunden.«

Lian runzelte die Stirn und sie sah Besorgnis in seinem Gesicht. »Du hast sein Gesicht nicht gesehen?«

Emma starrte ihn eine Weile stumm an, dann schüttelte sie den Kopf. »Sein Gesicht nicht.«

»Aber etwas anderes«, schlussfolgerte er. Emma nickte.

»Was geschah dann?«

»Plötzlich wurde mir klar, dass ich Hilfe holen musste. Gerade als ich mein Handy hervorgeholt hatte, ging die Tür auf und Mr. Grabowitz stand in der Tür. Für ihn war die Situation eindeutig.«

»Er hat dich für den Einbrecher gehalten?«

Emma nickte. »Er rief die Polizei und meinen Dad an. Ich habe die Nacht in der Arrestzelle verbracht. Mr. Grabowitz hatte versprochen, von einer Anzeige abzusehen, wenn mein Dad dafür sorgen würde, dass ich die Stadt verlasse. Mit einem unehelichen Kind wäre ich sowieso nur eine Schande für die Stadt. Ich bekam Hausverbot. Keine Ahnung, woher er das mit der Schwangerschaft wusste. Ich hatte nämlich niemandem davon erzählt.«

Eine Furche bildete sich zwischen Lians Augenbrauen. »Ich kenne den alten Mann nun schon eine Weile und weiß, dass er ein sturer Bock ist, aber das macht mich ungeheuer wütend. Was ist mit Mrs. Grabowitz passiert?«

»Sie kam ins Krankenhaus und einen Augenblick lang sah es nicht gut für sie aus. Sie hatte einen Schock und eine schwere Gehirnerschütterung erlitten. Aber sie hat überlebt. Ich glaube, sie ist dann vor ein paar Jahren gestorben.«

»Moment mal. Sie hat nie gesagt, dass nicht du die Einbrecherin gewesen bist?«

»Sie konnte sich nicht erinnern. Angeblich hat der Schock eine Art Gedächtnisverlust ausgelöst.«

»Das tut mir leid.«

Emma zuckte mit den Schultern. »Ich habe immer gehofft, dass sie sich davon erholt und sich daran erinnert, aber irgendwann ist mir klargeworden, dass das nicht mehr passieren wird. Jamie hat mich über ihren Tod informiert.« Sie hob den Kopf und sah ihn an. »Ich nehme es ihr nicht übel.«

»Was war mit deinem Dad?«

»Er hat unsere Sachen gepackt und ist mit uns in einer Nacht-und-Nebel-Aktion nach Calgary gezogen. Ich glaube, im Grunde genommen war er sogar froh, einen Grund zu haben, Golden Creek zu entkommen. Hier hat ihn alles an Mom erinnert.«

Lian war einen Augenblick lang still und die Ruhe lag wie eine schwere Decke über ihnen. »Du weißt, wer der Einbrecher war.«

Stumm nickte sie. »Ich habe ihn an seiner Armbanduhr erkannt.« Ihre Stimme war nicht mehr als ein Flüstern.

»Warum bist du dir da so sicher?«

Emma schluckte. »Weil ich sie ihm geschenkt habe.«

»Moment mal«, sagte Lian und beugte sich nach vorne, um ihr ins Gesicht sehen zu können. »Obwohl du wusstest, wer es war, hast du nichts gesagt. Warum?«

Einen Moment blieb Emma stumm. Dann sah sie ihm direkt in die Augen.

»Weil ich dann meinen besten Freund verraten hätte.«

24

Emma betrachtete die türkis gestrichene Wand und musste zugeben, dass sie zufrieden mit ihrer Arbeit war. Das Jugendhaus hatte sie einige schlaflose Nächte gekostet, aber das Resultat konnte sich sehen lassen. Sie hatten ein Spielzimmer eingerichtet und es mit einem Billardtisch, einem Kicker, einer Jukebox und einem Flachbildschirm ausgestattet, an den eine Spielkonsole angeschlossen war. Shooterspiele waren keine Option gewesen, stattdessen hatte sie sich für Autorennen und ein paar Abenteuerspiele entschieden. Sie hatte zwar keinen Einfluss darauf, welche Filme sie zu Hause sahen oder welche Spiele sie dort spielten. Aber dies hier sollte ein Zufluchtsort ein, wenn die Realität über sie hereinbrach.

Im Nebenraum hatte sie einen gemütlichen Ort eingerichtet. Den abgewetzten, fleckigen Teppichboden ließ sie entfernen und gegen einen günstigen Parkettboden austauschen. Das hatte zwar ein kleines Vermögen gekostet und ihr von Jamie einen missbilligenden Blick eingebracht, aber das war ihr den Aufwand wert gewesen. Die Kinder und Jugendlichen sollten sich hier wohlfühlen und Emma wusste, dass man anfangs nun mal investieren musste, um belohnt zu werden. Auf der rechten Seite des Raumes stand ein Esstisch, den Miss Alice gespendet hatte und der Platz für fünfzehn Leute bot. Soweit sie wusste, hatte die alte Dame einst eine große Familie gehabt, deren Mitglieder allerdings im Laufe der Jahre fast alle verstorben waren. Nach dem Tod ihres Mannes war der Tisch auf dem Dachboden gelandet, aber nach Emmas Aufruf hatte sie sich bereit erklärt, den Tisch zu spenden, wofür Emma ihr überaus dankbar war.

Daneben befand sich ein Wandregal, von der Gemeindebibliothek hatte Emma eine Auswahl von Büchern gespendet bekommen. Liebesromane und Krimis, aber auch Jugendliteratur, Comics und eine Handvoll Fantasybücher. An der Seite stand eine Couch, die sie günstig bei Ebay erworben hatte. Der Vorbesitzer, ein Farmer aus der Nähe von Vancouver, hatte sie heute Morgen mit seinem Pick-up geliefert und war auch noch so nett gewesen, sie zusammen mit Jamie ins Haus zu tragen. Auf der anderen Seite des Raums befand sich eine kleine Küchenzeile, die über einen Kühlschrank, eine Mikrowelle und einen Herd verfügte. So war es den Jugendlich auch möglich, zusammen zu kochen und dann gemeinsam am Tisch zu essen. Emma wusste, wie wichtig diese Aktivitäten waren und den Zusammenhang in der Gruppe stärkten. Es hatte sie viele Diskussionen gekostet, Jamie klarzumachen, dass es notwendig war, vor dem Jugendhaus einen Sportplatz anzurichten. Nicht nur für die Jugendlichen aus dem Ort, sondern auch aus den Nachbargemeinden. Als Emma schon mit dem Gedanken gespielt hatte, zu kapitulieren, hatte Jamie schließlich nachgegeben. So hatten sie einen Basketballplatz mit zwei Körben bauen lassen. Dazu gehörten im hinteren Bereich des Hauses ein paar sanitäre Einrichtungen mit Duschen und Spinden. Ein Skaterpark stand auch noch auf ihrer Liste, aber es würde ihr noch einige Überzeugungskraft abverlangen, die Creeks von dieser Investition zu überzeugen.

Jamie hatte ihr vorgerechnet, wie teuer ihre Anschaffungen waren, aber Emma hatte nur mit den Schultern gezuckt. Er hatte sie schließlich nach Golden Creek geholt, damit sie etwas für die Jugendlichen hier tat. Die finanziellen Aspekte fielen nicht in ihren Verantwortungsbereich.

Jamie hatte ihr den enorm hohen Kostenvoranschlag für den Park vor die Nase gehalten und sie wütend angesehen, aber sie hatte ihm geduldig immer wieder das Konzept dahinter erläutert. Jedes Kind habe einen Anspruch auf ein Zuhause. Idealerweise bestand dies bei seiner Familie, aber manchmal ging das nicht und so musste man woanders schaffen. Das war ihre Aufgabe, und wenn die Kids eines Tages hier waren und sich wohlfühlten, so wohl, dass sie es für nichts auf der Welt wieder aufgeben wollen, dann hatte sie es richtig gemacht. Dann würden sie vielleicht auch nicht auf dumme Gedanken kommen.

Sie war mit ihrer Arbeit zufrieden und freute sich schon auf die Reaktionen der Creeks. Emma spielte noch mit dem Gedanken, ein paar Fahrräder zu organisieren, die man gegen Pfand ausleihen konnte. So war es auch für die Jugendlichen, die wenig Geld besaßen, einfacher, sie zu nutzen.

»Mom?«

Überrascht drehte Emma sich um und sah Ben im Türrahmen stehen. Er wirkte niedergeschlagen und müde.

»Ben? Was machst du denn hier? Ist was mit Ally?«

Dass er hier im Jugendhaus auftauchte, versetzte sie in Panik. Er trat unbeholfen von einem Bein auf das andere und sah sich im Raum um.

»Ist toll geworden. Wann ist die Eröffnung?«

»In zwei Wochen. Aber deswegen bist du nicht hier. Was ist los?« Emma ging zu ihm hinüber und strich ihm zärtlich eine Haarsträhne aus der Stirn. Ben verzog das Gesicht bei dieser Berührung.

»Es ist nichts.«

Sie stieß ihn mit der Schulter an. »Du bist hierhergelaufen, weil du mir nichts zu sagen hast? Hätte das nicht bis heute Abend Zeit gehabt?«

Ben seufzte schwer und sah seine Mutter mit großen Augen an. »Ally würde gerne bei uns wohnen.«

Darüber hatten sie schon einige Male diskutiert, und so gern Emma Ally bei sich aufnehmen wollte, letztendlich war es die Entscheidung des Jugendamts.

Sie legte Ben die Hand auf die Wange. »Wir können Ally nicht bei uns aufnehmen. Wer weiß, wie lange wir hierbleiben, und es wäre unfair von uns, sie aus ihrem sozialen Umfeld herauszureißen, wenn wir zurück nach Calgary ziehen. Sie geht hier zur Schule, hat ihre Freunde hier. Hier hat sie Hilfe.«

»Wir sind doch auch für sie da und wer sagt denn, dass wir wieder zurückgehen werden?«

Überrascht zuckte Emma ein wenig zurück. »Du willst hierbleiben? In Golden Creek? Für immer?« Damit hatte sie nicht gerechnet. Sie hatte nicht den Eindruck gehabt, dass es Ben hier so gut gefiel, dass er mit dem Gedanken spielte, Calgary den Rücken zu kehren. Dort waren seine Freunde, seine Schulkameraden. Dort fand sein Leben statt. Das hier sollte doch nur eine Pause sein.

Ben zuckte mit den Schultern. »Warum nicht? Hier ist es nicht so übel. Außerdem ...«

Ben stockte und Emma wartete ab. Er zupfte an einem losen Faden seines Hoodies und kaute auf seiner Unterlippe herum. »Habe ich Dad gefunden.«

Emma setzte sich kerzengerade auf. Ihr Mund war staubtrocken und ihr Herz begann zu rasen. »Tatsächlich?« Mehr brachte sie nicht über die Lippen. Ihre Gedanken überschlugen sich. Sie hatte nicht gewusst, dass seine Suche so aktiv gewesen war. Natürlich hatte sie den Privatdetektiv nicht vergessen, aber Ben hatte bisher nichts erwähnt, also war sie davon ausgegangen, dass er ihn bislang nicht gefunden hatte. Was wohl ein Fehler gewesen war.

Emma wollte sich für ihn freuen, doch die Vorstellung machte ihr Angst. Was, wenn Jonah ernsthaftes Interesse für Ben hatte? Natürlich wünschte sie sich das für ihren Sohn, aber würde Jonah ihn ihr wegnehmen wollen? Oder wollte

Ben vielleicht jetzt lieber bei seinem Vater leben? Ihre Gedanken überschlugen sich und Emma glaubte kaum noch Luft zu bekommen. Ben schien von ihre Gefühlsgewitter nichts mitzubekommen und Emma war dafür wirklich dankbar.

»Er wohnt in Kingston. Ich habe schon nachgesehen, das ist ungefähr zehn Kilometer von hier entfernt.«

Emma wurde heiß und kalt zugleich. Sie blickte sich suchend nach einer Sitzgelegenheit um, und als sie nichts fand, setzte sie sich auf den Boden.

»Das ist ja fantastisch. Willst du ihm schreiben?«

Ben nickte und starrte auf seine Hände. »Der Privatdetektiv hat mir seine Telefonnummer gegeben. Ich habe schon mit ihm telefoniert. Er klingt nett.«

Er hatte schon mit Jonah gesprochen? Panik machte sich in ihr breit. Das ging ihr alles viel zu schnell.

Ben schien ihr Gefühlschaos nicht wahrzunehmen, denn er sprach einfach weiter. »Er kommt uns nächste Woche besuchen. Ist das okay?«

Nein, war es nicht. Oder doch? Was wäre in pädagogischer Sicht sinnvoll? Wie sollte sie reagieren? Dann schließlich nickte sie. Zu mehr war sie gerade nicht in der Lage. Sie wusste nicht, ob ihr der Gedanke gefiel, Jonah wiederzusehen, aber wie es aussah, hatte sie keine Wahl. Nicht nur sie war eine Mutter, auch Jonah war ein Vater und hatte ein Recht auf sein Sohn. Wenn auch vierzehn Jahre zu spät.

25

Emma nippte an ihrem Bier, während Jamie ihr gegenüber saß und ihre Süßkartoffelchips aß. Sie sassen im hinteren Bereich der Bar und Emma ließ ihren Blick durch die Menge gleiten.

Das *Rosie's* war heute gut besucht, nur einzelne Plätze an der Bar waren noch frei. »Ich hätte nicht gedacht, dass es mir so leichtfallen würde. Hier zu leben, meine ich.«

Jamie, der ihr gegenüber saß, sah auf. »Warum nicht?«

»Keine Ahnung. Sie haben mir alle damals das Leben schwer gemacht. Ich war der Meinung, dass sie dort weitermachen, wo sie aufgehört haben.«

»Nicht alle«, murmelte Jamie, aber Emma konnte ihn trotzdem verstehen.

»Nein, du hast recht. Nicht alle.« Aber viele von ihnen. Trotzdem hatte bis auf Mr. Grabowitz, dem sie seit ihrem ersten Tag in Golden Creek nicht mehr begegnet war, keiner an die Unstimmigkeiten von damals angeknüpft. Das Gegenteil war der Fall gewesen, wie sie zugeben musste.

»Wie geht es eigentlich Rita und Lou? Sind sie immer noch so nervtötend?«

Sie zeigte mit einer Süßkartoffelpommes auf ihn. »Das solltest du sie nicht hören lassen. Lou ist als Hochzeitsplanerin in Calgary tätig und genießt ihr Leben in vollen Zügen. Sie liebt es, die Hochzeiten anderer Leute zu organisieren, aber sobald du sie auf ihre eigene ansprichst, fährt sie die Krallen aus. Sie ist durch und durch Single.«

»Das kann ich mir richtig gut vorstellen. Sie war immer die Wildeste von euch dreien. Cooper kann davon bestimmt ein Lied singen.«

Emma erinnerte sich noch gut an die Liebesbeziehung ihrer Schwester und dem Barkeeper. Damals hatte Coop gerade eine Goldmedaille bei den olympischen Spielen gewonnen und man sagte ihm eine enorme Karriere voraus. Aber er hatte nur Augen für Lou. Vermutlich gab es in ganz British Columbia keinen Mann, der so in eine Frau verliebt gewesen ist, wie Cooper. Es tat ihr unendlich leid, dass mit ihrem Umzug auf diese Liebesgeschichte zerstört worden war und Emma wurde das Gefühl nicht los, dass Lou ihr das nie verziehen hatte.

»Das würde mein Vater so wohl nicht unterschreiben.« In seinen Augen war immer sie die Unberechenbarste gewesen, das wusste Emma. Das *unkalkulierbare Risiko*, wie er sie damals genannt hatte, bevor sie weggezogen waren. Sie hatte das Gespräch zwischen ihm und ihrer Tante Elinor belauscht und gehört, wie er mit ihr über sie gesprochen hatte.

Ich weiß nicht, was als Nächstes geschieht, Elli, und das macht mir Angst. Es ist besser, wenn wir Golden Creek verlassen und zu dir kommen.

»Und was ist mit Rita?«, riss Jamie sie aus ihren Gedanken.

»Sie ist Kunstlehrerin und seit drei Jahren mit Paul verheiratet. Er ist der Coach des Footballteams an einer Highschool.« Emma seufzte und strich sich eine Haarsträhne aus dem Gesicht. »Ich hoffe, sie ist glücklich.«

»Du hoffst?«

Emma zuckte mit den Schultern. »Sie wollen Kinder, aber es scheint nicht recht zu klappen.«

Dass ihrer großen Schwester der Kinderwunsch verwehrt blieb, setzte Emma zu. Rita hatte immer von einem ganzen Stall an Kindern geträumt, aber nach drei Fehlgeburten hatten die Ärzte ihr erst mal geraten, abzuwarten.

Immer, wenn sie mit Rita darüber sprechen wollte, wechselte diese das Thema und Emma gab nach. Obwohl sie Ben über alles liebte, kam es ihr manchmal unfair vor, dass sie damals ohne Weiteres schwanger geworden war, während ihre Schwester so sehr darum kämpfen musste – und das auch noch erfolglos. Vielleicht sollte sie das Thema wechseln.

Sie nippte an ihrem Bier und blickte Jamie über den Rand ihrer Flasche an. »Ben hasst mich«, murmelte Emma.

»Hass ist ein ziemlich starkes Wort. Du müsstest wissen, dass das nicht stimmt. Er ist nur aufgewühlt. Warum kannst du Ally nicht bei euch aufnehmen?«

»Weil wir nicht hierbleiben werden, und ich kann Ally nicht zumuten, mit uns nach Calgary zu ziehen.«

Jamie nickte und stellte seine Flasche ab. »Dann war es wohl die richtige Entscheidung.«

Emma blickte ihn zerknirscht an. »Warum fühlt es sich dann nicht so an?«

»Die Antwort musst du dir schon selbst geben.«

Emma seufzte und ließ ihren Blick durch das *Rosie's* wandern. Die Bar hatte sich im Laufe der Jahre kaum verändert und trotzdem fühlte sich alles ganz anderes an.

Warum fiel es ihr nur so schwer, eine richtige Entscheidung zu treffen?

26

»Setz dich bitte zu uns, Ally«, sagte Emma und ließ sich am Küchentisch nieder. Ben saß bereits am Tisch, biss in einen Pancake, der nur so von Jack Monroes Ahornsirup triefte, und wartete, während Ally das Chaos beseitigte, das sie in der Küche angerichtet hatte. Emma blendete die vielen Schüsseln, Teigflecken auf dem Boden und die Zuckerstreusel auf der Arbeitsfläche aus und konzentrierte sich auf ihre Worte.

Langsam ließ sich Ally neben Ben nieder und legte ihre Hände auf die Tischplatte.

»Wir haben jemanden gefunden, der dich aufnehmen würde.«

Ally versteifte sich und starrte auf ihre Finger. Emma fühlte sich schrecklich, sie wusste, dass Ally gehofft hatte, bei ihr und Ben leben zu können.

»Was heißt das, du hast jemanden gefunden? Ich dachte, Ally bleibt bei uns?«, rief Ben.

Emma seufzte und griff nach Allys Hand. »Du kannst nicht hierbleiben. Ben und ich werden nach diesem Jahr wieder zurück nach Calgary gehen und ich kann mich nicht um zwei Teenager kümmern.«

Ben ließ seine Gabel fallen. »Du hast es gar nicht versucht, stimmt's?«

»Das ist nicht fair, Ben.«

»Nein, Mom, das ist es wirklich nicht. Ally hat niemanden hier und sie ist doch sowieso schon hier bei uns. Für dich wäre es viel einfacher sie aufzunehmen. Aber du willst nicht.«

Emma schloss die Augen und atmete tief ein. Sie würde dieses Gespräch ruhig und besonnen über die Bühne bringen.

»Natürlich möchte ich, dass Ally bei uns bleibt. Aber das ist nicht so einfach.«

Ben beugte sich über den Tisch zu ihr herüber. »Du willst sie nicht hier haben, genauso wenig wie du willst, dass ich meinen Vater kennenlerne. Du bist unglaublich egoistisch, Mom.«

Damit sprang er auf, stürmte nach draußen und schlug die Haustür hinter sich zu. Seufzend ließ Emma den Kopf hängen.

Es war eine Sache, anderen Erziehungstipps zu geben, aber eine ganz andere, sie beim eigenen Kind zu befolgen.

»Es tut mir leid. Das ist meine Schuld.« Ally lächelte schwach, aber Emma konnte die Tränen in deren Augen sehen und griff nach ihrer Hand.

»Dieses Gespräch ist nicht so gelaufen, wie ich es mir erhofft hatte. Ben beruhigt sich schon wieder. Ich habe dich nicht aufgegeben, Ally. Nur kümmert sich das Jugendamt um dich und sie haben wohl schon eine Pflegefamilie für dich gefunden Wir bleiben weiterhin in Kontakt. Vielleicht finden wir ja noch eine andere Lösung.«

Ally nickte, aber zuversichtlich sah sie nicht aus.

»Also, wie heiß ist er? Von eins wie ›ein lauwarmes Lüftchen‹ bis zehn wie ›Verdammt, er hat meinen Slip in Brand gesetzt‹?«

»So was sagt doch niemand«, warf Rita ein und musterte Lou mit einem strengen Blick. Emma starrte auf ihren Bildschirm und sah zwischen ihren beiden Schwestern hin- und her, während sie im Schneidersitz auf dem Sofa saß und sich ein Glas Weißwein gönnte. Ben war vor einer Stunde mit Ally verschwunden und Emma hatte die Zeit genutzt, um alleine mit ihren Schwestern. zu telefonieren. So konnte sie den beiden den neusten Golden-Creek-Klatsch mitteilen. Ben langweilte sich nur darüber und verdrehte bei ihren Anekdoten jedes Mal die Augen.

Es war das erste Mal, seit sie in Golden Creek lebte, dass sie mit ihren beiden Schwestern über Skype sprach. Sie vermisste sie. »Ich kann nicht glauben, dass du das gerade wirklich gesagt hast, Lou«, murmelte Emma und betrachtete ihre Schwester, die sie mit einem Kochlöffel in der Hand angrinste.

Ihre Schwestern standen in Lous Küche und waren gerade dabei, ein neues veganes Gericht für eine bevorstehende Hochzeit zuzubereiten, für dessen Planung Lou verantwortlich war. Sie hatte sich in Calgary einen Namen als Hochzeitsplanerin gemacht und versuchte nun, wann immer es ihr möglich war, in ihrer Wohnung Hochzeitstorten, Petits Fours oder Fünf-Gänge-Menüs zuzubereiten. Emma hatte Lou einmal gefragt, warum sie sich die Arbeit überhaupt antäte, schließlich gäbe es hierfür ja Konditoren und Köche, aber sie hatte nur mit den Schultern gezuckt. »Ich sammle alle Eindrücke, Gedanken und Wünsche meiner Kunden und zaubere für sie die perfekte Hochzeit. Dafür muss ich erst ein wenig experimentieren, damit ich für jedes Paar das richtige Menü zusammenstellen kann.« Lou hatte nie vor, selbst zu heiraten, aber sie wollte für ihre Kunden, dass sie die perfekte Hochzeit bekamen.

»Wenn ich mich recht erinnere, hat noch kein Kerl meine Unterwäsche in Brand gesteckt. Ist so was überhaupt möglich?«

»Ach, da könnte ich dir Geschichten erzählen«, trällerte Lou, während sie sich eine Spaghetti aus dem Kochtopf angelte.

»Lieber nicht. Ich bin schon mit meinem nicht vorhandenen Liebesleben hoffnungslos überfordert.«

»Was im Grunde genommen deine eigene Schuld ist. Du hättest Ethan schon viel früher in die Schranken weisen müssen.«

Emma stöhnte auf. »Können wir das Thema nicht wechseln?«

»Du hast uns nie gesagt, was dich letztendlich dazu getrieben hat, mit ihm Schluss zu machen«, stellte Rita fest und warf ihr einen fragenden Blick zu. »Ich dachte immer, er wäre ein guter Kerl.«

Vielleicht sollte sie ihren Schwestern die Wahrheit erzählen, damit sie mit dem Thema abschließen konnten.

»Ich habe seine Frau kennengelernt.«

Rita runzelte die Stirn. »Von der er sich getrennt hat?«

Emma stöhnte und schüttelte den Kopf. »Erinnert ihr euch an den Abend als wir uns den neuen James Bond im Kino angesehen haben? An dem Tag kam er von einem Meeting aus Vancouver zurück.«

»Und?«

»Er hat mir erzählt, dass er geschäftlich dort gewesen ist. Stattdessen hatte er einen Notartermin.« Emma atmete tief durch. »Er hat ein Haus gekauft.«

Rita riss die Augen auf. »Für euch beide?«

»Für ihn und seine Frau.«

»Moment mal, was?«, rief Lou und drehte sich zur Kamera. »Hat der Kerl dir nicht erzählt, er hat die Scheidung eingereicht und es wären alles nur noch Formalia?«

»Das war seine Vision der Geschichte. Seine Frau hat mir etwas anderes erzählt.«

»Im Ernst? So ein Mistkerl! Ich sags ja immer: Trau keinem Kerl über achtzehn und unter achtundneunzig.«

Emma verschluckte sich an ihrem Wein. »Das habe ich nicht gehört. Achtzehn ist schon noch sehr jung, Lou. Du bist schließlich schon zweiunddreißig.«

»Dreißig ist das neue Zwanzig habe ich mir sagen lassen und außerdem spielt bei der wahren Liebe das Alter keine Rolle.«

Rita runzelte die Stirn und ging nicht weiter auf den Kommentar ihrer jüngeren Schwester ein.

»Aber da kam Jamies Angebot ja gerade richtig, oder nicht?«, sagte sie an Emma gerichtet.

»Ja. Aber ich weiß nicht, ob ich es unter anderen Umständen auch angenommen hätte.«

»Spielt das denn eine Rolle? Vielleicht musste alles so kommen. Ich bin mir ziemlich sicher, wenn du Miss Julie fragen würdest, dann würde sie sagen, die Karten haben alles schon vorher gewusst.«

Rita lachte. »Stimmt. Vermutlich hat sich Jamie zuvor die Karten legen lassen und nur deshalb hat er dich gebeten, zurückzukehren.« Ihre Schwester lachte, aber Emma lief ein Schauer über den Rücken. Konnte Rita recht haben? Zuzutrauen wäre es Jamie. Und auch Miss Julie. Was, wenn das der einzige Grund dafür war, dass Jamie sie zurückgeholt hatte?

»Hey, das war ein Witz!«

Emma schüttelte den Kopf. »Aber es könnte möglich sein.«

»Na und? Ist es letztendlich nicht egal, warum er dich gebeten hat, bei ihm zu arbeiten?«

Emma antwortete nicht darauf, aber streng genommen hatte Lou recht. Dennoch verspürte sie einen Stich bei dem Gedanken, dass Jamie sie nicht wegen ihrer Kompetenz gebeten hatte, für ihn zu arbeiten. Wobei, wenn sie es sich recht überlegte, konnte Jamie gar nicht wissen, wie gut sie in ihrem Job war. Sie hatten kaum je über ihre Arbeit gesprochen, und als Emma ihn gefragt hatte, ob er für seine Unterlagen ein offizielles Bewerbungsschreiben von ihr benötigte, hatte er nur den Kopf geschüttelt. Somit hatte er auch keine Referenzen von ihr gesehen. Ihr wurde schlecht.

Sie versuchte, einen klaren Gedanken zu fassen, aber sie wusste, sie würde diese Nacht nicht schlafen können, wenn sie nicht zuvor mit Jamie sprach. Ohne weiter auf ihre Schwestern zu achten, griff sie nach ihrem Handy und schrieb Jamie eine WhatsApp-Nachricht.

Hast du mich nach Golden Creek zurückgeholt, weil Miss Julie dir die Karten gelegt hat?

Sie sah, wie die Nachricht versendet wurde und wie binnen Sekunden zwei graue Häkchen auf dem Display erschienen. Er hatte sie bekommen. Jetzt musste sie nur noch warten, bis er sie gelesen hatte. Aber das konnte ewig dauern. Soweit sie wusste, war Jamie heute Abend mit einer Bekannten ausgegangen. Vermutlich traf er sich mit Betty. Warum zum Teufel machte er so ein Geheimnis daraus?

Sie konzentrierte sich wieder auf das Gespräch mit ihren Schwestern. Egal, aus welchem Grund er sie zurückgeholt hatte, sie würde es wohl erst morgen erfahren.

»Okay, Themenwechsel«, bestimmte Lou. »Auf einer Skala von eins bis zehn: Wie heiß ist dieser Lian? Und denk daran, eine zehn macht ihn praktisch zu einem Gott.«

Emma stöhnte und goss sich noch etwas Wein ein. Zwar bestand damit auch die Gefahr, dass sie Dinge von sich geben würde, die sie später bereute, doch dies waren ihre Schwestern, und wenn es jemanden gab, dem Emma voll und ganz vertraute, dann waren es Lou und Rita.

»Eine zehn. Tendenz zu elf. Er könnte mir richtig gefährlich werden.«

Rita sah sie überrascht an. »Das habe ich ja von dir noch nie gehört. Du machst uns echt neugierig. Aber es gibt einen Haken, richtig?«

Emma konnte ihnen echt nichts vormachen. Ihre Schwestern besaßen die Gabe, in ihrem Gesicht zu lesen.

»Es gibt immer einen Haken«, sagte Lou und war gerade dabei das Gemüse klein zu schneiden.

Emma seufzte auf. »Offiziell ist er noch verlobt, aber eigentlich hat er sich von seiner Freundin getrennt.«

Lou runzelte die Stirn. »Okay, das hört sich nach einer Menge Drama an.«

»So schlimm ist es nicht. Er und Claire haben sich getrennt, aber offiziell haben sie es noch nicht beendet, weil sie es ihrer Tante schonend beibringen möchte. Es ist ein wenig kompliziert, nur ist es so, dass Claire ihn immer noch liebt.«

Rita sah sie mitfühlend an. »Was ist mit ihm?«

»Er hat damit abgeschlossen. Zumindest behauptet er das.«

»Und du weißt nicht, ob du ihm glauben kannst?«

»Nach der Sache mit Ethan erklärt sich das wohl von selbst, oder?«

»Ich würde ihn einfach fragen«, meinte Rita und biss in eine Karotte. »Was hast du zu verlieren?«

Gerade als sie antworten wollte, vibrierte ihr Handy und eine Nachricht traf ein. In der Hoffnung, Jamie hätte sich bei ihr gemeldet, wischte sie über das Display und runzelte die Stirn.

Ich stehe vor deiner Tür. Können wir reden?

Lian? Was wollte er hier?

»Wartet kurz«, sagte Emma und lief zur Tür.

Sie öffnete die Tür und erstarrte augenblicklich.

»Hey!« Okay, gerade eben tanzten die Schmetterlinge in ihrem Bauch Rumba.

»Hey«, murmelte er und lächelte verlegen. »Ich finde meine Geldbörse nicht mehr und dachte, dass ich sie vielleicht bei dir verloren habe?«

»Oh«, murmelte sie. »Das tut mir leid, aber ich habe nichts gefunden.«

»Kann ich kurz selbst ... nachsehen?«

»Natürlich.« Emma nickte schnell und trat zur Seite. Wann war er denn zuletzt bei ihr gewesen? Emma dachte fieberhaft darüber nach, aber irgendwie war ihr Kopf wie vernebelt.

»Danke«, sagte Lian und ging an ihr vorbei. Erst als er im Haus stand, nahm sie das Lachen ihrer Schwestern war und verfluchte sich einen Moment dafür, dass sie ihn nicht abgewimmelt hatte. Nicht, weil sie nicht mit ihm zusammen sein wollte, sondern weil sie ihn ihren Schwestern nicht zum Fraß vorwerfen wollte.

Lian betrat das Wohnzimmer, sofort fiel sein Blick auf den Laptop.

»Störe ich gerade?«

»Nein, tun Sie nicht«, rief ihre Schwester Lou und Emma überlegte einen Moment lang, ihr den Hals umzudrehen.

»Das sind meine Schwestern Louisa und Rita.«

»Hey«, rief Rita und schenkte ihm ein warmes Lächeln. Lou wiederum ging sofort zum Angriff über.

»Setzen Sie sich. Sind Sie der Anwalt?«

Lian zog eine Augenbraue nach oben und warf Emma einen fragenden Blick zu. Am liebsten wäre sie im Erdboden versunken. Warum hatte sie vorhin den Laptop nicht einfach zugeklappt?

»Ja, ich schätze, der bin ich.«

Lou nagelte ihn mit ihrem Blick förmlich fest. Genau jetzt, in diesem Moment, ließ Lou die ältere Schwester heraushängen. Emma wusste nicht, ob ihr das gefiel. Schließlich war sie keine fünfzehn mehr.

»Gut, dann kennen Sie sich ja mit Verhören aus. Finden Sie Emma heiß?«

»Lou!«, zischte Emma und wäre am liebsten im Erdboden versunken.

Lian begann zu lachen und Emma spürte, wie ihre Wangen heiß wurden. Fand er das so lustig, dass er sie auslachte? Peinlicher konnte das ja gar nicht mehr werden.

»Eine direkte Frage erfordert eine direkte Antwort, daher: ja, sehr sogar.«

Rita schnappte nach Luft und Lou pfiff leise. Emma stockte der Atem und jetzt glühten ihre Wangen echt. Hatte sie ihn richtig verstanden? Er fand sie attraktiv? Er, der mit Miss Cosmopolitan verlobt gewesen war?

»Okay. Mehr wollte ich für den Anfang gar nicht wissen. Wir ziehen uns jetzt besser zurück. War nett, Sie kennengelernt zu haben, Lian. Ich hoffe, wir laufen uns mal persönlich über den Weg.«

»Das hoffe ich auch.«

Emma atmete erleichtert aus und bemerkte erst jetzt, dass sie den Atem angehalten hatte. In diesem Moment vibrierte ihr Handy, eine Nachricht von Jamie erschien. Nur ein einziges Wort, aber es sagte alles aus.

Ja.

Da hatte sie ihre Wahrheit und ehrlich gesagt hatte sie keine Ahnung, was sie damit anstellen sollte. Sie würde sich später damit beschäftigen. In aller Ruhe.

»Ach, noch was, Lian.«

Lous Stimme riss sie aus ihren Gedanken. Irritiert drehte sie sich zum Bildschirm ihres Laptops. Was hatte Lou vor?

Lian warf ihr einen kurzen Blick zu, lenkte ihn dann zurück auf ihre Schwester. »Ja?«

»Emma findet Sie auch heiß.«

Emma schnappte nach Luft, aber da hatte Lou auch schon die Verbindung unterbrochen. Sofort schoss Hitze in ihre Wangen und Emma schloss die Augen. Sie würde ihrer Schwester den Hals umdrehen. Noch ehe Lian etwas sagen konnte, begann Emma zu sprechen. Angriff war schließlich die beste Verteidigung.

»Es gut mir leid wegen meiner Schwester. Sie hat heute noch nichts gegessen und das schlägt sich bei ihr aufs Gemüt. Sie wird dann immer ein wenig unberechenbar. Ist wie bei den Gremlins, nur umgekehrt. Meistens sagt sie auch Dinge, die sie nicht so meint.«

Lian grinste sie weiterhin an.

»Du musst sie für komplett durchgeknallt halten.«

Lian schmunzelte. »Ein bisschen vielleicht.« Er blickte erneut in Richtung Laptop. »Deine Schwester hat ein sehr resolutes Wesen.«

»Das ist noch untertrieben. Sie hätte in die Politik gehen sollen.«

»Es ist selten, dass jemand so offen die Wahrheit ausspricht.«

»Wie kommst du darauf, dass sie nicht gelogen hat?«

Er grinste weiterhin, als er einen Schritt auf sie zumachte.

»Hat sie denn gelogen, als sie gesagt hat, dass du mich heiß findest?«

Emma schluckte. Aus der Nummer kam sie wohl nicht mehr heraus. Und wenn sie ehrlich zu sich selbst war, wollte sie das auch gar nicht.

Jetzt war er ihr so nah, dass sie sein Eau de Toilette riechen konnte. So nah, dass sie nur die Hand ausstrecken musste, um ihn zu berühren.

Emma schüttelte den Kopf. »Nein«, flüsterte sie. Himmel, was war nur mit ihr los?

Lian kam noch einen Schritt auf sie zu und ihr wurde immer wärmer. Warum hatte niemand daran gedacht, in diesem Haus eine Klimaanlage einzubauen? Er hob die Hand und strich ihr sanft eine Haarsträhne aus dem Gesicht.

Emma wurde das alles zu viel. Sie war nicht alleine im Haus, Ben und Ally schliefen oben in ihren Zimmern. Sie musste Abstand zu ihm gewinnen.

»Du wolltest deine Geldbörse suchen«, erinnerte sie ihn.

Ein schuldbewusstes Lächeln umspielte seine Lippen.

»Wie sieht es für mich aus, wenn ich sage, dass ich gelogen habe?«

Seine Worte versetzten ihr einen Stich und sie zuckte zurück. Lians Augen weiteten sich und er schüttelte den Kopf.

»In Bezug auf mein Portemonnaie«, sagte er schnell. »Ich habe es nicht verloren.«

»Aber …«

»Das war nur eine Ausrede, um bei dir klingeln zu können.«

Er hob die Hand und rieb sich den Nacken. Anscheinend war ihm das unangenehm.

Emma schnalzte mit der Zunge. »Herr Anwalt, ich muss schon sagen. Das ist ein Vortäuschen falsche Tatsachen und das wird …«

»… mit einem Abendessen bestraft. Wie wäre es morgen? Bei mir zu Hause.«

Emma lächelte. »Sehr gerne. Ich freue mich.«

27

Am Samstagmorgen klingelte es an seiner Tür und Lian entdeckte Claire auf seiner Veranda.

Als hätte sie seine Anwesenheit gespürt, drehte sie sich zu ihm um. Sie sah müde aus.

»Hey«, murmelte er und sein Blick wanderte die Straße entlang, aber außer ihnen beiden war keine Menschenseele unterwegs. Dabei war es gerade einmal Nachmittag. Aber das lag vermutlich daran, dass sein Haus am Ende der Straße lag, verdeckt von lauter Bäumen.

»Hey«, wisperte sie und lächelte ihn unsicher an. »Ich wollte dich nicht stören, aber ich denke, wir müssen uns unterhalten.«

Er presste die Lippen aufeinander. Für ein Gespräch dieser Art hatte er gerade keinen Kopf. Aber Claire sah so verwundbar aus, dass er es nicht über sich brachte, sie fortzuschicken.

»Komm rein«, sagte er und hielt ihr die Tür auf.

»Möchtest du etwas trinken?«

»Ein Glas Wasser wäre nett.«

Er nickte, goss ihr frisches Wasser in ein Glas und ließ eine Scheibe Zitrone hineinfallen.

Dann stellte er es vor ihr auf den Tisch.

Claire lächelte unsicher. »Du hast es nicht vergessen.«

»Warum bist du hier?«

Sie schluckte und fuhr mit dem Zeigefinger über den Rand des Glases.

»Lian, ich dachte ...« Sie schloss die Augen und schluckte. »Das mit uns ...«

Er lehnte sich mit der Hüfte gegen die Arbeitsfläche und verschränkte die Arme vor der Brust. »Es gibt kein uns mehr.«

»Weil du das so entschieden hast.«

»So laufen meistens Trennungen ab. Einer von beiden zieht einen Schlussstrich.«

»Und was ist mit mir? Zählen meine Gefühle nichts?«

Er seufzte und ließ den Kopf hängen. »Es tut mir leid.«

Sie warf die Hände in die Luft. »Das sagst du ständig.«

»Weil es so ist.«

»Hat es was mit Emma zu tun?«

Sein Blick wurde hart. »Nein.«

»Bist du dir sicher? Ich habe euren Kuss gesehen! Und Gerüchte gehört.«

»Ich bin vor vier Monaten aus deiner Wohnung ausgezogen, Claire. Zu diesem Zeitpunkt kannte ich Emma noch gar nicht.«

»Du bist nicht *ausgezogen*. Du hast dir dieses Haus gekauft, um ›dich selbst zu verwirklichen‹.« Sie sagte das in ihrem typischen herablassenden Ton und malte dabei Gänsefüßchen in die Luft. Das war einer der Gründe gewesen, aus denen er gewusst hatte, dass das zwischen ihnen nicht mehr funktionieren würde. Einer von vielen.

»Wollen wir wirklich darüber diskutieren?« Er atmete tief aus. Er hatte auf diese Art von Gespräch keine Lust. Es gab tausend andere Dinge, die er jetzt gerne tun würde. Eine Wurzelbehandlung zum Beispiel.

»Ich frage dich noch mal, Claire: Was willst du?«

Sie schluckte und verschränkte ihre Arme vor der Brust.

»Ich bin schwanger.«

Alles um ihn herum wurde still. Er starrte Claire an, ihre Lippen zitterten und eine Träne lief ihr über die Wange. »Das war immer unser gemeinsamer Wunsch, Lian. Ein Baby. Und du weißt, dass ich niemals eine alleinerziehende Mom sein wollte.«

Das wusste er. Sie selbst war ohne Vater groß geworden und hatte immer darunter gelitten. Immer noch sprachlos, starrte er sie an. Ein Kloß bildete sich in seiner Kehle.

Wenn es einen Moment für den beschissensten Zeitpunkt der Welt gäbe, dann wäre es dieser.

Er stieß sich ab, marschierte in sein Arbeitszimmer und warf die Tür ins Schloss.

»Fuck!«, brüllte er und boxte gegen die Wand. Nicht, weil er kein Kind haben wollte. Allerdings wollte er eine Familie mit einer Frau gründen, die er liebte – und Claire war nicht mehr diese Frau.

Natürlich war das nicht die sensibelste Art und Weise, damit umzugehen, und es tat ihm leid, dass er Claire alleine im Wohnzimmer zurückgelassen hatte. Aber er musste erst einmal selbst damit klarkommen. Niemals hätte er damit gerechnet. Das warf seine Pläne komplett durcheinander. Es klopfte an der Tür.

»Komm rein.«

Sie öffnete sich einen Spalt und Claire steckte den Kopf herein.

»Ich wollte nur sehen, ob es dir gut geht.«

Fuck! Eigentlich hätte er ihr diese Frage stellen sollen. Was war er nur für ein Mistkerl. Er wischte sich über das Gesicht und sah sie an. Dunkle Ringen waren unter ihren Augen zu sehen. Sie wirkte, als hätte sie tagelang nicht geschlafen. Vermutlich war es auch so.

»Wie geht es dir?« Und dem Baby?

Sie zuckte mit den Schultern. »So weit ganz gut. Ich weiß es schon eine ganze Weile.«

»Warum hast du nichts gesagt?«

»Ich habe nach dem richtigen Zeitpunkt gesucht. Ich wollte nicht, dass du denkst, ich versuche dich mit dem Baby an mich zu binden.«

»Tust du nicht?«

»Nein.« Ihre Stimme wurde hart. »Du hast ein Recht darauf, zu erfahren, dass du Vater wirst. Aber natürlich habe ich gehofft, dass wir wieder zueinanderfinden werden.«

»Wie weit bist du?«

»Achtzehnte Woche. Es ist passiert in der Nacht, bevor du ...« Bevor er ausgezogen war. Er erinnerte sich daran.

»Ich weiß es seit ungefähr fünf Wochen.« Sie strich sich mit der Hand über den Bauch und Lian wurde mulmig zumute. Claire bekam ein Baby. Ihr gemeinsames Kind. Das Schicksal streckte ihm den Mittelfinger entgegen. Er lachte kurz auf, aber selbst in seinen Ohren klang es nicht besonders glücklich. Lian rieb sich den Nacken und sah sie entschuldigend an. Das, was er zu sagen hatte, würde ihr nicht gefallen.

»Ich werde dich bei allem unterstützen und möchte am Leben des Kindes teilhaben. Ich werde immer für euch beide da sein. Wenn du Hilfe benötigst, ruf mich einfach an.«

Claire schluckte schwer, dann begann sie zu nicken.

»Mehr hast du nicht zu sagen?«

Langsam schüttelte der den Kopf. Nein. Darüber musste er nicht mehr nachdenken. Er hatte sich lange genug den Kopf darüber zerbrochen. Er würde ein guter Vater für sein Kind werden, aber kein Partner mehr für die Mutter. Wenn ihn das zu einem Mistkerl machte, dann konnte es auch nicht ändern. Aber er würde nicht mit einer Frau zusammenleben, die er nicht mehr liebte.

»Wenn es das ist, was du willst. Dann sollten wir es endlich offiziell machen.« Damit drehte sie sich um und ging zur Tür. Kurz darauf hielt sie inne und drehte sich noch mal zu ihm um.

»Ich kenne Emma noch nicht gut genug, aber ich bin mir sicher, sie wird keine Beziehung mir dir eingehen, wenn sie weiß, dass ich ein Kind von dir erwarte. Und früher oder später wird sie es erfahren.«

»Wie kommst du darauf, dass ihr das etwas ausmachen sollte?«

»Weil sie selbst eine alleinerziehende Mutter ist und einem Kind niemals den Vater wegnehmen würde. Außerdem legt sie auf die Meinung der Creeks unheimlich viel Wert. Wenn sie sich zwischen dir und ihnen entscheiden muss, wirst du verlieren.«

»Sei dir da mal nicht so sicher.« Aber Lian wusste, dass Claire recht hatte. Und das jagte ihm eine Scheißangst ein.

28

Gab es etwas Widerlicheres als den Gestank von frischer Farbe? Emma hielt die Luft an, tunkte den Pinsel in den braunen Farbtopf und begann die Veranda zu streichen. Die Bewegung erinnerte sie an Karate Kid. Das Original aus den Achtzigerjahren, nicht das Remake, das Ben so toll fand. Mr. Miyagi wäre stolz auf sie gewesen und Emma kicherte über ihre eigenen Gedanken, während sie weiter über das Holz strich. Aus den Augenwinkeln sah sie einen roten Honda, der in Schrittgeschwindigkeit an ihr vorbeifuhr. Claire saß am Steuer und Emma hob die Hand, um sie zu grüßen, doch Claire achtete nicht auf sie, sondern wischte sich mit dem Handrücken über die Augen.

Emma sah ihr nach und wischte sich den Schweiß von der Stirn. Dass Claire einfach so an ihr vorbeigefahren war, kam ihr seltsam vor. Hatte sie geweint?

»Emma?«

Sie drehte sich um und sah Lian, der auf der Straße auf sie zukam. Ihr schoss der Gedanke durch den Kopf, ihn nach Claire zu fragen, aber ihr Gefühl sagte ihr, dass sie sich nicht einmischen sollte. Was auch immer geschehen war, es ging sie nichts an.

Lian kam auf sie zu und Emma musste zugeben, dass auch er ein wenig mitgenommen aussah. Seine Haare standen wirr zu allen Seiten ab, als hätte er sie sich stundenlang gerauft. Ihr Blick fiel auf seinen Handrücken.

»Du blutest.«

Er folgte ihrem Blick und entdeckte die Verletzung an seinen Knöcheln. »Ist nicht weiter schlimm.«

»Mit wem hat denn deine Hand Bekanntschaft gemacht?«

»Mit einer Wand.«

Sie zog eine Augenbraue nach oben. Sie brannte vor Neugier, aber sie wollte ihm auf keinen Fall das Gefühl geben, ihn auszufragen. Stattdessen legte sie den Pinsel zur Seite und wischte sich die Hände an ihrer Jeans ab.

»Das solltest du desinfizieren. Komm mit, vielleicht hab ich neben Verbandszeug noch eine Tasse Kaffee für dich.«

»Klingt verlockend.«

Sie zwinkerte ihm zu. »Du hast ja keine Ahnung.«

Zwanzig Minuten später saß Lian frisch verarztet am Küchentisch, während Emma ihm einen Kaffee zubereitete. Sie beobachte ihn, wie er auf die Tischplatte starrte, und wurde das Gefühl nicht los, dass ihn etwas bedrückte.

»Wirst du mir sagen, warum du auf eine Wand eingeschlagen hast?«

»Wenn du mir versprichst, nicht wegzulaufen.«

Überrascht sah sie ihn an. »Warum sollte ich das tun?«

»Versprich es mir einfach.«

»Okay«, sagte sie gedehnt und wartete ab. Irgendwas war geschehen und sie wurde das Gefühl nicht los, dass es für sie eine Rolle spielen würde. Eine entscheidende Rolle.

Lian fuhr sich mit der verletzten Hand durchs Haar und schloss einen Moment die Augen. Er sah aus, als trüge er eine tonnenschwere Last auf seinen Schultern.

»Claire ist schwanger.«

Mit einem Mal stand die Welt still und Emma war sich nicht sicher, ob sie ihn richtig verstanden hatte. Sie schluckte und starrte ihn an.

»Wow, das ist …« Ihr fehlten die Worte. Was sollte sie dazu sagen?

Er starrte auf seine verletzte Hand. »Ich habe nichts davon gewusst. Claire hat es mir gerade gesagt.«

»Wie lange weiß sie es schon?«

»Schon eine ganze Weile.«

Emma nickte. »Sie hat abgewartet, ob du von selbst zu ihr zurückkommst.«

Er sah sie an und Emma bemerkte, wie müde und abgeschlagen er aussah. »Woher weißt du das?«

»Ist das nicht nachvollziehbar? Sie wollte nicht, dass du wegen des Kindes zu ihr zurückkehrst, sondern weil du sie liebst.«

»Ich werde nicht zu ihr zurückgehen.« Er schluckte. »Ich liebe sie nicht mehr.«

»Aber du wirst für dein Kind da sein.« Emma sagte das aus tiefster Überzeugung, weil sie es wusste. Lian gehörte zu der Sorte Mann, die sein Kind niemals im Stich lassen würde. Ganz egal, wie sein Verhältnis zur Mutter war.

»Ja. Das werde ich.«

Eine Strähne fiel ihm in die Stirn und Emma strich sie fort. Dann sagte sie die Worte, die sie innerlich fast zerrissen.

»Du und ich ... wir können das nicht machen.«

Sie musste es nicht aussprechen. Er wusste ganz bestimmt auch so, was sie meinte.

»Warum nicht?« Seine Stimme klang ein wenig kühl, fast schon distanziert.

»Weil es nicht richtig wäre.«

Fassungslos und ein wenig verletzt starrte er sie an. »Es ist nicht richtig? Was genau? Dass wir uns gut verstehen? Dass wir Zeit miteinander verbringen möchten? Heißen, atemberaubenden Sex haben – oder die in deinen Augen unmögliche Tatsache, dass wir uns ineinander verliebt haben?«

Emma riss die Augen auf. Sie hatten noch nicht darüber gesprochen, und dass er es jetzt aussprach, riss ihr den Boden unter den Füßen weg.

Sie konnte keine Beziehung mit einem Mann führen, der ein Kind mit einer anderen Frau erwartete. Auch, wenn er der Meinung wäre, alles unter einen Hut bekommen zu können, waren die Hürden einfach zu groß, davon war sie überzeugt.

So weh es ihr auch tat, wenn es einen geeigneten Zeitpunkt gab, dies zu beenden, dann war es jetzt.

Lian schien ihre Gedanken erraten zu haben, denn er schüttelte nur den Kopf. »Du kannst es ruhig leugnen, aber wir wissen beide, dass ich recht habe.«

Sie reckte stoisch das Kinn. »Mag sein, dass sich zwischen uns etwas entwickelt hat, aber …«

»Du willst es wirklich ignorieren?«

»Es gibt nichts zu ignorieren. Wir haben nur …« Sie suchte nach dem richtigen Wort, aber Lian kam ihr zuvor. Seine Hände waren zu Fäusten geballt, sogar seine Halsschlagader trat hervor. Er spie die Worte förmlich aus.

»Gefickt? Ist es das, was du sagen willst? Willst du es wirklich auf Sex reduzieren?« Schockiert von seinen heftigen Worten, trat sie zurück. So hatte sie es nicht ausdrücken wollen, seine schroffe Ausdrucksweise verletzte sie.

»Ja«, murmelte sie und wich seinem Blick aus. »Mehr war da nicht.«

Sie wagte es nicht, ihm in die Augen zu sehen. Vielleicht, weil sie dann Dinge gesehen hätte, die sie nicht ertragen würde. Schmerz. Enttäuschung. Wut.

»Wenn du es so siehst. Dann ist es vielleicht wirklich besser, wir lassen es sein.«

Er stand auf und blieb noch einen Augenblick neben dem Tisch stehen. Emma schloss die Augen und hielt die Luft an. Alles in ihr schrie, ihm zu widersprechen. Aber kein Laut kam über ihre Lippen.

»Claire hatte recht.«

»Womit?«, flüsterte sie.

»Sie hat genau das vorhergesagt. Du wirst dich niemals auf mich einlassen, weil dir die Meinung der Creeks wichtiger ist als deine oder meine Gefühle. Denn letztendlich spielen immer nur die anderen eine Rolle, nicht wahr? Niemals du selbst.«

Dann fiel die Tür ins Schloss. Leise. Kaum hörbar.

Einen Moment zögerte sie noch, dann öffnete Emma die Augen. Lian war gegangen. Und ohne es zu wissen, hatte er einen Teil von ihr mitgenommen.

29

Fünfzehn Jahre lang hatte sie geschwiegen. Dabei hatte sie immer gewusst, dass Jamie derjenige war, der damals bei Mr. Grabowitz eingebrochen war. Sie hatte ihn nicht verraten, weil die Wahrheit ihr eine Heidenangst eingejagt hatte. Es war eine Sache, dass Jamie überhaupt dazu fähig gewesen war, aber eine andere, dass er nichts dagegen unternommen hatte, als man ihr den Einbruch in die Schuhe geschoben hatte. Vielleicht war es auch der Grund dafür, dass sie sich nicht so häufig bei ihm gemeldet hatte. Weil sie es nicht ertragen hatte, dass er in Golden Creek lebte und von allen geachtet wurde, während man sie fortgejagt hatte.

Sie hatte immer gedacht, sie treffe keine Schuld, aber in Wahrheit hatte sie sich mit ihrem Schweigen mitschuldig gemacht. Das wurde ihr erst jetzt so richtig bewusst.

Zusammen mit Jamie saß sie seit geschlagenen zwei Stunden auf dem Sofa. Er hatte einen alten französischen Film mitgebracht und sie hatten es sich dort mit frischem, buttrigem Popcorn und jeweils einer Flasche Pale Ale gemütlich gemacht. Währen der Film lief, hörte sie plötzlich Jamies Stimme.

»Ich könnte es ihnen erzählen, Emma. Seine Stimme war nicht mehr als ein Flüstern. »Es wird an der Zeit, dass sie die Wahrheit erfahren.«

Obwohl er nicht mehr sagte, wusste sie, von was er sprach. Müde schüttelte Emma den Kopf. Sie hatte gerade nicht die Nerven, sich darüber Gedanken zu machen. Es spielte auch keine Rolle mehr. »Es ist nicht mehr wichtig. Es ist mir egal, was sie denken.«

»Ist es nicht.«

Sie hob den Kopf und sah ihn fragend an. »Lian hat es mir erzählt. Du lässt dich nicht auf ihn ein, weil du immer noch Angst davor hast, was die Creeks von dir denken. Aber wenn sie wüssten, was damals wirklich geschehen ist, dann bräuchtest du keine Angst mehr zu haben.«

»Hör auf damit. Es liegt nicht an den Creeks.« Nicht mehr.

»Woran dann?«

Emma zuckte mit den Schultern. »Claire erwartet ein Kind.« Sie war nicht überrascht, dass er darauf nicht reagierte. Vermutlich wusste er es schon.

Jamie griff nach ihrer Hand und drückte sie. »Ich kenne dich! Du hast ein übergroßes Herz und bist stark genug, um es mit Claire und dem Baby aufzunehmen. Aber die Creeks jagen dir eine Scheißangst ein.«

»Was? *Ich* habe Angst? Warum zur Hölle hast du die Sache nicht schon früher richtiggestellt, Jamie? Bevor mein Dad Golden Creek verlassen hat? Und warum leugnest du bist heute, dass du mit Betty Graham verlobt bist? Wer hat hier Angst von uns beiden, mhm?«

Mit einem Mal wurde er bleich, alle Farbe wich ihm aus dem Gesicht. »Wo... woher weißt du das?«

»Ich habe Augen im Kopf. Außerdem hat mir Connor davon erzählt. So geheim ist euer Geheimnis nämlich nicht.«

Jamie zog die Augen zu Schlitzen zusammen und ballte die Hände zu Fäusten. »Verdammt!«

»Du solltest ihm dankbar sein. Du hättest schon viel früher etwas sagen müssen. Wie kannst du sie nur leugnen?«

Jamie presste die Lippen zusammen. »Nur, weil ich etwas nicht an die große Glocke hänge, bedeutet das nicht, dass ich nicht dazu stehe.«

Emma griff nach seiner Hand. »Sie leidet darunter und du weißt, dass sie die Verlobung lösen wird, wenn du dich nicht zu ihr bekennst.«

»Das würde sie niemals machen.«

»Ich traue ihr das sehr wohl zu.«

»Du hast seit Jahren keinen Kontakt mehr zu ihr. Du kennst sie kaum.«

Emma verschränkte die Arme vor der Brust. »Und wessen Schuld ist das?«

Jamie rieb sich den Nacken. »Es tut mir leid, Emma. Wirklich.«

»Heb dir deine Entschuldigungen für Betty auf.«

»Du bist mir nicht böse?« Böse war das falsche Wort. Eher enttäuscht.

»Oh, wenn ich könnte, würde ich dich mit den Eiern am nächsten Baum aufhängen, aber jetzt, denke ich, solltest du erst mal deine Probleme mit Betty in den Griff bekommen.«

Jamie warf ihr einen dankbaren Blick zu. »Warum hast du all die Jahre geschwiegen?«

»Zum einen, weil ich keine Beweise dafür hatte, und zum anderen, weil es gereicht hat, dass ich dafür bestraft wurde. Sie haben einen Schuldigen gebraucht und sie haben einen gefunden.«

»Aber was ist mit dir?«

»Ben und ich werden nach Calgary zurückgehen.«

Schockiert wich Jamie zurück. »Das kannst du nicht machen. Du gehörst hierher.«

Seufzend schüttelte sie den Kopf. »Nein, gehöre ich nicht. Vermutlich war das auch nie der Fall. Ich habe es mir nur immer gewünscht. Mein Dad hat alles richtig gemacht, als er mit uns weggezogen ist.«

»Dann läufst du also wieder davon?«

»Hör auf damit, Jamie. Du hast kein Recht, mir Vorwürfe zu machen.«

Er schluckte. »Du wirst nirgends glücklich werden, wenn du nicht endlich akzeptierst, was du bist und was du alles geschaffen hast.«

»Das ist nicht wahr.«

»Doch, ist es. Du kannst nicht immer anderen die Schuld geben. Manchmal muss man für sich selbst einstehen, Emma. Du bist zurückgekommen. Jetzt hab auch die Eier, zu dir zu stehen. Mit all deinen Problemen, Fehlentscheidungen und Erfolgen.«

Er drehte sich um und war schon fast aus der Tür, als sie ihm hinterherrief: »Gilt das auch für dich? Wirst du ihnen auch sagen, dass ihr heißgeliebter Bürgermeister keine weiße Weste hat?«

Jamie war stehen geblieben und stand mit dem Rücken zu ihr.

»Sie wissen es bereits. Ich bin heute von meinem Amt zurückgetreten.«

30

»Störe ich dich?«

Lian drehte sich um und sah Miss Julie, die im Türrahmen seines Büros stand.

»Natürlich nicht.« Er deutete auf einen Stuhl und bat sie, Platz zu nehmen. »Was kann ich für dich tun?«

»Hast du schon davon gehört?«

Er musste nicht fragen, was sie meinte. Es gab in Golden Creek vermutlich niemanden, der noch nichts davon gehört hatte. Jamie hatte es ihm heute Morgen gesagt, kurz bevor er sein Amt niedergelegt hatte. Dass er damals in Mr. Grabowitz' Laden eingebrochen war und sich nicht gemeldet hatte, sprach sich wie ein Lauffeuer im Ort herum. Er konnte nur hoffen, dass die Creeks so viel Anstand besaßen und sich bei Emma entschuldigen würden. Nach all den Jahren hätte sie es verdient.

Er war wütend auf Jamie gewesen, weil er das Handtuch schmiss, und hatte ohne ein weiteres Wort dessen Büro verlassen. Erst hatte er zu Emma fahren und mit ihr darüber reden wollen, aber dann hatte er sich dagegen entschieden. Sie hatte sich zurückgezogen und er respektierte ihre Meinung. Aber er wäre für sie da, wenn sie ihn brauchte.

»Gibt es jemanden, der es noch nicht gehört hat?«

»Vermutlich nicht. Aber wenn ich es mir recht überlege, gibt es ganz schön viele Veränderungen in Golden Creek, findest du nicht? Es ist schon fast beängstigend.«

Sie setzte sich und lehnte sich nach hinten.

»Warum bist du wirklich hier«, fragte er freundlich.

»Weil ich mich nicht entscheiden kann, ob ich dich schütteln oder übers Knie legen möchte.«

Er lächelte bei der Vorstellung. Die alte Frau war zwei Köpfe kleiner als er.

Natürlich wusste er, was sie ihm damit sagen wollte. Aber es war nicht seine Entscheidung gewesen. Emma hatte den Schlussstrich gezogen.

»Ich weiß, was du mir sagen willst, aber du bist umsonst gekommen.«

»Das bin ich nicht. Weil du mir jetzt gut zuhören wirst. Ich werde es nämlich nur einmal sagen. Erinnerst du dich daran, dass ich dir meine Karten gezeigt habe? Kurz bevor Emma nach Golden Creek gekommen ist?«

Langsam nickte er. Wie sollte er das vergessen?

»Jamie hatte mir kurz davor von ihrer Ankunft erzählt. Willst du die Wahrheit hören? Meine Karten sind nichts als Humbug und keine einzige von ihnen hat je etwas für Golden Creek vorausgesagt.«

Er zog nur eine Augenbraue nach oben. Welch eine Überraschung.

»Aber ich kannte Emma Thompson und ich habe dich zusammen mit Claire gesehen. Mir war schon immer klar, dass ihr zwei nicht zusammengehört.«

»Und du dachtest, Emma und ich gehören zusammen?«

»Richtig.«

»Nun, da ist dein Plan wohl nicht aufgegangen.«

Mit einem feinen Lächeln stand sie auf. »Ganz im Gegenteil. Alles läuft so, wie ich es mir vorgestellt habe.«

Er runzelte die Stirn. Wie meinte sie das? Sie konnte das alles schließlich nicht geplant haben, oder? Wie hätte sie denn von Claires Schwangerschaft wissen sollen?

Sie drehte sich um und verließ ohne ein weiteres Wort sein Büro. Er sah der alten Dame eine Weile hinterher. Sie wurde von Tag zu Tag verrückter.

31

Obwohl sie durch und durch ein Kopfmensch war, hatte sie dieses Mal auf ihr Herz gehört. Und dieses trommelte wild in ihrer Brust, als sie ihr Haus verließ und sich auf den Weg zu Lian machte. Vielleicht würde er sie nach allem, was geschehen war, wieder fortschicken, aber damit musste sie dann klarkommen.

Sie legte den Kopf in den Nacken und betrachtete den klaren Himmel. Ein kühler Wind wehte und es waren kaum noch Blätter an den Bäumen zu sehen. Jeden Tag rechnete man damit, dass es endlich anfangen würde zu schneiden und die Wintersaison in Golden Creek begann. Die meisten Creeks konnten es kaum erwarten und zusammen mit Ben und Ally hatte Emma bereits alle Vorkehrungen für eine Suppenküche getroffen, die sie in der Turnhalle der Schule eingerichtet hatten. Jamie war zwar als Bürgermeister zurückgetreten, dennoch kümmerte er sich immer noch um die Belange der Creeks. Er hatte öffentlich bekannt gegeben, den Einbruch bei Mr. Grabowitz damals begangen zu haben, aber da dieser damals keine Anzeige erstattet und Emma damit viel Ärger erspart hatte, verziehen die Creeks ihm. Zu ihrer Überraschung allerdings nur unter der Voraussetzung, dass er sich offiziell bei ihr entschuldigte. Nur Mr. Grabowitz hatte sich nicht bei ihr gemeldet, aber Emma hatte sich vorgenommen, nicht weiter darüber nachzudenken.

Auch Emma hatte Jamie verziehen, schon allein Ben zuliebe, der seinen Patenonkel bewunderte. Nur leider hatte sie Lian in der letzten Zeit kaum zu Gesicht bekommen.

Ben hatte sich mit Jonah bei einem Abendessen getroffen, an dem Emma nicht teilgenommen hatte. Sie wollte ihrem Sohn die Möglichkeit geben, seinen Vater alleine kennenzulernen, sie würden den beiden nicht in Wege stehen. Danach hatte sie Telefonnummern ausgetauscht und sich bereits am Abend ein paar WhatsApp-Nachrichten geschickt.

Für die größte Überraschung hatte Jamie allerdings gesorgt, als er öffentlich um Bettys Hand anhielt. Obwohl sie nicht gerne darüber nachdachte, hatte er wohl Lians Heiratsantrag in *Rosie's Bar* als Anreiz genommen und Betty nach Beendigung des Wettbewerbs die bedeutende Frage gestellt und diese hatte, nachdem sie ihn ein paar Minuten zappeln ließ, Ja gesagt.

Emma seufzte laut auf.

Noch immer stand sie vor Lians Tür und ging die Worte, die sie sich zurechtgelegt hatte, im Kopf noch mal durch. Für sie klangen sie plausibel und nachvollziehbar, aber was, wenn er es nicht so empfand?

Sie waren sich in den letzten Wochen nur selten über den Weg gelaufen. Emma glaubte sogar, dass Lian ihre Gegenwart absichtlich gemieden hatte. Anfangs war sie ihm dafür dankbar gewesen, denn der Schmerz in ihrer Brust, wenn sie ihn zusammen mit Claire sah, setzte ihr ziemlich zu. Aber nach und nach wurde die Sehnsucht nach ihm immer größer und der Schmerz trat in den Hintergrund. Sie vermisste ihn mehr, als sie zugab.

Sie holte tief Luft und klopfte an die Holztür. Es ertönte ein Bellen, gefolgt von schnellen Schritten. Das alles ging so schnell, dass Emma keine Möglichkeit hatte, ihren Plan zu ändern. Was, wenn er ihr gleich die Tür vor der Nase zuschlug?

Nein, das würde er nicht tun. Er würde sie höflich bitten zu gehen und irgendeinen Termin als Ausrede vorschieben. Emma wusste nicht, was für sie schlimmer wäre.

Die Tür öffnete sich und sie hielt die Luft an, als sie Lian sah, der nach unten gebeugt vor ihr stand und Barney am Halsband festhielt.

»Tut mir leid. Ich habe keine Ahnung, was mit ihm los ist«, murmelte er, während er versuchte, den Hund zurückzuhalten, der freudig mit dem Schwanz wedelte und laut bellte.

»Ich schätze, er freut sich, mich zu sehen.« Lian hob den Kopf und runzelte die Stirn, ließ Barney los und erhob sich. Im nächsten Moment lief der Hund auf sie zu, sprang noch und schleckte ihr die Hand ab.

Sie streichelte ihn und widerstand dem Drang, ihr Gesicht in seinem weichen Fell zu vergraben. Gott, sie hatte sogar seinen Hund vermisst.

»Hey«, sagte Lian und lehnte sich gegen den Türrahmen der Eingangstür. Er trug verwaschene Jeans, ein schlichtes schwarzes Shirt und seine Haare waren an den Spitzen noch feucht. Allein die Vorstellung, dass er gerade unter der Dusche gewesen sein musste, machte Emma ihr Vorhaben noch schwerer.

»Hey.« Sie hob die Hand zum Gruß und kam sich gleich darauf wie eine Idiotin vor.

»Ich würde gern mit dir sprechen. Hast du kurz Zeit?«

Sein Gesichtsausdruck war absolut neutral, als er den Kopf schüttelte. »Tut mir leid, ich habe etwas vor, also ...«

»Oh«, platzte es aus ihr heraus, im nächsten Moment hätte sie sich dafür am liebsten selbst eine Ohrfeige verpasst. Wie hatte sie annehmen können, dass sie nach einer halben Ewigkeit einfach so bei ihm hineinplatzen könnte und er würde alle seine Verabredungen für sie über Bord werfen. Wie hatte sie nur so schrecklich naiv sein können.

»Schon in Ordnung«, fügte sie schnell hinzu. »Es eilt nicht. Ich komme ein anderes Mal vorbei.«

»Ist es wegen der Suppenküche? Meine Sekretärin hat mir davon erzählt, aber ich habe es noch nicht geschafft, mich einzutragen.«

»Was? Nein. Deswegen bin ich nicht gekommen. Aber wie gesagt, es ist schon in Ordnung.« Sie ging die zwei Stufen der Veranda rückwärts nach unten. »Ich komme einfach ein anderes Mal vorbei.«

Sie drehte sich um und war gerade an der unteren Stufe ankommen, da hörte sie seine Stimme.

»Komm rein.« Sie blieb stehen und blickte sich überrascht über die Schulter. Lian hatte die Tür weit geöffnet und hielt sie ihr auf. »Ich kann auch ein wenig zu spät kommen. Ist nicht weiter schlimm.«

Sie holte tief Luft, dann ging sie die Stufen wieder hoch und betrat sein Haus. Der Duft, der von ihm ausging, machte sie nervös.

»Möchtest du etwas trinken?«

»Nein, danke. Ich bleibe nicht lange.«

Er presste die Lippen zusammen und nickte stumm. Ihr Blick wanderte durchs Haus, dabei fielen ihr ein paar Postkarten auf der Kommode auf und ein Geschenk, das daneben lag.

»Bist du auf dem Weg zu einer Feier?«

Sein Blick folgte ihrem, dann nickte er langsam.

»Kann man so sagen.«

»Ich bin auch gleich wieder weg.«

Wieder nickte er, aber sie sah, wie sich seine Kiefermuskeln anspannten. Vermutlich würde er sie lieber in hohem Bogen hinauswerfen, aber so was tat er nicht. Lian versuchte stets, niemanden zu verletzen. Im Gegensatz zu ihr.

Er lehnte sich gegen die Arbeitsplatte seiner Küche und nippte an einem Glas Wasser, während er darauf wartete, dass sie zu sprechen begann.

Emma knetete ihre Hände und versuchte sich an die Worte zu erinnern, die sie unzählige Male vor dem Spiegel geübt hatte. So albern es auch klang, sie hatte sich auf diese Situation vorbereitet wie auf ein Vorstellungsgespräch, sonst hätte die Nervosität sie aufgefressen.

»Wie geht es Ben?«, holte er sie aus ihren Gedanken zurück und sie war ihm dankbar dafür. Ihr Sohn war ein dankbares Thema.

»Prächtig. Er und Ally sind ein richtig gutes Team geworden.«

»Ich habe gehört, sie lebt jetzt bei einer Familie in Squamish?«

Sie zuckte mit den Schultern. »Es war für alle die beste Lösung. Es ist eine nette Familie und Ally kann weiterhin die Highschool hier in Golden Creek besuchen und muss sich nicht auch noch von ihrem gewohnten Umfeld trennen«

»Das ist gut.« Mehr sagte er nicht und das musste er auch nicht. Die Anerkennung, die sie in seiner Stimme hörte, war genug.

»Wie geht es Claire?« Obwohl sie in einer Kleinstadt lebten, hatte sie Claire in den letzten Wochen kaum zu Gesicht bekommen. Sie hatte wirklich gehofft, dass sie Freundinnen werden könnten. Unter anderen Umständen wäre das vermutlich auch der Fall gewesen.

»Ihr und dem Baby geht es gut.« Er stieß sich von der Arbeitsplatte ab und steckte die Hände in den Hosentaschen. Sein Blick fiel auf das Geschenk.

O Gott! Er wollte weg von ihr und sie hielt ihn auf. Erbärmlicher ging es wohl nicht mehr.

»Ich habe darüber nachgedacht, nach Calgary zurückzugehen.« Jetzt hatte sie seine Aufmerksamkeit. Überraschung war auf seinem Gesicht zu sehen und noch etwas, das sie nicht ganz einordnen konnte.

»Tatsächlich?«

Sie nickte und blickte sich im Raum um. Das alles war noch viel schwieriger als gedacht.

»Ich bin nach Golden Creek gekommen, um die Creeks davon zu überzeugen, dass ich nicht der Mensch bin, für den sie mich gehalten haben. Na ja, das ist mir irgendwie gelungen.« Sie lachte nervös auf. »Ben hat seinen Dad kennengelernt und die beiden verstehen sich recht gut. Und für Ally haben wir auch eine Lösung gefunden.«

»Also bist du hier fertig«, sagte er trocken.

Emma sah ihn an und ihre Hände wurden feucht.

»Ich schätze, schon.«

Er nickte nur, sagte aber nichts weiter. Emma holte tief Luft, ehe sie weitersprach.

»Aber dann ist mir klargeworden, dass mein Dad damals, als er mit uns weggezogen ist, im Grunde genommen nur weggelaufen ist. So bin ich nicht. Ich laufe nicht vor Problemen davon. Ich löse sie.«

»Was willst du mir damit sagen?«

»Ich schätze, dass ist meine Art, dir zu sagen, dass ich dich liebe.«

Lian sagte nichts, seine Miene war unergründlich. Emma schluckte und senkte den Blick.

Sie konnte ihm nicht in die Augen sehen. Nicht, nachdem sie ihm ihr Herz ausgeschüttet hatte und er nicht darauf reagierte.

Sie sah zur Seite und nahm das Geschenk wahr.

»Du wirst zu spät kommen. Vielleicht sollte ich besser gehen.« Bevor alles noch unangenehmer wurde.

»Scheiß auf das Geschenk.« Langsam kam er auf sie zu, ließ sie dabei keine Sekunde aus den Augen und blieb kurz vor ihr stehen.

Sie legte den Kopf in den Nacken, um ihn besser ansehen zu können.

»Eigentlich wärst du jetzt dran, mir zu sagen, was du fühlst.«

»Ach ja?«

»Also natürlich nur, falls du etwas empfindest. Wobei ich positive Gefühle meine, nicht negative wie Wut oder Gleichgültigkeit. Das wäre jetzt nicht so angebracht.« Sie kam nicht weiter, denn in diesem Moment nahm Lian ihr Gesicht in seine Hände und küsste sie. Sanft. Zärtlich. Als gäbe es für ihn nur sie auf dieser Welt. Er vergrub die Hände in ihrem Haar und aus der Zärtlichkeit wurde Leidenschaft. Immer tiefer riss er sie mit, bis Emma irgendwann nur noch fühlte, nicht mehr dachte, und alles in diesen Kuss steckte, um ihm zu zeigen, wie viel er ihr bedeutete.

Als er sich von ihr löste, atmete sie schwer und hatte Mühe, auf den Beinen zu bleiben. Lian lächelte und in seinen Augen sah sie, alles was sie wissen musste. Er liebte sie.

»Ich dachte mir, ich zeige es dir. Um Missverständnisse zu vermeiden.«

»Ich denke, du hast deinen Standpunkt klargemacht.«

»Sicher?«

»Absolut sicher.« Sie legte die Hände um seinen Nacken und dann küsste sie ihn noch einmal.

Und sie würde es für den Rest ihres Lebens tun.

32

Emma saß auf ihrer Veranda und betrachtete den Sternenhimmel. Sie hatte eine Decke um ihre Beine gewickelt und kuschelte sich in ihre Daunenjacke. Die Nächte in Golden Creek wurden kühler, der Indian Summer hatte British Columbia verlassen und schon bald würde es zu schneien beginnen.

Schon als Kind hatte sie diese stillen Momente geliebt. Sie erinnerte sich daran, wie ihre Mom zusammen mit ihr hier gesessen hatte. Sie hatten Pläne für die Ferien geschmiedet oder Lieder gesungen.

In all den Jahren in Calgary war sie davon überzeugt gewesen, dass sie diesen Anblick so nicht mehr zu sehen bekommen würde. Und jetzt saß sie hier – und würde wohl auch noch eine Weile bleiben.

Ben war es gewesen, der sie gebeten hatte, in Golden Creek zu bleiben. Nicht nur für dieses eine Jahr, das sie Jamie versprochen hatte, sondern für länger. Emma hätte es nicht für möglich gehalten, aber ihm war dieser Ort ans Herz gewachsen.

Sie musste zugeben, dass es ihr genauso ging. Die Angst, die sie begleitet hatte, als sie nach Golden Creek gekommen war, hatte sich in Luft aufgelöst.

Sie verband so viel mit diesem Ort und nun, nachdem Jamies Projekt gut angelaufen war und von allen Seiten gut angenommen wurde, konnte sie sich zurücklehnen und ihre Zeit hier genießen.

In all den Jahren hatte sie den Menschen hier Unrecht getan, das wusste sie jetzt. Im Gegenteil, sie hatten mir ihr gelitten, aber jeder Versuch, sie zu unterstützen, war an Emma selbst gescheitert.

Die Verandatür öffnete sich und Lian trat mit einem Glas Wein heraus, das er ihr reichte. Er drückte ihr einen Kuss auf die Stirn, dann setzte er sich in die Schaukel, die neben Emma stand. »Wann werden deine Schwestern morgen ankommen?«, fragte er und nippte an seinem Bier.

»Sehr früh. Lou meinte, sie würde vor Sonnenaufgang losfahren, damit sie auf der Interstate nicht im Stau steht.«

»Cooper hat mir erzählt, er hat sie früher gedatet?«

Überrascht sah Emma ihn an. »So hat er es genannt? Ich glaube, wenn es nach ihm gegangen wäre, dann hätte er sie geheiratet.«

Lian zog eine Augenbraue nach oben. »So ernst?«

»Ziemlich. Die beiden waren ziemlich lange ein Paar. Als er damals die Olympischen Spiele gewonnen hat, waren die beiden unzertrennlich. Lou ist zu jedem Training mitgefahren, hat ihm stundenlang zugesehen und ist auch auf vielen Fotos zu sehen. Du musst Cooper nur mal googlen.«

»Was ist passiert?«

Emma zuckte mit den Schultern. »Ich bin passiert.« Mehr sagte sie nicht, er verstand auch so.

»Das war zu dem Zeitpunkt, als du schwanger wurdest?«

Sie nickte. »Lou musste mit nach Calgary, aber Cooper konnte nicht mit. Seine Sponsoren wollten, dass er in British Columbia bleibt, und auch sein Trainer hatte etwas gegen einen Umzug.«

»Die Fernbeziehung hat wohl nicht gehalten, hmm?«

»Ich glaube, dass war gar nicht das Problem. Anfangs haben sie sich geschrieben, telefonisch Kontakt gehalten, und ab und zu kam Cooper zu Besuch, wenn er es einschieben konnte. Aber dann hatte er diesen Unfall und lag eine Weile im Koma. Lou ging damals noch zur Schule und mein Dad hat ihr verboten, nach Golden Creek zurückzukehren. Aber als er dann aufgewacht ist, ist sie von zu Hause abgehauen.«

Emma nippte an ihrem Glas. »Weißt du, ich bin mir sicher, dass es nicht nur an mir lag, dass wir damals weggezogen sind. Mein Dad wollte hier einfach nicht mehr leben. Die Erinnerungen waren einfach zu stark. Ich war nur sein perfekter Grund für einen Umzug.«

Lian beugte sich nach vorne und griff nach ihrer Hand. Die Geste wärmte sie.

»In der Nacht, als Lou weggelaufen ist, ist mein Dad komplett ausgetickt. So habe ich ihn noch nie erlebt.«

»Das kann man ihm nicht verübeln.«

»Nein, du hast recht. Und wenn ich mir vorstelle, Ben würde so etwas machen, ich würde auch verrückt werden.« Emma schüttelte den Kopf. »Sie war zwei Tage unterwegs und ist sogar bei einem Trucker mitgefahren, der auf dem Weg nach Seattle war. Wenn ich mir vorstelle, was alles hätte passieren können. Und dann stand sie plötzlich an Coopers Krankenbett.«

»Irgendwie habe ich das Gefühl, dass es in deiner Geschichte kein Happy End geben wird.«

»Nein, leider nicht. Er hat mit ihr Schluss gemacht und sie gebeten, nicht wiederzukommen. Lou war am Boden zerstört. Sie hat eine Woche bei Miss Julie gewohnt, in der Hoffnung, dass Cooper seine Entscheidung vielleicht ändern würde, aber er hat sich nicht mehr gemeldet. Und dann hat sie diese Karte bei Miss Julie gefunden.«

»Du meinst aber nicht so eine beschissene Tarotkarte, oder?«

»Genau die meine ich. Ich habe keine Ahnung, was sie zu bedeuten hatte, aber Lou hat daraufhin ihre Sachen gepackt und Golden Creek verlassen.«

»Sie hatten nie mehr Kontakt?«

»Nicht, das sich wüsste.«

»Hast du sie gefragt, wie es ihr damit geht, jetzt wieder zurückzukommen? Nach all den Jahren? Schließlich wird sie Cooper wiedersehen.«

Ein mulmiges Gefühl machte sich in Emma breit. »Sie weiß nichts davon, dass Cooper hier ist.«

»Wie meinst du das?«

Emma fuhr mit dem Zeigefinger über den Rand ihres Glases. »Nachdem ihre Beziehung auseinandergegangen ist, hat Lou Coopers Karriere trotzdem weiterhin im Auge behalten. Eine Weile hat sie noch jeden Zeitungsartikel über ihn behalten, bis es irgendwann ruhig um ihn geworden ist. Zu diesem Zeitpunkt ist Cooper zu Rehabilitationsmaßnahmen in die USA geflogen und hat dort mehrere Monate verbracht. Irgendwann hat sie gehört, dass er sich dort ein Haus gekauft hat. Sie geht davon aus, dass er immer noch in den USA lebt, sonst würde sie sicherlich nicht hierher zurückkommen.«

»Und du willst sie weiterhin in diesem Glauben lassen?«

Ein Schmunzeln umspielte ihre Lippen. »Ja.«

Sie würde ihre Schwestern wieder zurück nach Golden Creek holen. Schritt für Schritt. Es wurde Zeit, dass alle Thompson-Schwestern wieder dorthin zurückkehrten, wo ihr Zuhause war.

Danksagung

Kanada gehört für mich zu den schönsten Ländern, die ich je kennenlernen durfte. Auf der Liste (ja, auch ich habe ein Faible für Listen, nicht nur Emma) meiner Lieblingsstädte steht auf Platz eins Vancouver. Das letzte Mal habe ich dort die Sommerferien 2018 verbracht. Vier Wochen lang mit dem Wohnmobil von Calgary nach Vancouver Island – es war ein wunderschöner Roadtrip. Ich war schon ein paarmal zuvor in der Gegend und besonders British Columbia hat mir gut gefallen, sodass ich sofort wusste, dass ich eine Geschichte schreiben musste, die dort spielt. Und so sind Golden Creek und die Geschichte von Emma, Ben, Lian, Lou, Rita und Miss Julie entstanden.

Dass es mir möglich ist, diese Geschichte bei Piper digital zu veröffentlichen, verdanke ich meiner Agentin Beate Riess, die von Golden Creek genauso begeistert war wie ich und an mich geglaubt hat.

Ein weiterer großer Dank geht an meinen Verlag, meine Lektorin Christiane Bauer und meine Redakteurin Susann Harring für ihre Unterstützung.

Auf keinen Fall möchte ich meine Leser:innen vergessen, die meine Bücher lesen und meiner neuen Kanada-Reihe eine Chance gegeben haben. Vielen lieben Dank an euch!

Und zum Schluss danke ich meiner Familie – meinen Kindern und meinem Mann –, die immer für mich da ist, mich auffängt, wenn es mal nicht so gut läuft, und immer ein offenes Ohr für meine Buchideen hat.